MW01700603

Entremonde

Entremonde

Hiromi Goto

Traduit de l'anglais par Marie de Prémonville

Baam!

Titre original : *Half World*
Tous droits réservés

© Hiromi Goto, 2009

Pour la traduction française :
© Éditions J'ai lu, 2010

L'édition française est publiée avec l'autorisation de Penguin Group (Canada), Toronto, ON, Canada

À ma mère, Kyoko Goto.
Pour m'avoir montré que la puissance douce résiste,
qu'elle a la sagesse et la capacité de plier...
Subarashii.

Prologue

Il y a très, très, très longtemps, avant que les mortels n'inscrivent leurs religions de mortels sur des tables de pierre et des parchemins, il fut une époque où coexistaient les Trois Royaumes : le Royaume de la Chair, le Royaume de l'Esprit et l'Entremonde.

Pendant une période infinie, la plénitude et l'équilibre régnèrent. La Vie, l'Après-vie et l'Entrevie étaient des réalités aussi naturelles que la veille, le sommeil et le rêve. Toutes les choses vivantes ne mouraient que pour se réveiller dans le royaume onirique d'Entremonde. Les mortels reprenaient conscience au moment du plus grand traumatisme qu'ils avaient éprouvé lors de leur passage dans le Royaume de la Chair. En Entremonde, ils revivaient des Entrevies, jusqu'à ce qu'ils aient épuisé le fardeau de leurs maux de mortels, en affrontant l'adversité. Les mauvaises actions, les doutes, les peurs, la terreur, la douleur, la haine, la souffrance, tous les maux de leur condition devaient être intégrés et résolus avant que ces créatures puissent se libérer de leurs fers et s'élever vers la lumière et l'Esprit. Une fois qu'elles avaient atteint le Royaume de l'Esprit, toute préoccupation physique disparaissait. Les Esprits existaient librement, délivrés de l'entrave de la mortalité ainsi que de la souffrance et du trouble de la Chair, dans un état de pureté et de sainteté. Jusqu'à ce que leur lumière finisse par décliner, et qu'ils soient rappelés une fois encore dans la Chair. Car s'il perd tout lien avec la Vie, l'Esprit aussi est appelé à s'éteindre.

Ainsi, les cycles étaient en équilibre.

Il ne reste aucun indice de ce qui a pu conduire à la détérioration des Royaumes. Nul ne sait s'il s'agissait de l'œuvre d'Esprits isolés et moralisateurs, ou d'un captif de l'Entremonde que sa folie avait précipité dans la souffrance perpétuelle, sans plus aucun espoir de trouver la lumière. Ou peut-être était-ce la faute d'un mortel qui rêvait de devenir Esprit sans jamais quitter la Chair. Mais les Trois Royaumes, jadis en équilibre et entrelacés, furent taillés en pièces et murés dans l'isolement.

Les mortels, piégés dans cet état perpétuel, ne mouraient que pour renaître dans la Chair. Condamnés à ce cycle immuable, ils furent bientôt frappés de morosité et de désespoir. La violence, les guerres et la destruction de l'environnement allèrent en s'accélérant. Au moment de leur mort, les Entresprits des mortels ne pouvaient passer en Entremonde. Ainsi, ils renaissaient sans cesse dans la Chair, sans pouvoir jamais transcender leur souffrance. Sans Entremonde où résoudre leurs maux ni Esprit où s'élever, les mortels s'enfonçaient de plus en plus profond dans la douleur. Les atrocités se multiplièrent, et l'espoir commença à décliner.

L'Entremonde, emprisonné dans un supplice psychique infini sans aucune chance de rédemption, sombra dans la spirale de la démence.

Il n'y avait en Entremonde ni vie ni mort. Nul ne venait au monde et nul ne mourait. Jamais appelées à se fixer dans la perpétuité, les puissances de transformation de l'Entremonde mutèrent dans des proportions cauchemardesques.

Les Esprits, coupés de la mortalité et de la Chair, perdirent bientôt toute mémoire, toute connaissance des autres Royaumes. Ils devinrent plus froids et plus distants, et finirent par oublier qu'ils faisaient partie d'un tout qui les dépassait.

Leurs lumières commencent à s'éteindre, lentement, l'une après l'autre... il ne leur en reste même pas suffisamment pour s'en soucier.

Les Trois Royaumes courent un grand péril. Les Royaumes sont très proches de la dissolution.

On dit que lorsque l'impossible se produira, lorsqu'un nouveau-né vivant verra le jour en Entremonde, alors seulement le sort des Royaumes se trouvera changé. Dans un Royaume sans naissance et sans mort, où nul n'est réellement vivant, les cycles de souffrance perpétuelle ont donné forme à des monstres. Que pourrait-il bien naître de ce cauchemar sans fin ?

La naissance d'un enfant vivant est le destin et l'espoir de l'Entremonde.

Mais les millénaires ont passé et cet enfant n'a toujours pas paru.

Fragment de ce qui fut intitulé *Le Livre des Royaumes.*

Introduction

La femme soutenait désespérément son ventre arrondi de son bras, pour amortir les secousses de sa course désespérée le long du fragile pont noir. Son compagnon la suivait légèrement en retrait, la main tendue vers elle, au cas où elle trébucherait. On sentait dans le souffle saccadé de la femme la terreur, la douleur et l'épuisement. L'air glacial anesthésiait leurs sens à tous deux. Ils couraient, sans jamais baisser les yeux vers le gouffre béant sous leurs pieds. Si profond qu'ils n'atteindraient jamais le sol, s'ils devaient tomber. Quelques volutes de nuages dessinaient une belle traîne, en contrebas. La surface évanescente franchissait le fossé séparant les Royaumes, et les deux fugitifs voyaient la falaise supposée abriter le Portail menant à l'autre côté. Si proche. À un monde de là. Ils couraient, essoufflés et suffoquant, le flanc poignardé par la douleur, cernés par ce vide qui les appelait à lui. Sous chacun de leurs pas désespérés, le pont nu, sans rambarde, ondulait et tremblait, oscillait et palpitait.

Et à un pas près, à un trébuchement, l'effroyable plongeon.

« Plus vite », supplia l'homme en jetant un regard par-dessus son épaule. Leurs poursuivants gagnaient du terrain, comme une masse sournoise qui gloussait, sautillait et grinçait.

« Attention ! lança une voix gluante. De ne pas glisser et tombeeeeeer ! »

La femme laissa échapper un son rauque et accéléra tant bien que mal.

« Oh, attendez, se mit à supplier la voix poisseuse, comme un petit frère à la traîne derrière les grands. Attendez-mooooooiiiiiii ! »

Ils atteignirent la saillie rocheuse, le pan massif de pierre grise. Hors d'haleine, sanglotant de soulagement à ce contact plein et minéral sous leurs pieds, ils ne remarquèrent pas le petit craquement des brindilles sèches, sous leur poids.

« Que doit-on faire, maintenant ? » haleta la femme.

Les paumes à plat sur la paroi de pierre, elle tâtonna désespérément tout en jetant des regards effrayés dans son dos. Leurs ennemis étaient presque sur eux.

L'homme secoua seulement la tête, incapable de prononcer un mot.

La femme enceinte se mit à frapper le mur de pierre. « Ouvre-toi ! hurla-t-elle. Ouvre-toi ! »

Au cœur de la masse de granit, un lent grincement résonna. Dans un grand rugissement, une géante minérale s'extirpa de la montagne qui l'emprisonnait, et le bord de la falaise trembla ; des cailloux dégringolèrent quand la Gardienne se détacha d'un pas raide de la paroi. Du haut de ses quatre mètres, elle mesura l'immense faille de ses yeux de pierre grise, de la même couleur que le reste de son corps.

« Pour passer, vous devez payer le tribut », gronda sa voix profonde.

La femme et l'homme levèrent la tête vers cette face de pierre immémoriale, craquelée et desséchée. Elle ne baissa pas les yeux vers eux, mais continua à contempler l'autre rive du gouffre.

« Votre temps décroît. »

Nulle expression dans sa voix monocorde, neutre.

La femme s'effondra aux pieds de la Gardienne géante. « Je vous en prie. Je vous en conjure. Laissez-nous passer ! »

La Gardienne demeura silencieuse.

Une substance blanche, poisseuse et élastique vint se coller en claquant au visage de pierre, laissant pendre un long fil intact relié à son point d'origine.

La femme et l'homme se retournèrent.

« Ehhhht. Aiiiiii hahheiiiii », baragouina l'homme-glu en franchissant les quelques pas qui le séparaient encore d'eux, sa langue distendue rétrécissant à mesure qu'il s'approchait. Il s'immobilisa et l'extrémité de sa langue se détacha du visage de pierre dans un *pop !* baveux, puis rentra dans sa bouche comme un élastique. Il recracha méticuleusement de petits éclats de roche.

Grand, maigre, exhalant des relents âcres de moisi, leur ennemi les dévisageait avec un immense sourire, le visage pâle et la bouche pendante. Ses minuscules pupilles en têtes d'épingles ressemblaient à des perles noires perdues dans le blanc de ses yeux, et sa chevelure neigeuse et emmêlée empestait le vinaigre. Il portait un imperméable trop grand, duquel émergeaient des jambes rachitiques et de grosses bottes en caoutchouc qui lui battaient les mollets. Il ouvrit son manteau et en secoua les revers, laissant échapper un nuage humide et acide.

L'homme et la femme portèrent la main à la bouche et se mirent à tousser. La créature puante agita une de ses bottes, et des émanations putrides s'élevèrent dans l'air.

« Bon sang, que je déteste courir dans ces machins-là, pesta-t-il. J'ai tellement chaud que je fonds ! »

L'intérieur de sa bouche, mou et visqueux, menaça de déborder de ses lèvres fines. Il aspira la masse blanche et poisseuse dans un bruit de succion répugnant.

En voyant le reste de ses acolytes baveux et bégayants surgir du sentier pour venir s'agglutiner sur le rebord recouvert de brindilles, l'homme et la femme ne purent réprimer un frisson. Une enfant à tête de poisson, trop près du vide, fit tournoyer ses bras maigres en moulinets frénétiques tandis que le vertige l'attirait en arrière. « Ouah, ouah, ouah ! » gémit-elle.

L'homme puant en imperméable pouffa, puis resserra ses lèvres flasques comme pour un baiser. Il souffla. Son haleine fétide frappa l'enfant en pleine poitrine et elle plongea en arrière, au ralenti, dans l'abysse sans fond. Ses hurlements résonnèrent dans le vide pendant une éternité.

Le groupe improbable de créatures disparates se mit à mugir et à s'esclaffer, à sautiller sur des jambes de kangourous, à agiter des queues de reptiles et à taper dans d'étranges mains difformes.

« Je vous en prie, supplia la femme en s'adressant à leur chef. Laissez-nous passer dans le Royaume de la Chair. Nous ne détraquerons rien en Entremonde, une fois partis. »

L'homme en imperméable posa son coude droit dans sa paume gauche et fit tambouriner ses doigts sur sa joue collante d'un air pensif.

« Peut-êêêêêtre biiiiiien que oui, chantonna-t-il d'une voix enfantine en balançant son poids sur une hanche. Peut-être bien que non ! »

Il balança sur l'autre hanche. Puis se lança dans une petite danse, d'une hanche sur l'autre, pour scander ses réponses. « Peut-être bien que oui, peut-être bien que non ! Peut-être bien que oui, peut-être bien que non ! Oui ! Non ! Peut-être ! Oui, non, peut-être ! Oui ! Non ! PEUT-ÊTRE ! » brailla-t-il.

Le jeune couple se recroquevilla à ses pieds.

La Gardienne fixait toujours le grand gouffre de son regard implacable.

L'homme puant poussa un soupir, comme s'il était gêné. « Bon, voilà ce que je vous propose, suggéra-t-il d'un ton aimable et posé. J'aime jouer. D'ailleurs, qui n'aime pas jouer ?

— Nous, on aime jouer, on aime tous jouer, acquiescèrent ses compagnons avec un entrain servile.

— La ferme ! explosa leur chef, et les créatures reculèrent, pour certaines dangereusement près du bord. Je disais donc, poursuivit-il en couvant le jeune couple d'un regard plein de compassion, que ce jeu-ci s'est conclu par ma victoire. Un point pour moi, zéro pour vous. Mais si je vous ramène de force, on en reviendra au vieux cycle. Et j'en ai tellement assez, de la routine. »

Il bâilla de manière spectaculaire. La température de son corps avait baissé, et l'intérieur de sa bouche ne pendait plus comme du fromage fondu. « Je sais ! » s'exclama-t-il dans un braillement d'enfant surexcité. Le jeune couple eut un tressaillement. « Je sais ! Je sais ! Demandez-moi à quoi je pense ! ordonna-t-il.

— À quoi ? demanda le jeune couple, obéissant.

— À quoi, s'il vous plaît ! vociféra l'homme puant.

— À quoi, s'il vous plaît, répéta la femme enceinte d'un air las.

— Toi ! » Du doigt, il désigna la femme. « Je t'autoriserai à passer. Mais tu devras abandonner ton petit chéri d'amour. »

L'homme puant adressa un regard apitoyé au jeune homme. « Aaaah, chantonna-t-il, voir ainsi séparer des amants si tendres et si mignons. » Il essuya une larme imaginaire au coin de son œil. « Je le garderai en otage. Je te donne quatorze années de félicité matérielle et de Vie pour profiter de ton petit morveux né de l'amour dans le Royaume de la Chair. Mais quand je te dirai de rentrer, tu ramèneras l'enfant avec toi pour une charmante réunion de famille. Si tu ne reviens pas, j'écorcherai chaque jour ton amant, et je le forcerai à manger sa propre peau, pour l'éternité. »

Il tendit le cou vers le sol, plus bas, et vint appuyer son nez poisseux contre le visage horrifié de la femme. « Tu es d'accord ? »

La femme enroula les deux bras autour de son ventre arrondi. Elle se tourna vers le visage blême de son amour.

« Vas-y, dit le jeune homme d'une voix éraillée. On n'a pas d'autre choix. Si tu restes, on n'aura plus rien du tout, on retombera dans le cycle. Mais ça – l'air émerveillé, il posa la main sur la bosse dessinée par le bébé à naître – voici quelque chose de nouveau. Vas-y ! Quatorze ans, c'est déjà ça, même si ça n'aboutit à rien. »

Il enfouit le visage dans la chevelure de son aimée comme s'il l'embrassait pour la dernière fois. « Tu n'as pas à revenir », murmura-t-il.

En entendant ces mots, la femme recula vivement, les yeux remplis de larmes.

« Oui ! s'exclama l'homme puant en tapant dans ses mains poisseuses. Ils emprunteront la Porte Numéro Quatre ! »

Ses compagnons applaudirent en poussant des hurlements de rire.

« Le tribut », gronda la Gardienne.

L'homme et la jeune femme se contemplèrent l'un l'autre, l'air affolé, tout en fouillant leurs poches en quête de pièces, de nourriture, de n'importe quoi.

L'homme en imperméable se couvrit la bouche de la main et se mit à ricaner sottement.

« Nous n'avons rien, supplia le jeune couple.

— Le tribut est le plus petit doigt de votre main, annonça la Gardienne.

— De mieux en mieux ! gloussa la créature nauséabonde. Génial, j'adore cette partie-là, pas vous ? demanda-t-il à ses compagnons, qui se remirent à applaudir avec enthousiasme. *Chuuuuuut !* Je n'entends rien ! »

Le jeune homme et la jeune femme contemplèrent leurs mains pâles. Ils cherchèrent un morceau de roche à bord tranchant, avec lequel sectionner la chair. Ils s'immobilisèrent. Finirent par comprendre que ces petites brindilles sèches sous leurs pieds étaient les os de tous ceux qui avaient tenté de franchir la muraille, bien longtemps auparavant.

« Le doigt doit être tranché avec les dents », psalmodia la Gardienne.

La jeune femme leva une main tremblante. Elle enroula ses doigts autour de son pouce, ne laissant que son auriculaire tendu. « Coupe-le ! ordonna-t-elle en serrant les dents. Fais-le ! »

Son amour ouvrit la bouche et posa doucement le bord de ses dents contre la fine couche de chair. Les larmes lui roulaient sur les joues lorsqu'il commença à appuyer.

Il recula soudain. « Je ne peux pas, sanglota-t-il en se recouvrant le visage des mains. Je ne peux pas le faire.

– Il ne peut pas le faire ! » répéta l'homme en imperméable avec jubilation.

Le jeune homme baissa les mains et tendit son petit doigt vers son amour.

« Prends le mien. »

Le visage livide de la jeune femme s'illumina d'amour et de chagrin. Ses yeux sombres s'étrécirent. Elle attrapa la main de l'homme et lui mordit le doigt, d'un seul coup net, dans un craquement mouillé. Du sang foncé lui emplit la bouche et le jeune homme étouffa un cri, avant de basculer en arrière, évanoui.

« Elle l'a fait, balbutia l'homme puant, hébété.

– Ooooohhhhh », soupirèrent ses compagnons.

Les yeux de la jeune femme scintillaient de culpabilité et d'amour. Elle recracha le doigt de son aimé dans la paume de sa main. Elle l'inclina, et le doigt tomba au sol.

L'immense façade de pierre grinça et grogna, et une porte s'ouvrit lentement en crissant.

L'homme en imperméable ne fit pas mine de l'arrêter. « Sô-lut ! lui lança-t-il d'un air réjoui. Quatorze années, chérie. Sois très courageuse ! On pensera bien à toi. Et ne t'inquiète pas pour ton petit cœur. On ne le lâchera pas dans le vide, en repassant le pont. Jamais on ne ferait une chose pareille ! Amuse-toi biiiiiieeeeeeeen ! »

La femme s'avança et franchit le Portail.

Elle ne se retourna pas.

La porte se referma en crissant comme une meule de pierre.

Chapitre 1

Mélanie Tamaki déboula en trombe au coin du trottoir mouillé, en face du Marché Arc-en-ciel. Elle faillit tomber à cause des semelles usées de ses baskets qui glissaient sur les feuilles humides, mais elle réussit à reprendre son équilibre et poursuivit sa course en vacillant.

Elle sentit quelque chose s'écraser dans son dos.

Mou. Juteux. Sans doute une tomate.

Hors d'haleine, Mélanie ne s'arrêta pourtant pas de courir. Elle avait de la chance que ce ne soit pas une pomme. Les pommes, ça laissait des bleus. Elle le savait d'expérience.

« Reviens ici, espèce de débile ! ordonna une voix railleuse.

— Grosse vache ! cria une autre. On va t'avoir !

— Regardez-moi son cul qui ballotte ! » beuglèrent en chœur ses poursuivantes, en découvrant comme des loups leurs dents scintillantes.

Quatre ou cinq filles étaient après elle. Depuis l'école. Jusque dans la rue.

« Hé ! » Mélanie entendit la voix d'une vieille femme brailler. « Laissez-la tranquille ! Je vais appeler la police, bande de délinquantes, scélérates ! »

Malgré la peur qui lui serrait la gorge, Mélanie sentit une onde de chaleur lui emplir les yeux.

Mme Wei se montrait toujours gentille avec elle. Même si le prix à payer était que sa boutique se fasse vandaliser à Halloween.

Mélanie continua à courir, le corps lourd, le côté comme transpercé de coups de poignard. Elle entendait toujours l'écho sourd des pas de ses tortionnaires derrière elle, mais elle avait l'impression qu'elles ralentissaient, que soudain elle les intéressait moins.

Une petite partie de son cerveau contemplait la scène avec humour et détachement. Tous ces efforts gaspillés, pensait-elle. Si seulement le prof de sport avait pu chronométrer sa course, ses notes en gym auraient fait un bond, ce trimestre...

Elle finit par ralentir, puis trottina encore un peu avant de s'arrêter, tremblant de fatigue. Elle se retrouvait bien loin de son quartier.

Ses bourreaux avaient disparu.

Haletante, Mélanie se pencha en avant et eut un haut-le-cœur. Elle avait les genoux qui flageolaient de peur et d'épuisement et ses longs cheveux noirs trempés de sueur lui collaient dans le dos. Elle passa les mèches hirsutes derrière ses oreilles et s'assit sur le rebord du trottoir. Elle attendit là, à respirer à fond, que son cœur lui obéisse et ralentisse enfin.

L'adolescente laissa échapper un soupir hoquetant.

Elle ne voyait pas l'intérêt de retourner en classe. Les Walkyries l'attendaient peut-être près du parking, et de toute manière, elle aurait déjà raté l'essentiel du cours de maths, avant même d'avoir pu passer la porte. Après, elle n'avait qu'un cours de sport. Elle était bien trop épuisée pour faire des tours de stade, et alors elle s'attirerait des ennuis et on la traiterait de mollassonne. Ces gamins se moqueraient encore d'elle.

Mélanie passa la manche de son pull sous son nez. Est-ce qu'elle avait le temps de sauter dans le bus pour faire un tour à la librairie d'occasion du centre-ville, et de rentrer à la maison avant que sa maman s'inquiète ?

Mélanie adorait la librairie Macleod's, avec ses montagnes de livres poussiéreux qui zigzaguaient jusqu'au plafond, ses monceaux de tomes abîmés, pour la plupart ennuyeux et inintéressants. Car parfois, au milieu de ce capharnaüm, elle découvrait une merveille, comme cette anthologie illustrée des créatures médiévales. Ou bien ce livre de recettes décrivant tous les plats du banquet d'un empereur de l'Antiquité. Ou encore un volume usé par les voyages, catalogue des plantes comestibles de Patagonie, complété par des photographies... Le rayon jeunesse n'était pas franchement à jour, mais Mélanie n'aimait pas les romans ; elle préférait les livres réalistes, dont elle regardait les illustrations et lisait les descriptions.

Un jour, elle avait confié cet amour pour les livres anciens à une prof remplaçante, une vraie passionnée. C'est elle qui lui avait parlé de cette librairie, aux abords des quartiers plus difficiles de la ville. Ce n'était pas l'endroit le plus sûr, l'avait mise en garde Mme Lee, mais là-bas, la plupart des gens ne faisaient du mal qu'à eux-mêmes. Les plus dangereux, et de loin, étaient ceux qui s'attaquaient à eux. Mélanie avait suivi son conseil de ne s'y rendre qu'en pleine journée, et s'était aventurée à la librairie par un lundi pluvieux.

Et elle avait eu le coup de foudre pour cet endroit.

Ce n'était pas seulement le côté « chasse au trésor » du lieu qui l'intriguait, mais aussi les gens calmes et silencieux qu'elle croisait là-bas. Ils portaient des vêtements intéressants et des chapeaux bizarres, ils avaient l'air d'avoir des vies privées étranges et mystérieuses, différentes de cette routine abrutissante de l'école et du travail.

Elle ne voyait jamais aucun de ses camarades de classe, chez Macleod's.

Mélanie plissa les yeux dans la lumière du soleil qui perçait à travers les bancs de nuages plombés. Il était sans doute trop tard pour aller jusqu'au centre-ville et en revenir avant que sa mère commence à s'inquiéter. Et puis, elle serait coincée au début de l'heure de pointe. Le matin, Mélanie avait trouvé sa maman particulièrement pâle. Il valait mieux ne pas ajouter une inquiétude inutile à son épuisement, pensa-t-elle. Elle irait plutôt dans le petit square près de la voie ferrée, son autre coin préféré. Elle s'y reposerait un peu avant de rentrer à la maison.

Mélanie s'assit sur un vieux ponton des docks désaffectés et laissa pendre ses pieds au-dessus de l'eau grise et sale du bassin, tout en contemplant le décor. La lumière mouchetait la surface à chaque fois que le soleil apparaissait entre les nuages. La marée repoussait un sac en plastique jaune vers la côte rocheuse, dont les pierres étincelaient de tessons de bouteilles et de canettes en aluminium écrabouillées. Silencieux et imperturbables, les tankers rampaient en direction des docks industriels. Mélanie frissonna dans l'air fraîchissant de l'après-midi.

Crac ! Quelque chose chuta brusquement sur un rocher voisin et Mélanie sursauta.

Son cœur se remit à battre à tout rompre.

Ses tortionnaires avaient-elles découvert son sanctuaire ? La bombardaient-elles de cailloux ?

Une moule, la coquille brisée, livrait ses entrailles pâles et luisantes sur le rocher.

Mélanie lança des regards furtifs alentour, mais elle ne vit personne. D'où pouvait venir le coquillage ? Elle fronça les sourcils et leva les yeux, juste au moment où un corbeau piquait en spirale dans sa direction. Dans un bruissement de cuir, il atterrit sur le rocher et sautilla jusqu'à son trophée. L'oiseau s'immobilisa à quelques centimètres de la moule écartelée et pencha la tête sur le côté pour considérer la jeune fille de son œil étincelant. Mélanie lui adressa un sourire de travers. « Salut, corbeau, mon ami », murmura-t-elle.

Mélanie n'aurait su dire si c'étaient les corbeaux qui s'étaient mis à l'aimer en premier, ou si c'était son amour pour les corbeaux qui les avait appelés, mais dès qu'elle s'aventurait dehors, ils étaient toujours dans les parages. D'aussi loin qu'elle pouvait se rappeler. Perchés en haut des arbres, sur le toit de l'immeuble d'en face, ses noirs anges gardiens se tenaient toujours tout près. Le sourire de Mélanie disparut.

Elle se tourna de nouveau vers l'eau et fixa la côte lointaine. Avec leurs jambes orange vif et leurs longs cous, les grues industrielles ressemblaient à des girafes mécaniques. Dans sa vision périphérique, Mélanie vit le corbeau s'approcher à petits sauts et attaquer son festin. L'estomac de la jeune fille se mit à gargouiller. Elle avait faim... presque assez faim pour se risquer à goûter de ces innombrables mollusques offerts sur les rochers, mais elle savait que l'eau était polluée par les produits chimiques, l'huile des tankers et les métaux lourds. « Ce n'est pas bon pour toi », chuchota-t-elle au corbeau.

Mélanie était affamée. Le réfrigérateur était vide depuis deux jours, et elles avaient terminé le dernier sachet de purée en flocons la veille au soir. Ce n'était pas la faute de sa maman. Mélanie cligna les paupières. Elle releva les jambes et posa sa joue contre ses genoux, laissant glisser ses cheveux noirs devant son visage.

Sa maman n'allait pas bien, elle n'avait jamais eu une bonne santé. Elle avait toujours le teint livide et les cernes noirs sous ses yeux ne s'estompaient jamais. Elle ne pouvait garder un travail plus de quelques mois car son corps lâchait, et alors il lui fallait rester au lit pendant plusieurs semaines. Pendant un temps, Mélanie avait craint qu'elle ait une leucémie, ou un autre cancer, peut-être même le sida. Mais quand elle avait fini par la forcer à aller dans une clinique, tous les résultats d'examens avaient été normaux.

Ces trois dernières années, sa mère s'était mise à boire...

Mélanie renifla. Le tissu de son jean dégageait une odeur doucereuse, comme la fourrure d'un chat rentrant d'une promenade dans le froid. Il était temps de faire la lessive.

L'adolescente savait que la vie de mère célibataire était difficile. Jusque dans ses souvenirs les plus anciens, sa maman avait toujours été là, elle ne l'avait jamais quittée. Elle n'avait jamais eu d'amant. Ni d'amis, hommes ou femmes. Quand Mélanie lui demandait pourquoi, sa mère souriait avec tristesse. « J'attends le jour où je reverrai ton père. »

Quand elle était petite, Mélanie aimait entendre cette réponse, mais à mesure que les années passaient, ne voyant toujours pas son père se matérialiser dans leurs vies, elle s'était dit qu'il était sans doute mort. Sa mère n'avait jamais répondu à aucune question le concernant : qui il était, où il vivait, ou comment ils s'étaient rencontrés. Les larmes lui montaient aux yeux, et Mélanie s'en voulait terriblement de la faire pleurer. Il y avait beaucoup de choses que sa mère ne pouvait lui raconter et, avec les années, elle s'était affaiblie de plus en plus. Les problèmes du quotidien, comme l'argent pour faire les courses, devenaient de plus en plus angoissants.

Avaient-elles été toutes les deux placées dans un programme de protection des témoins ?

Tu es la meilleure chose qui me soit arrivée de toute mon existence, lui avait toujours répété sa mère. Mélanie la croyait à chaque fois.

Son nez froid se mit à couler, et elle renifla de nouveau.

Crac, crac, bing ! D'autres moules se mirent à pleuvoir du ciel et les corbeaux se réunirent pour le festin. Mélanie les considéra d'un œil envieux. Si son seul souci était de trouver de quoi se remplir l'estomac au jour le jour, comme la vie lui paraîtrait simple... En classe, les professeurs avaient fait une croix sur elle, et on l'avait reléguée dans la masse des cancres, avec la majorité des élèves issus d'un milieu modeste. Alors elle ne ressentait pas une grande obligation de réussir dans ses études. Ce qui n'empêchait pas les Walkyries de la harceler, jour après jour. Et sa mère s'évanouissait doucement ; déjà il semblait à Mélanie qu'il ne restait plus grand-chose d'elle.

L'adolescente secoua vivement la tête. *Ma maman n'est pas en train de mourir !* se dit-elle avec rage. Et elle pourrait quitter l'école dans un an ou deux, pour prendre un emploi à plein-temps. Peut-être même qu'il lui serait possible de trouver un petit boulot à temps partiel, pour le soir après les cours, et le week-end. Elles ne possédaient pas de tondeuse à gazon, et Mélanie n'avait encore jamais gardé d'enfants, mais elle pourrait par exemple promener les chiens des riches. On n'avait pas besoin d'être bien habillé, pour promener des chiens...

Mélanie se dit qu'elle devrait peut-être prendre le chemin du retour car la route était longue, et pourquoi pas, s'arrêter pour discuter un peu avec Mme Wei, au Marché Arc-en-ciel. Elle voulait la remercier, et si la boutique n'était pas trop pleine, elle pourrait prendre conseil auprès de sa seule amie. Mme Wei n'était pas le genre à donner son avis à tout bout de champ, et Mélanie ne lui avait jamais rien demandé auparavant, mais la vieille dame en connaissait un bout, sur la vie. Au cours de ces dernières années, Mme Wei avait partagé certaines de ses expériences avec Mélanie. Elle aurait peut-être de bonnes idées.

Un *toc* creux tomba directement sur les planches grises du ponton. Au bruit, ça ne ressemblait pas à une moule. Mélanie baissa les yeux.

C'était un biscuit chinois, ceux avec une devise à l'intérieur. Coupé net en deux. L'extrémité d'un morceau de papier rose papillonnait dans le vent. Mélanie leva les yeux. Haut dans le ciel, au-dessus de sa tête, un corbeau décrivait une lente spirale. *Comme c'est étrange*, pensa-t-elle. D'aussi haut, le biscuit aurait dû exploser en minuscules morceaux.

L'oiseau lâcha un croassement et partit vers l'ouest. Mélanie se pencha pour attraper le biscuit entre le pouce et l'index. Elle fit doucement glisser le papier hors de son enveloppe croustillante et aplatit la petite bande enroulée sur sa cuisse.

Rentre à la maison.

Mélanie sentit sa gorge se serrer. Sur la plage, les corbeaux s'étaient tus. Ils la contemplaient tous, la tête penchée, d'un seul œil noir et miroitant. Mélanie entendait le sang lui battre aux oreilles. Qu'est-ce que ça voulait dire ? C'était une simple coïncidence, rien de plus. Ce n'était pas un *message* qui lui était directement adressé.

« Hahahahaha. » Un petit rire timide, juste pour elle.

Les oiseaux noirs s'envolèrent brusquement dans un grand froissement d'ailes. D'un vol vif et puissant, ils filèrent à la suite du corbeau messager parti vers l'ouest.

De grosses gouttes de pluie se mirent à tomber.

Mélanie se releva d'un bond, le cœur tambourinant dans sa poitrine. Le *plip plop* des gouttes s'accéléra peu à peu en un grondement sourd.

Mélanie fourra le message dans sa poche de blouson.

Et elle se mit à courir.

Chapitre 2

Lorsqu'elle approcha enfin du coin de la rue où se trouvait la boutique de Mme Wei, Mélanie était éreintée et ses foulées étaient lentes et lourdes. Cet orage soudain avait obscurci l'après-midi et l'adolescente sentit un pincement de nostalgie en apercevant l'éclat chaleureux des lumières du Marché Arc-en-ciel. Elle ne s'arrêta pas. Ses pieds fatigués glissèrent sur des feuilles visqueuses et détrempées, et elle faillit tomber ; elle ne se rétablit qu'au tout dernier moment.

Recroquevillés sous leurs parapluies, les rares passants vacillant sur le trottoir faisaient de larges embardées pour éviter cette fille qui trébuchait.

Alors qu'elle franchissait en titubant la barrière branlante de la maison qu'elles louaient, Mélanie ne remarqua pas les deux corbeaux postés au sommet du toit à bardeaux de cèdre.

Elle s'immobilisa.

La porte d'entrée était entrouverte. Et dans le crépuscule, la pièce ne formait qu'un trou de ténèbres, aucune lueur ne brillait aux fenêtres.

Lorsque Mélanie était partie le matin, sa mère était à la maison, au lit. Mais ce n'était pas un de ses jours les pires, ceux où elle devait rester couchée toute la journée.

Elle devait s'être levée, s'affairer au salon ou à la cuisine. Préparer leur thé de l'après-midi. Elles prenaient toujours le thé, quand Mélanie rentrait de l'école.

Elle gravit les trois marches pourries. Elle respirait bruyamment, avec difficulté.

Elle franchit le pas de la porte et se tint sur le paillasson boueux.

La maison était froide et sombre.

« Maman ? » appela Mélanie d'une voix tremblante. Elle tendit la main vers l'interrupteur et alluma la lumière du salon.

Aucune trace d'elle.

L'adolescente sentit son cœur bondir dans le creux de sa poitrine. « Ça va aller, ça va aller, chantonna-t-elle doucement, d'une voix de petite fille. Ça va aller, ça va aller, ça va aller... »

Que sa mère ne soit pas là était à la fois bon et mauvais signe. Parce qu'elle aurait pu être là, mais morte. Assassinée. Elles n'habitaient pas le quartier le plus sûr de la ville. Ou bien elle aurait pu baisser les bras, trop faible pour continuer de lutter. Et ensuite trop boire. Alors il valait mieux qu'elle ne soit pas là du tout. Mélanie préférait la savoir vivante ailleurs plutôt que morte ici. Autant qu'elle soit sortie. Mais peut-être qu'on l'avait enlevée. À moins qu'elle se soit enfuie. Elle avait fini par abandonner sa fille turbulente pour retrouver son amour perdu. Elle était peut-être toujours vivante : bien. Mais elle avait laissé sa fille : mal.

Mélanie croisa les bras autour de son ventre moelleux. *La ferme*, pensa-t-elle. *Ferme-la et regarde autour de toi !*

La cuisine était vide. Sur le bar, la bouilloire n'était pas branchée. Le thé, les tasses et le sucrier étaient posés non loin. Comme si sa mère les avait préparés, attendant le retour de sa fille.

Mais où était-elle passée ?

Sous les pas de Mélanie, le plancher terni grinça. Elle se dirigea vers le couloir. Dans la salle de bains, le robinet qui fuyait martelait la faïence de son goutte-à-goutte incessant. Sa mère n'était pas là non plus. Mélanie entrouvrit la porte de sa propre chambre. L'amas de vêtements sales et les pages éparses de devoirs en retard recouvraient complètement le sol. Sur son lit, son gros chat, Patapouf, la fixa de ses yeux vitreux et immobiles. Mélanie sortit doucement de la pièce, à reculons.

Elle avait gardé la seconde chambre pour la fin.

Ou bien elle s'y trouvait, morte, ou bien elle était vraiment partie.

Mélanie se mordit la lèvre, serra les poings et ouvrit la porte d'un coup de pied.

Les gonds grincèrent presque joyeusement.

Un peignoir en lambeaux reposait en travers du lit, les manches ouvertes en croix. Mélanie imaginait presque le corps sans vie de sa mère.

Un soupir entrecoupé de sanglots s'échappa de ses lèvres.

Sa mère ne l'avait jamais laissée seule sans lui dire où elle allait, et quand elle rentrerait.

L'adolescente sentit des larmes brûlantes lui monter dans la gorge, mais elle les ravala et n'émit pas le moindre son.

Très bien ! pensa-t-elle rageusement. *C'est parfait ! Après tout, j'ai quatorze ans maintenant ! Je ne suis plus un bébé.*

Ses camarades de classe la traitaient toujours de débile. « Grosse mémère à corbeaux », voilà ce qu'ils répétaient méchamment pour la ridiculiser, parce qu'il y avait toujours des corbeaux dans le coin, quand Mélanie apparaissait. « Débile ! » parce que Mélanie tenait toujours la main de sa mère quand elles sortaient toutes les deux. Et aussi parce qu'elle ne se débrouillait pas bien en classe, et qu'elle ne disait jamais ce qu'on attendait, quand par hasard elle ouvrait la bouche.

Mélanie se cacha les yeux derrière son bras. Elle savait que c'était mal de leur part, de la traiter comme ça.

Sa maman n'allait pas bien, elle n'avait jamais été bien, et elle avait besoin de Mélanie à ses côtés. Parfois elle avait l'air tellement flétrie qu'elle donnait l'impression de pouvoir disparaître. Mais si

Mélanie restait près d'elle, physiquement en contact avec elle, les couleurs de sa mère se ravivaient. Ses mains glacées se réchauffaient doucement.

Comme sa mère devait avoir froid, toute seule dehors, sous cette pluie affreuse...

Mélanie avait les yeux baissés, et son regard passa sur les quelques photos encadrées que sa mère gardait sur sa table de nuit. Elle détestait qu'on la prenne en photo, et il n'y en avait qu'une d'elle et du père de Mélanie, ensemble, avant sa naissance. Quand elle était petite, Mélanie avait passé des heures à contempler leur image.

Sur cette photo, ses parents avaient l'air terriblement effrayés et étranges. Mélanie ressemblait à son père, avec son visage rond et ses yeux qui penchaient vers le bas. Et « un sourire en forme de pépin de pastèque », comme disait sa mère.

La photo était de couleur sépia, comme si elle avait été prise dans les années 1800 ; l'image avait du grain et la couleur se fanait. Sa mère paraissait trop jeune pour être enceinte, et son père, ébahi et plutôt désespéré. Mélanie secoua la tête. Comment une femme pouvait-elle attendre un homme comme lui ?

Mélanie inclina la tête. Elle attrapa le cadre, le retourna et retira le morceau de carton à l'arrière. Elle fit glisser dans sa main le contenu.

Ce n'était pas une vraie photo, mais une photocopie sur papier, pliée au bon format. Mélanie fronça les sourcils. Elle déplia la feuille avec soin. Il n'y avait rien écrit au dos. Elle la retourna.

C'était une reproduction de mauvaise qualité d'une affiche « avis de recherche », comme celles qu'on voyait à la foire ou dans les parcs d'attractions western.

Mélanie lut la légende sous la photo.

AVIS DE RECHERCHE : pour avoir osé se retrouver enceints et risquer les Entrevies de tous les citoyens d'Entremonde. Fumiko et Shinobu Tamaki sont considérés comme enceints et extrêmement dangereux. Ils ont été vus pour la dernière fois cherchant à passer dans le Royaume de la Chair. Sous aucun prétexte un enfant ne doit naître en Entremonde.

Les témoignages sont à communiquer à M. Gluant, à l'Hôtel des Mirages. Les créatures coupables d'avoir hébergé les fugitifs seront traitées avec une cruauté perpétuelle, psychologique, émotionnelle et physique.

Mélanie eut la nausée.

Était-ce vraiment ce que sa mère avait ressenti ? À son sujet ? Avant d'accoucher d'elle ? C'était là une manière vraiment atroce de plaisanter.

Pourquoi avoir gardé cette feuille ? S'il était vrai que Mélanie n'avait pas été désirée, alors il était évident que son père l'avait tout simplement abandonnée. Sa mère avait finalement eu ce bébé, par culpabilité ou pour une raison quelconque, mais depuis le début elle n'avait jamais vraiment voulu devenir mère...

Et c'est pourquoi elle était partie.

L'adolescente laissa tomber l'affreuse affiche par terre.

Elle sortit de la chambre en courant, et s'arrêta au milieu du couloir, le souffle court.

« Non ! »

La puissance de sa voix la fit sursauter elle-même.

« Non », répéta-t-elle avec calme et détermination. Jamais sa maman ne lui avait dit la moindre chose cruelle, jamais ! Elles avaient toujours été très proches, toutes les deux, seules contre ce monde dur et épuisant.

Le réfrigérateur était vide et il ne restait plus rien à manger, voilà pourquoi sa mère était sortie ce soir. Peut-être qu'elle était allée au restaurant Fujiya, pour récupérer les boîtes de déjeuner qu'ils jetaient en fin de journée. Rien de plus. Elle avait réussi à trouver l'énergie d'aller leur chercher à dîner, alors qu'elle avait l'air tellement malade, le matin même. Sa mère n'allait pas tarder à rentrer. Mélanie ne voulait plus penser à ce message dans le biscuit. Ce n'était qu'une étrange coïncidence.

Elle fourra sa main mouillée dans la poche détrempée de son manteau. Il n'était pas imperméable, et le papier de mauvaise qualité s'était désintégré en petits morceaux râpeux.

Elle allait attendre dans le salon, toutes lumières allumées. Elle regarderait la télé, recroquevillée bien au chaud sous la couverture. En se dirigeant vers le poste, Mélanie aperçut le combiné du téléphone sur la moquette sale. Elle fronça les sourcils.

Elle contempla le support puis porta le combiné à son oreille. Aucun son. Elle appuya sur le piston, une fois, deux fois, mais il n'y avait plus de tonalité. Bien sûr que non. Leur ligne avait été coupée cinq mois plus tôt, pour cause de factures impayées. Sa mère avait dû le renverser en se cognant dedans. Mélanie raccrocha le combiné et s'assit sur le canapé fatigué.

Son regard se laissa attirer par les tableaux au mur. Sa mère avait découpé les images dans de vieux calendriers et les avait placées dans des cadres usagés que Mélanie avait récupérés dans les poubelles de recyclage.

Sa mère avait vraiment des goûts bizarres, en matière d'art. Des images de cauchemar comme celle de Frida Kahlo dans une baignoire, avec les orteils qui se dédoublaient dans le reflet à la surface de l'eau, et qui ressemblaient moins à des pieds qu'à une créature boudinée sortant de la mer en rampant. Dans l'eau du bain, un immeuble surgissait du cratère d'un volcan en éruption, et une femme morte gisait, la gorge étranglée par des cordes tendues sur lesquelles progressaient des insectes. Sa mère aimait aussi beaucoup les visions effrayantes de l'enfer par Bosch, les chimères portant des casques et les corps nus vulnérables. Un homme aux bras en troncs d'arbres qui se terminaient en barques, avec son torse ouvert comme une coquille d'œuf, et rempli de bonshommes qui se faisaient torturer. Un autre, à tête d'oiseau, avalant un corps nu, tandis que les restes de ceux qu'il avait déjà mangés ressortaient par son derrière. C'était tellement grossier et bizarre. L'artiste qui dérangeait le moins Mélanie était Escher, mais ses étranges perspectives inversées lui donnaient le vertige, elle en avait la tête qui tournait quand elle essayait de comprendre comment ça marchait. Une vibration creuse enfla à l'intérieur de la poitrine de l'adolescente.

Il fallait absolument qu'elle remplisse la pièce de bruit, et qu'elle repousse toutes les pensées néfastes.

Sa maman allait bientôt rentrer à la maison, avec de la nourriture froide mais excellente, se dit Mélanie avec confiance. Elle passa ses mèches noires et trempées derrière ses oreilles et referma le plaid autour d'elle, comme un cocon. Tapie sous les couvertures, elle alluma la télé. Non, pas une émission de cuisine. Ce serait une torture. Non, pas un documentaire sur des humains se faisant dévorer par des prédateurs. Non, pas les infos avec leur cortège de guerres, de bains de sang, d'enfants disparus et de chiens battus. Une rediffusion d'une vieille série de science-fiction. Voilà qui ferait l'affaire.

Chapitre 3

« Quoi ? »

Mélanie se redressa d'un bond.

Où ?

Quelque chose clochait...

À la télé, une publicité pour un hachoir électrique. Autour, la maison était silencieuse. Mélanie se rallongea en boule sur le canapé.

Toc toc toc.

Mélanie regarda vivement en tous sens. Le bruit provenait de derrière les rideaux tirés.

L'horloge au mur indiquait 3 h 58 du matin.

Est-ce que c'était sa mère ? À la fenêtre ? Trop faible pour ouvrir la porte ?

Ou bien quelqu'un d'autre ?

Le cœur battant à tout rompre, Mélanie serra la couverture plus près et rampa doucement jusqu'à la vitre.

Je vous en prie, pensa-t-elle. *Faites qu'il n'y ait pas une tête horrible collée au carreau...*

Elle souleva un petit coin du rideau taché et le tira lentement.

Pendant une seconde, elle ne vit rien d'autre que le reflet de son propre visage, pâle et effrayé.

Du mouvement. Un éclair de lumière.

Un petit œil noir et luisant... un corbeau. Un corbeau trempé la contemplait à travers la vitre, la tête penchée sur le côté. L'oiseau cligna de l'œil. Puis ouvrit en grand son bec noir, exposant sa gueule rouge dans un petit son étrange, un *pop* à peine audible à travers la fenêtre.

Le téléphone se mit soudain à sonner.

Mélanie poussa un cri.

Elle fit volte-face, le cœur déchaîné.

Elle exulta de joie.

Sa maman ! Sa maman l'appelait pour lui dire où elle se trouvait !

Mélanie se précipita sur l'appareil et décrocha le combiné.

« Allô ? cria-t-elle d'une voix anxieuse. Allô ? Maman ? »

À l'autre bout, elle n'entendit qu'un grésillement assourdissant. Elle crut percevoir une voix faible qui tentait de couvrir les parasites.

« Allô ! Je ne t'entends pas ! »

Quelqu'un parlait. Mélanie en était certaine, pourtant elle ne parvenait pas à distinguer les mots. Elle ne devinait que les inflexions de la langue. L'adolescente fit tout son possible pour entendre ce qui se disait.

Un gémissement strident et haut perché se transforma subitement en cri électrique.

« Ouch ! s'exclama Mélanie en éloignant vivement le combiné de son oreille.

— Allô ? Il y a quelqu'un ? » demanda distinctement une voix d'homme.

Mélanie releva le combiné dans un geste désespéré. « Oui ! Je vous entends !

— Comme c'est charmant », commenta la voix.

Perplexe, l'adolescente cligna les yeux. Cette voix mielleuse ne lui était pas familière, et elle avait quelque chose de très déplaisant...

Comme si elle sentait le malaise de Mélanie, la personne changea de ton. « Tu ne me connais pas, mais moi je connais ta maman et ton papa depuis trèèèès très longtemps. Je suis leur vieil ami, M. Gluant, ajouta la voix dégoulinante d'hypocrisie.

— Où est-elle ? cria Mélanie.

— Je t'en prie ! s'indigna la voix. Pas la peine de brailler ! Je t'entends parfaitement. »

L'homme fut pris d'une quinte de toux, ravala des glaires pour tenter de s'éclaircir la gorge. Mélanie perçut un haut-le-cœur visqueux. Puis un crachat gluant.

« Toutes mes excuses, murmura la voix pâteuse. J'ai des petits problèmes de congestion. Mais peu importe. J'appelle au sujet de ta maman. »

Mélanie sentit la chair de poule lui dresser les poils sur les bras. Quelque chose clochait. Elle n'aurait su dire quoi, mais elle le sentait.

« Oui ? répondit-elle d'une voix chevrotante.

— Ta maman avait une *obligation*. On avait conclu un marché. Elle a donné sa parole, mais elle ne l'a pas tenue. Ce n'était vraiment pas gentil de sa part, n'est-ce pas ? »

Un rire collant déchira l'air, comme si l'homme plaisantait.

Mélanie avait la main qui tremblait. C'était une blague, une mauvaise blague. C'était un pervers ou quelque chose dans ce genre, et elle ne devrait pas l'écouter. Il était méchant. Elle baissa lentement le combiné pour le raccrocher.

« Stop ! » gronda la voix.

Le cœur cognant dans la poitrine, Mélanie obéit.

« Écoute-moi bien, espèce de petite demeurée ! persifla l'inconnu. Ne t'avise pas de me raccrocher au nez ! Tes parents ont conclu un marché. J'ai laissé à ta mère quatorze années avec toi dans le Royaume de la Chair, à la condition que quand je dirais qu'il est temps de rentrer, vous rentreriez toutes les deux. Eh bien, Maman est rentrée en Entremonde comme on le lui avait dit, mais elle a cru qu'elle pouvait te laisser en route, et que je ne serais pas capable de te retrouver. Mais si tu ne reviens pas en Entremonde, je vais faire du mal à ta maman, n'est-ce pas ? Je vais la faire hurler de douleur, et je t'appellerai. Où que tu sois. Et tu seras forcée d'écouter.

— Je vous en prie », supplia Mélanie d'une voix rauque.

Elle ne parvenait pas à réfléchir. Il était fou, de toute évidence. Mais était-il possible qu'il détienne vraiment sa mère ?

« Bien sûr, que je l'ai vraiment ta mère, confirma la voix sur le ton de la conversation, comme si l'homme avait lu dans les pensées de Mélanie. Attends un peu, que je l'appelle. » Il susurra quelque chose sur un ton de conspirateur. « Mais elle n'est plus vraiment elle-même. Non pas qu'elle ait jamais été grand-chose, en réalité. Mais disons que si elle n'était que l'ombre d'elle-même, eh bien là, elle n'en est plus que l'ombre de l'ombre. »

Mélanie perçut des bruissements de tissu.

« Fumiko ! » siffla l'homme pour l'encourager.

Mélanie l'entendit appeler sa mère comme si elle était un chien.

« Viens ici ! Allez viens ! Voilà, gentille fifille. Il y a quelqu'un qui veut te parler. Là. Voilà. Prends le téléphone. C'est ça. Maintenant, dis "bonjour".

— Bonjour, s'exécuta une voix douce.

— Maman ? murmura Mélanie, la main tremblante. Maman, c'est bien toi ?

— Bonjour, répéta la voix familière, exactement sur le même ton. Bonjour.

— Mais change un peu de disque ! ordonna la voix d'homme visqueuse. Dis : Mélanie chérie, viens me sauver.

— Mélanie chérie, viens me sauver », répéta la voix monotone de sa mère, comme si elle était un perroquet.

Dans le cœur de Mélanie, tout espoir s'évanouit. C'était vrai. Un fou détenait sa mère.

« Repasse-la-moi », ordonna l'homme grotesque.

Mélanie entendit un claquement.

« Non, gémit la voix faible de sa mère. Mélanie, ne t'approche p... »

Un bruit de coup, fort et sourd.

Le cœur de Mélanie s'arrêta.

« On dirait bien qu'il lui reste un peu de sang dans les veines, pouffa l'ignoble voix. Drôle de bonne femme, ça on peut le dire. Où en étais-je ? Aaaah, oui. Si tu veux revoir ta maman, et cetera et cetera, quitte immédiatement la maison et rends-toi au Tunnel Cassiar. Pénètre dans le tunnel le plus à l'ouest. Je ne sais vraiment pas où tu atterriras, si tu te trompes d'entrée. ALORS FAIS ATTENTION ! rugit-il.

— Côté ouest, sanglota Mélanie.

— C'est bien, bonne petite, fit la voix abjecte, sur un ton apaisant. Là-bas, tu trouveras de nombreuses portes, alignées le long du mur, sous le tunnel. Prends la Porte Numéro Quatre ! Tu as bien compris ? Porte Quatre ! C'est ton entrée gagnante vers l'Entremonde !

— Je... je vous en pprie, balbutia Mélanie. Ne lui faites pas de mal.

— Je... je vous en pprie, singea l'homme d'une voix de fausset. Ne lui faites pas de mal. » Puis son timbre redevint grave. « Tu as intérêt à ramener ton gros cul ici, fissa. Tu ferais même mieux de te mettre à COURIR ! »

Mélanie raccrocha violemment le téléphone. Elle balaya frénétiquement la pièce du regard. Que devait-elle faire ? Sa mère avait été kidnappée ! Elle avait besoin d'aide. De l'aide d'un adulte. C'était un piège. Elle ne pouvait se rendre seule au Tunnel Cassiar. Ses parents étaient impliqués dans des histoires criminelles passées. Il fallait qu'elle appelle la police !

Elle s'empara de nouveau du combiné et l'approcha de son oreille.

Pas de tonalité.

Mélanie frappa le piston une fois, deux fois, trois fois.

Silence.

Il n'y avait plus de connexion. Il avait coupé la ligne. Cet ignoble bonhomme avait...

Les yeux de Mélanie s'écarquillèrent. Le combiné chuta de ses doigts inertes et percuta la moquette. Elle s'éloigna lentement du téléphone.

Il n'aurait pas dû sonner. Ce téléphone n'aurait jamais dû fonctionner.

Leur ligne avait été coupée cinq mois plus tôt...

Mélanie sentit son cœur enfler dans sa gorge. Elle eut beaucoup de mal à réprimer une vague de nausée et lorsqu'elle ferma les yeux, des éclairs de lumière blanche éclatèrent sous ses paupières. Instinctivement, elle s'accroupit et prit plusieurs inspirations lentes et profondes. Lorsque le vertige se dissipa, elle se releva. Elle attrapa le manteau kaki trop grand de sa mère, celui avec de la fausse fourrure au col. Elle l'enfila et l'espace d'une seconde, l'odeur de sa mère l'enveloppa. Mélanie secoua la tête.

Quoi d'autre ? Que fallait-il qu'elle emporte ?

Elle n'en savait rien... Vite, vite !

Elle claqua la porte derrière elle.

Le vent froid de la nuit lui gifla le visage de ses doigts mouillés. À l'intérieur de la maison, le téléphone recommença à sonner. Mélanie se mit à courir.

Son adrénaline redescendit rapidement, et bientôt elle ne put faire mieux que de petites foulées traînantes. La pluie crépitait doucement ; le manteau de sa mère n'était pas trempé, mais Mélanie avait très froid.

Dans les premières heures du jour, tout ça lui paraissait complètement irréel. Peut-être avait-elle rêvé toute cette histoire ; peut-être rêvait-elle en ce moment même.

Et si ce n'était qu'une blague ? Une sorte de canular très élaboré... Mais qui voudrait faire une chose pareille ?

Mélanie s'immobilisa. Son souffle s'échappait de ses lèvres en petites bouffées saccadées. Elle leva les yeux. Elle s'était arrêtée devant la boutique de Mme Wei, au coin de la rue.

Mme Wei... Elle s'y connaissait, en termes d'ennuis. L'amour de sa vie, Nora Stein, avait péri dans un cambriolage, des années auparavant. L'histoire avait fait le tour du quartier, mais Mme Wei ne l'avait jamais évoquée d'elle-même, toutes les fois que Mélanie s'était réfugiée hors d'haleine dans sa boutique, pour échapper aux Walkyries. Mme Wei avait été triste pendant des années, mais elle avait survécu à sa douleur. Cette vieille femme avait quelque chose de... disons que ce n'était pas le genre de personne qu'on serait allé trouver pour avoir un câlin, mais elle dégageait une force particulière. De la compassion. Les après-midi pluvieux, Mme Wei invitait Mélanie à entrer dans la boutique, et elle lui offrait un chocolat chaud. Elles discutaient de livres, de l'intelligence des corbeaux et des raisons pour lesquelles certaines personnes se transformaient en tyrans... Sa vieille voisine ne se montrait jamais indiscrète, mais elle donnait à Mélanie des miches de pain rassis et parfois du lait de soja et des œufs. Mélanie pouvait au minimum lui dire qu'elle se rendait au Tunnel Cassiar, pour qu'au moins une personne au monde soit au courant, si jamais elle devait disparaître à tout jamais de la surface du globe.

Elle entendit une fenêtre s'ouvrir.

Un halo de lumière l'éblouit.

Mélanie leva le bras pour se protéger les yeux.

« Qui est là ? interrogea une voix puissante. Qu'est-ce que vous fabriquez ?

— C'est moi, répondit Mélanie d'une petite voix timide.

— Est-ce que c'est Mélanie ? demanda Mme Wei avec une grande surprise. À cette heure de la nuit ? Est-ce qu'elle a des ennuis ? »

En entendant l'inquiétude dans la voix de Mme Wei, Mélanie sentit des larmes de soulagement et de gratitude lui monter aux yeux. Elle ne réussit pas à retenir un sanglot déchiré.

« Ne bouge pas ! » ordonna Mme Wei.

Le halo lumineux s'éteignit dans un *clic* et Mélanie, brusquement aveuglée par l'obscurité revenue, entendit la fenêtre claquer. Immédiatement après, la lumière au-dessus de la porte d'entrée s'alluma et Mme Wei apparut, lui faisant signe d'entrer, vite, vite ! Mélanie ne put s'empêcher de sourire de soulagement. Elle se précipita à l'intérieur.

L'odeur familière de champignons et de papayes séchés, de citronnelle et de durian emplissait l'air tiède, et l'horreur de cette nuit céda du terrain.

La vieille femme ne prit pas Mélanie dans ses bras. Elle lui tapota le dos comme si elle avait quelque chose coincé dans la gorge.

« Mélanie a des ennuis. Mélanie a besoin d'aide. »

Mélanie cligna les yeux à travers ses larmes. Elle aimait cette façon qu'avait Mme Wei d'employer la troisième personne. Elle était incapable d'expliquer pourquoi, mais ça rendait les choses un peu moins inextricables...

Mme Wei n'attendit pas la réponse qu'elle connaissait déjà. « Viens ! Viens en haut ! »

Elle éteignit la lumière, et elles gravirent ensemble un petit escalier étroit, situé à l'arrière du magasin.

Mélanie n'était jamais entrée là où vivait Mme Wei.

Les pièces avaient été ouvertes, si bien que la cuisine et le salon communiquaient. Ce grand espace sans cloisons était chaleureux, clair et spacieux. Tout le long du mur nord étaient alignés des livres, dont les titres sur le dos étaient en chinois, en français, en allemand et en anglais. Près de la fenêtre du mur ouest avaient été placés deux grandes armoires en métal et deux fauteuils à l'air confortable, ainsi qu'une grosse lampe de lecture. Une énorme table en bois, recouverte de livres et de piles de papiers et de dessins, occupait le centre de la pièce. Un oranger dont les feuilles chatouillaient presque le haut plafond en pente s'épanouissait dans un coin. Des fruits minuscules pendaient à ses branches. Leur parfum épicé embaumait tout l'espace.

« Mme Wei ne reçoit pas souvent d'invités », s'excusa-t-elle. Elle dégagea une partie de la table et fit signe à Mélanie de s'asseoir.

Mélanie choisit le fauteuil en panne de velours et enroula les doigts autour des arabesques en bois des accoudoirs sculptés. À la cuisine, Mme Wei mit de l'eau à bouillir. Mélanie s'enfonça dans son fauteuil et ses yeux lourds d'épuisement se mirent à papilloter. Elle se redressa d'un bond en entendant le bruit mat de la théière et des deux tasses que Mme Wei posait sur la table.

Les yeux plissés de la vieille femme s'étrécirent. Elle versa du thé brun dans les tasses, et le parfum de noix monta dans la pièce. Mélanie but le liquide chaud avec précaution. Il était délicieux.

Les yeux de Mme Wei se plissèrent plus encore. « Mélanie a faim ? »

La jeune fille leva les yeux de sa tasse. Elle mit plusieurs secondes à comprendre le sens des mots. Elle fit oui de la tête.

« Mélanie doit d'abord manger avant de me raconter son histoire, annonça Mme Wei avec emphase.

— Non, je dois me dépêcher. Ma maman...

— Mélanie ne peut pas penser ou faire les bons choix si elle a faim. Manger d'abord. Parler plus tard ! »

Mme Wei retourna dans la cuisine. Elle mit un instrument en route et alluma le micro-ondes. Mélanie entendit le *crac, crac !* des coquilles d'œufs et la fourchette qui fouettait. Elle s'assoupit de nouveau lentement, jusqu'au moment où le bruit sourd des assiettes qu'on posait devant elle la tira brusquement de sa stupeur.

« Mange ! » ordonna son hôtesse.

L'adolescente succomba à ce repas simple composé de bouillon fumant, de pois sautés et d'œufs brouillés. Et de riz chaud. Chaque bouchée était pleine de saveurs, délicieuse et nourrissante, et Mélanie sentit toutes ses émotions confuses s'éclaircir. Elle retrouva peu à peu ses esprits. Quand elle eut terminé, Mme Wei remit de l'eau dans la théière. Elle remplit la tasse de Mélanie et concentra son regard perçant sur le visage de la jeune fille.

« Parle. »

Mélanie commença lentement, puis lorsqu'elle vit que Mme Wei ne l'interrompait pas pour lui poser des questions ou se moquer, elle prit de l'assurance et les mots tombèrent en cascade de ses lèvres. Elle lui raconta tout de son après-midi et de sa soirée de la veille.

« Et alors que je quittais la maison en courant, conclut Mélanie, le téléphone s'est remis à sonner. Et il n'aurait pas dû sonner. » Elle secoua la tête. « L'Entremonde, le Royaume de la Chair. Est-ce que des choses pareilles pourraient exister, madame Wei ? C'est juste un fou et je devrais prévenir la police, pas vrai ? Il a dit qu'il s'appelait M. Gluant. » Ce nom répugnant fit frissonner Mélanie. « Est-ce que tout ça est vrai ? »

Elle leva les yeux de sa tasse vide. Mme Wei avait les yeux fermés. S'était-elle endormie ?

Mme Wei se leva si vivement que sa chaise bascula sur le plancher dans un claquement sec. Elle se précipita vers ses armoires en métal. Elle utilisa une clef qu'elle portait autour du cou, au bout d'une chaîne, pour déverrouiller l'un des placards. Elle fit glisser de lourds tiroirs et fouilla parmi des dossiers. Une odeur de vieille poussière emplit la pièce. Mélanie éternua.

La vieille femme poussa quelques jurons. Elle fit claquer le tiroir du bas et se pencha sur le deuxième, dans lequel elle se remit à farfouiller. « Ha ! cria-t-elle d'une voix triomphante. Mme Wei se disait bien que cela lui rappelait quelque chose !

— Quoi ? Quoi ! » demanda Mélanie avec force.

Avec grand soin, Mme Wei sortit du tiroir un vieux dossier. Elle apporta son trésor sur la table, puis courut à la cuisine et en revint avec une paire de gants de coton blanc aux mains. Perplexe, l'adolescente fronça les sourcils.

« Il y a de l'acide naturel sur les mains, sur la peau, expliqua Mme Wei en ouvrant le dossier avec précaution. Si on touche choses anciennes avec la peau, on peut les abîmer. » Elle leva la tête vers Mélanie et lui adressa un clin d'œil. « Mme Wei était archiviste avant de venir dans ce pays, confia-t-elle sur un ton de conspiratrice. Mme Wei descend d'une longue lignée d'érudits et d'archivistes. Un jour, il y a de nombreuses années, Mme Wei cherchait des livres intéressants chez MacLeod's, quand elle a trouvé un très vieil exemplaire du *Livre des morts tibétain*. C'était une édition qu'elle n'avait jamais vue. Elle l'a achetée et rapportée à la maison et c'est alors que ce petit morceau de papier en est tombé ! »

Elle prit une petite enveloppe dans le dossier et la tapota doucement pour faire glisser dans la paume de sa main un fragment déchiré et jauni. Dessus, Mélanie aperçut des gribouillis qu'elle ne parvint pas à déchiffrer. On n'aurait pas du tout dit des caractères chinois, mais qu'en savait-elle ? Elle avait la gorge serrée. « Qu'est-ce que ça a à voir avec ma maman ? murmura-t-elle d'une voix rauque.

— *Chuuuuuut !* ordonna Mme Wei. Regarde. Regarde et écoute. Écoute avec tout ton esprit. »

Mélanie fixa les caractères sur le papier, et tandis qu'elle suivait des yeux les étranges contours, elle sentit son cœur s'ouvrir comme les pétales d'une fleur.

Les gribouillis se mirent à bouger, à onduler et à s'entrelacer sur la page, et l'encre noire passée redessina des lettres, puis des mots.

Ainsi s'achève ce qui n'aurait dû être
Lorsqu'un enfant vient au monde
Alors que cela ne peut être
Dans les confins du Royaume d'Entremonde.

Mélanie s'arrêta de respirer. Elle entendait le tic-tac de ses pensées, comme une vieille horloge. Cet ignoble M. Gluant. Au téléphone. Il avait dit que sa mère avait conclu un pacte. Quatorze ans. Pour qu'elle puisse élever Mélanie dans le Royaume de la Chair.

Et…

Cette photo de ses parents. L'affiche « avis de recherche », avec la description.

Là aussi, l'Entremonde était mentionné…

« Madame Wei, je dois y aller, annonça Mélanie avec détermination.

— Qu'a vu Mélanie ? »

Mélanie jeta un œil aux lettres noires, mais elles avaient repris leur forme originale, illisible. Déçue, elle cligna les yeux dans l'espoir de les faire réapparaître. Elle ne se rappelait pas exactement le texte, c'était d'ailleurs une des raisons pour lesquelles elle était si mauvaise, à l'école.

« Ça disait... ça parlait de quelque chose qui ne devait pas s'arrêter. Quand le bébé impossible naît en Entremonde.

— Ohhhh, souffla Mme Wei.

— C'est ce que vous avez vu ? »

La vieille femme secoua la tête.

« Mme Wei a vu autre chose. Cela change selon les gens, peut-être. Le message de Mme Wei disait : “Des ténèbres surgit un enfant de l'Entremonde pour qu'on prenne soin de lui.” »

Mélanie se retrouva bouche bée. « C'est moi ? Ce soir ?

— C'est possible, fit Mme Wei en haussant les épaules. Cela doit faire partie d'une prophétie. Mais la prophétie doit changer tout le temps quand la vie avance. La prophétie doit bien être forcée de changer, mais elle a aussi la capacité de changer l'avenir. En tout cas, c'est ce que Mme Wei a compris...

— Madame Wei... » Mélanie avala sa salive. « Êtes-vous humaine ? »

Les yeux sombres de Mme Wei s'écarquillèrent. Mélanie venait-elle d'insulter sa seule et unique amie ? Ou bien avait-elle découvert le secret du monstre, qui serait désormais dans l'obligation de la tuer ?

La vieille femme éclata de rire. « Ba ! Ha ! Ha ! Ha ! Haaaaaah ! explosa-t-elle, tout en essuyant les larmes au coin de ses yeux. Ahhh, Mélanie. Mme Wei regrette d'être enfermée dans ce corps de mortelle, mais c'est tout ce que nous avons. Certains des livres les plus anciens sur ces étagères parlent d'un temps qui a peut-être existé. Quand nous n'étions pas piégés, pauvres mortels, dans un monde de souffrances et d'épreuves. Un temps où toutes les créatures vivantes mouraient et s'en allaient dans d'autres royaumes. Bon nombre de religions, aujourd'hui, reproduisent ce sentiment. Le Paradis et l'Enfer. Le Nirvana. Le Ciel. Le Purgatoire. Mme Wei ne croit pas à ces choses-là. Mais un meilleur cycle que celui dans lequel nous vivons aujourd'hui, Mme Wei l'espère de tout son cœur. »

Mélanie secoua la tête ; en esprit elle avait déjà repris la piste du Tunnel Cassiar.

Mme Wei replaça le vieux fragment de papier dans son enveloppe, qu'elle rangea ensuite dans son dossier. Elle retira ses gants blancs et se mit à s'agiter dans la pièce. Elle déposait des objets sur une chaise : un sac à dos noir, des barres de céréales, des allumettes, plusieurs sacs-poubelle noirs, un canif, une corde enroulée, un sachet de noix et de raisins secs. Elle descendit l'escalier à toute vitesse et remonta avec quatre petites bouteilles d'eau dans les bras.

« Qu'est-ce que vous faites ? demanda Mélanie.

— Il nous faut des provisions. Où Mme Wei a-t-elle mis la lampe de poche ? »

Lorsqu'elle comprit pourquoi son amie employait le « nous », Mélanie ne put retenir un grand sourire, qui illumina comme un phare son visage sombre.

Mme Wei attrapa une nouvelle clef accrochée à son pantalon par un mousqueton, avec laquelle elle ouvrit un placard en bois près de la bibliothèque. « Nous allons en avoir besoin, maintenant », murmura-t-elle. Elle déballa des objets enroulés dans un foulard de soie rouge passé, et les déposa sur la table.

Le premier était une petite sculpture en pierre blanche. Elle était si ancienne que les détails avaient disparu, mais Mélanie se dit qu'elle ressemblait à un chat. Le deuxième objet était plus petit, et en jade vert : une amulette au bout d'une cordelette rouge. Cette fois-ci, Mélanie crut reconnaître un rat. Mme Wei leva l'amulette dans la lumière, et elle se mit à tourner doucement sur elle-même. Le jade dans lequel était taillé l'animal était d'un vert impérial, plus profond au centre et légèrement transparent sur les bords. La vieille femme noua la cordelette rouge autour du cou de Mélanie, puis elle l'embrassa sur le front comme pour lui donner sa bénédiction.

« Que la Rate de Jade apporte à Mélanie chance et force. La Rate de Jade est dans la famille de Mme Wei depuis plus d'années qu'on ne peut en compter. À présent Mme Wei l'offre à Mélanie. Porte espoir et foi. » Puis elle se tourna vers la petite sculpture en forme de chat. « Chat Blanc ! commanda-t-elle en reniflant. Ne laisse pas tomber cette vieille femme ! Les chats sont tellement égocentriques, grommela-t-elle entre ses dents. Maintenant ! s'exclama-t-elle. Nous sommes prêtes ! »

Chapitre 4

Mme Wei demanda au chauffeur de taxi de les déposer au coin des rues Cassiar et Adanac.

Mélanie regardait autour d'elle, les yeux écarquillés.

La rue Adanac coupait le tunnel par en haut. Mélanie sentait sous les semelles fines de ses baskets les vibrations des gros camions vrombissants.

« Soyez prudentes ! recommanda le chauffeur avant de repartir.

— Homme bon », marmonna Mme Wei d'un air approbateur.

Le trottoir du pont Adanac n'était protégé que par un muret double, en béton. Une bande de gazon poussait au milieu. Il n'y avait rien d'autre. Ni grillage, ni filets de protection, ni haute barricade. Si on se retrouvait à fuir par Adanac sans connaître les lieux, on risquait bien de sauter par-dessus le rebord et de faire une chute de huit mètres, en piqué sur l'autoroute. Et si on ne se tuait pas dans la chute, on pouvait être presque certain qu'un véhicule surgirait en grondant du Tunnel Cassiar et viendrait terminer le travail...

Mélanie se percha maladroitement sur le muret en béton et se planta sur la bande herbeuse. Il était tard. Il n'y avait pas beaucoup de circulation. Mais quand les véhicules passaient à leur hauteur, le brouhaha et la lumière étaient étourdissants.

Elles ne virent pas d'accès à l'autoroute par le côté ouest des tunnels, rien d'autre que cette chute dans le vide et ce mur de béton. Mais longeant le côté est, un long parterre en pente, recouvert de lierre, conduisait à la voie en contrebas. Des réverbères orange diffusaient leur lueur étrange sur le feuillage. Dans l'obscurité nocturne, l'espace vert avait un air presque sinistre.

Mélanie fronça les sourcils.

« Comment vous saviez qu'on pouvait accéder aux tunnels par ici ? »

Elles étaient bien loin de leur quartier. Comment la vieille femme pouvait-elle être sûre que c'était le meilleur endroit ? Le doute se mit à ramper dans la poitrine de Mélanie.

Mme Wei mit plusieurs secondes à répondre. Puis elle laissa échapper un soupir de mépris pour elle-même.

« Ahhh, Mélanie. Mme Wei était très triste, après l'assassinat de Nora Stein. Mme Wei a même pensé en finir pour de bon. Mais Mme Wei a le vertige. Mme Wei n'aime pas l'eau. Alors elle s'est dit qu'elle pourrait sauter d'un pont moins haut et se faire écraser par un camion. » La vieille femme porta le bras à ses yeux et se mit à rire. « Puis Mme Wei a pensé que ce ne serait pas gentil de causer tellement de problèmes à un conducteur ! Alors elle est restée à regarder par-dessus le pont, avant de rentrer chez elle ! »

Elle tendit la main vers Mélanie pour qu'elle l'aide à monter sur le mur en béton.

Elles se tinrent toutes deux sur le rebord, à contempler la route en contrebas, dans le grondement d'un camion de livraison qu'avala le tunnel.

« Je suis contente que vous n'ayez pas sauté, dit Mélanie à voix basse.

— Merci, sourit la vieille femme. Mme Wei est contente, elle aussi. »

Elles enjambèrent tant bien que mal le muret de séparation et se retrouvèrent sur le parterre recouvert de lierre. Les racines sèches s'entrelaçaient autour de leurs chevilles et elles chutèrent plusieurs fois avant d'atteindre le bout, en nage, haletantes et la peau écorchée. Elles s'immobilisèrent au bord de la voie.

Les deux trous du Tunnel Cassiar s'ouvraient comme des bouches béantes.

Mme Wei se tourna vers la jeune fille.

« L'Homme-Glu. Il a dit le Tunnel Cassiar. À l'intérieur du tunnel. Il y en a deux. Dans lequel faut-il pénétrer ? »

Mélanie se mordit la lèvre. Était-ce au sud ? Ça avait quelque chose à voir avec le côté ensoleillé...

« Le côté ouest ! »

Pour atteindre le tunnel ouest, il leur faudrait traverser le flot des véhicules qui déboulaient.

À cause de la courbe de la voie d'autoroute, il leur était impossible de deviner à quel moment un véhicule allait surgir. Et comme il s'agissait d'une voie rapide, les voitures roulaient très vite. C'était un peu comme jouer à la roulette russe... Après avoir fixé le tournant en silence pendant plusieurs secondes, elles s'attrapèrent par la main et foncèrent droit sur l'étroite bande de béton qui séparait les deux voies.

Un semi-remorque les dépassa dans des rugissements de klaxon. L'appel d'air après son passage faillit bien les aspirer toutes les deux à sa suite, dans le tunnel. Mme Wei et Mélanie s'agrippèrent l'une à l'autre. « Prends garde, murmura Mme Wei, surtout pour elle-même. Prends garde. »

Elles se retrouvèrent au milieu de l'autoroute, frissonnantes, à contempler l'entrée du deuxième tunnel, guettant la circulation qui allait en jaillir en mugissant. Mélanie avait l'impression que son cœur allait exploser.

Les lumières orange qui jalonnaient le plafond du tunnel étaient encrassées par les gaz d'échappement. Mme Wei et Mélanie ne voyaient pas approcher les véhicules. Mélanie fit mine de pénétrer dans le tunnel. Son amie l'attrapa une nouvelle fois par le bras. « L'Homme-Glu. Il a dit de prendre la quatrième porte, à l'intérieur du tunnel ? »

Mélanie hocha la tête. « Porte Quatre ! » Elle se le rappelait parce que, au début, elle avait compris « porte-cartes ».

Mme Wei, dont on aurait dit que rien ne pouvait jamais la décourager, secoua la tête d'un air inquiet. « Quatre porte malheur, marmonna-t-elle. Quatre est dangereux...

— Pourquoi, madame Wei ? demanda Mélanie d'une petite voix.

— En chinois et en japonais, quatre, *shi*, est un homonyme de "mort"... »

Mélanie déglutit avec difficulté.

« Le quatre signifie la mort ? » Sa voix tremblait.

Mme Wei secoua la tête. « Les homonymes sont des mots qui se prononcent de la même manière mais qui ont un sens différent. Mais nous évitons "quatre", à cause de la manière de le prononcer, soupira-t-elle. Il faut faire attention. Cela ne présage rien de bon. »

Elles approchèrent avec précaution de l'ouverture du tunnel ouest. Au moment même où elles y pénétraient, une voiture les dépassa le long de la rampe d'accès et freina à mort. Les pneus crissèrent et Mélanie poussa un hurlement.

Une lumière bleue et rouge se mit à tournoyer avant que la sirène se déclenche.

« Les flics ! » siffla Mme Wei.

Hystérique, Mélanie se mit brusquement à ricaner.

Un grondement de moteur qui accélérait en marche arrière. « Plus un geste ! Arrêtez-vous ! » ordonna une voix d'homme.

Mme Wei colla le sac à dos dans les bras de la jeune fille et lui passa frénétiquement les bras dans les bandoulières.

« Va-t'en ! siffla-t-elle. Cours ! »

Mélanie pénétra à toute allure dans le tunnel rempli de gaz d'échappement, sous la lueur sale des plafonniers orange. Son amulette en jade lui rebondissait sur la poitrine, et le lourd sac à dos tambourinait contre sa colonne vertébrale.

« Halte ! commanda le policier.

— Aaaaahhhh. »

Mélanie reconnut la voix de Mme Wei, mais elle n'avait pas les mêmes intonations que d'habitude. On aurait dit qu'elle était confuse, et effrayée. Mélanie jeta un regard rapide par-dessus son épaule.

Le policier avait atteint la vieille femme, et elle s'accrochait à son bras avec une force redoutable, en décalage avec sa voix.

« Monsieur l'agent, supplia-t-elle d'une voix cajoleuse. Vieille femme perdue. Vieille femme perdue ! gémit-elle.

— Toi, en train de courir dans le tunnel ! Arrête-toi ! Immédiatement ! » Le policier ne semblait pas attendri par la prestation de Mme Wei. Mélanie entendit des bruits de lutte et elle se mit à sangloter.

« Ça va aller, ça va aller, ça va aller », hoqueta-t-elle entre ses larmes, le souffle court dans l'air vicié. Elle toussa furieusement, comme si elle allait expulser ses poumons de sa poitrine. Elle courut le long du passage qui montait, vers les sorties de secours alignées le long du mur. Les portes voûtées étaient en bois massif et elles paraissaient abriter de gros animaux. Et s'il y avait des bêtes sauvages, derrière chaque porte ?

Mélanie poursuivit sa course affolée, dépassa la première porte, derrière laquelle elle entendit un vacarme bien plus profond et effrayant que celui des semi-remorques qui grondaient en passant. Elle courait aussi vite qu'elle le pouvait, pourtant il lui semblait qu'elle avançait à peine. Mélanie savait qu'il fallait qu'elle fonce sans réfléchir, mais c'était plus fort qu'elle. Haletante, elle jeta de nouveau un regard apeuré derrière elle.

Le policier faisait rentrer Mme Wei de force à l'arrière de la voiture. Son visage pâle contemplait Mélanie, à travers le pare-brise arrière. « Cours ! » articula-t-elle avec fureur.

Mélanie accéléra l'allure.

« Stop ! » ordonna de nouveau le policier, dans le tunnel. Sa voix rebondit, fit écho, et Mélanie se mit à courir encore plus vite, dépassa la Porte Numéro Deux, de laquelle émanait un étrange parfum de muguet. Le lourd panneau de bois dégageait une bouffée écœurante, et dans sa course trébuchante, Mélanie retint son souffle un instant.

Elle entendait les pas précipités du policier, bien plus rapides que les siens, et qui se rapprochaient. Deux camions de livraison nocturne la dépassèrent comme un ouragan, projetant du sable dans l'air et faisant claquer ses cheveux dans tous les sens.

Elle n'allait pas y arriver. Il la rattraperait avant. On l'emmènerait aux services sociaux. Sa mère mourrait.

Mélanie eut l'impression que ça gigotait, autour de son cou. Elle aurait bien hurlé, mais elle n'avait pas assez d'air dans les poumons. Tout ce qu'elle pouvait faire, c'est continuer à courir.

Elle sentit quelque chose s'agripper à son oreille et à ses cheveux. Quelque chose avec des griffes et des moustaches.

« Ne baisse pas les bras, petite, chuchota une légère voix rauque au creux de son oreille. Je ferai ce que je pourrai. »

Un poids léger se souleva de ses épaules, dans un bond, et quelques secondes plus tard, Mélanie entendit le policier pousser un hurlement.

« Bordel ! Un rat ! »

L'adolescente regarda en arrière.

Le policer sautait dans tous les sens, essayant d'assommer avec sa matraque l'animal accroché à sa manche.

Mélanie se plaqua la main sur la bouche. À la fois fascinée et frappée d'horreur, elle vit le rongeur bondir, remonter en trottinant jusqu'à la tête du policier, et lui labourer le dos de ses pattes minuscules. Le rat leva la tête et regarda Mélanie. Dans la lumière étrange du tunnel, ses yeux paraissaient rayonner d'une lueur verte. « Fuis ! » ordonna le rat de sa voix stridente, avant de se faufiler sur le torse de l'homme.

Mélanie redoubla d'efforts.

« C'est ta dernière... », commença à brailler le policier, mais au même moment, le rat s'agrippa à une partie plus tendre de son anatomie, et l'homme termina sa phrase dans un beuglement.

Mélanie accéléra encore la cadence. Dans sa poitrine, son cœur tambourinait au même tempo que ses pieds sur le sol. Des étoiles blanches scintillaient dans son champ de vision. Elle pouvait à peine respirer. Elle dépassa le panneau avec l'inscription « Porte Numéro Trois ». Contre les lattes de bois étaient entassées des montagnes de vêtements. Elle crut apercevoir une main tendue, les restes squelettiques d'un pied...

Un coup de feu claqua dans l'air, et la balle ricocha dans un long gémissement. Puis un second coup de feu.

Le tunnel semblait engloutir les ondes extérieures des sons, et l'air se mit à vibrer, comme à l'intérieur d'une cloche. Le bruit rayonna de manière exponentielle, et Mélanie fut secouée par sa violence.

Puis le silence retomba.

Les pas de la jeune fille ralentirent et elle finit par s'arrêter. Elle n'entendait plus dans le tunnel que sa respiration haletante et déchirée. Dans l'effort, ses épaules se soulevaient et s'abaissaient précipitamment.

Le long de sa colonne vertébrale, elle sentit le petit duvet se dresser sur sa peau.

Elle se retourna une nouvelle fois.

Le tunnel était totalement vide.

Plus de policier. Plus de rat. Le gyrophare bleu et rouge s'était arrêté. L'air était immobile.

Comme si elle était la dernière créature vivante sur terre.

Une voiture va finir par passer, pensa Mélanie en fixant l'entrée d'en face. Un camion, quelque chose – cette ville ne dormait jamais complètement. Il y avait toujours des gens...

Le silence assourdissant était insupportable.

Les jambes de Mélanie la lâchèrent et elle tomba à genoux. Elle laissa basculer sa tête en avant et se couvrit le visage de ses bras.

Faites que tout ça disparaisse, pensa-t-elle. *Faites que ça disparaisse.*

Chapitre 5

Un bruit. Un son familier, pourtant Mélanie ne savait pas où elle l'avait entendu.

Un roulement. Comme une boule de bowling, en moins lourd. Le bruit cessa. Puis reprit pendant quelques secondes, avant de s'interrompre de nouveau.

Ça provenait de l'entrée opposée. Le roulement intermittent se rapprochait.

Mélanie releva la tête avec lassitude.

À première vue, elle ne put identifier ce qu'elle apercevait.

Elle cligna les yeux, encore et encore, et se frotta les paupières de sa paume sale et fatiguée avant de comprendre.

La silhouette rebondie d'un animal s'approchait d'elle en trottinant, en se balançant légèrement de droite à gauche à chaque pas. Un raton laveur. Il poussait devant lui un objet, zigzaguant parfois quand celui-ci bifurquait ou s'arrêtait. L'animal émettait alors de petits grognements furieux et marmonnait dans sa barbe, mais il continuait de progresser vers Mélanie avec une grande détermination.

Il fallut plusieurs minutes au raton laveur pour atteindre les pieds de l'adolescente. La créature donna alors un ultime coup de patte agacé à la boule noire, qui s'immobilisa sur sa face plate. Il y eut un bruit de liquide qu'on secoue, puis plus rien. Le raton laveur se mit à pépier avec beaucoup d'énergie. Il se dressa sur son arrière-train et attrapa le jean de Mélanie de sa petite patte griffue, qui ressemblait beaucoup à une main. Les yeux noirs de l'animal scintillaient au milieu de son masque sombre.

« C'est... » La voix de Mélanie sonna comme un croassement éraillé. Elle déglutit et fit une nouvelle tentative. « C'est pour moi ? »

Le raton laveur acquiesça énergiquement. Puis il retomba à quatre pattes et repartit en courant d'où il était venu, en se balançant de droite à gauche.

« Attends ! » s'écria Mélanie en se relevant d'un bond. L'écho de sa voix se répercuta dans la grotte du tunnel.

Le raton laveur disparut sans un regard en arrière.

Mélanie contempla la boule noire. Elle était plus petite qu'une boule de bowling et elle avait l'air en plastique de mauvaise qualité.

Elle parcourut le tunnel du regard. Il était toujours totalement vide et silencieux. L'adolescente s'accroupit pour ramasser cet étrange présent, et fit tourner le globe dans ses mains.

C'était une grosse Boule 8 Magique. La laque noire et lustrée avait été quelque peu usée par son dernier voyage. Dieu sait où le raton laveur l'avait dégottée. Mélanie en avait déjà vu une de ce genre, en primaire. Il suffisait de la secouer en posant une question du genre « Est-ce que je vais réussir mon examen de sciences sociales de ce trimestre ? », puis d'immobiliser la boule. Alors un message en forme de triangle inversé apparaissait dans la petite fenêtre, et on pouvait le lire. Elle n'était pas *vraiment* magique, cette boule. Il n'y avait que vingt réponses, qui ne changeaient pas. Des réponses générales, comme « OUI, ABSOLUMENT », « REPOSEZ CETTE QUESTION PLUS TARD » ou « MES SOURCES DISENT QUE NON ». Un jour, un de ses camarades en avait apporté une, en classe. Après plusieurs heures passées à lui poser des questions stupides (« Est-ce que Brandon aime Kasumi ? »), ils s'étaient fatigués de recevoir toujours les mêmes messages. Mélanie l'avait prise la dernière. Elle avait noté toutes les réponses à ses vingt questions. Dix penchaient du côté « oui », cinq du côté « peut-être », et cinq étaient négatives. L'adolescente en avait conclu que cette boule avait un potentiel très limité.

« N'en sois pas si certaine », murmura une petite voix rauque.

Mélanie sursauta et lâcha la Boule 8 Magique. Le globe roula et vint s'immobiliser auprès d'un gros rat vert.

Mélanie recula nerveusement jusqu'au mur crasseux. Du regard, elle chercha désespérément Mme Wei, mais le tunnel était vide, en dehors d'elle et du rat qui parlait.

Le rat vert poussa un soupir et entreprit de se passer les pattes sur les oreilles. Puis il se contorsionna pour lisser la fourrure de son arrière-train.

Sa queue en cordelette rouge rappelait vaguement quelque chose à Mélanie... elle posa la main sur sa poitrine et chercha à tâtons l'amulette. Elle avait disparu.

« Tu es le pendentif en jade que m'a donné Mme Wei ! » s'écria Mélanie en montrant du doigt le rat vert.

L'animal se tourna vers elle et se frappa le front de sa petite patte délicatement ciselée. « Aiyaaaaa ! s'exclama-t-il. Est-ce que la peur t'a complètement ramolli le cerveau ? » Sous l'effet de l'indignation, ses moustaches s'étaient dressées à la verticale.

« Ce n'est pas gentil, de dire ça, riposta Mélanie sur un ton de reproche. Et bien sûr que j'ai peur ! N'importe qui aurait peur ! »

Le rat renifla avec tant de véhémence que Mélanie se demanda si ce n'était pas une sorte de juron en langue rat.

« Tu es aussi gros qu'un cochon d'Inde, murmura l'adolescente, effarée.

— Je te demande *pardon,* articula le rat. Je suis la Rate de Jade, et je tiens à te dire que je suis bien un rat, et même un rat femelle, dans sa prime jeunesse, qui plus est. Bien que cette jeunesse soit prolongée par la pierre, ajouta-t-il.

— Nom d'un corbeau ! » souffla Mélanie.

La Rate de Jade se frappa une nouvelle fois le front.

« Ce n'est vraiment pas le moment de me détailler des pieds à la tête comme une bête de foire ! Hâte-toi, petite ! Passe la Porte ! Le tunnel peut reprendre sa forme normale à tout moment ! Aiyaaaaa ! »

Sans même demander la permission, la rate grimpa le long du jean de Mélanie, en maugréant méchamment au fil de son ascension.

« Pourquoi la vieille femme ne m'a-t-elle pas réveillée en période d'abondance ? Avec des nouilles croquantes, du poulet en sauce, du raisin noir et des patates douces ? En temps de paix, tout le monde mange, et la peur n'étreint personne. » La rate s'assit sur l'épaule de Mélanie et lui enroula sa queue de cordelette rouge autour du cou.

Contrairement à ce qu'aurait imaginé Mélanie, la queue n'était ni froide ni rugueuse.

Au loin, elles entendirent un grondement caverneux.

« Hâte-toi ! » répéta la Rate de Jade. Mélanie perçut un déclic à peine audible, et constata que la rate était redevenue amulette.

L'adolescente se tourna vers la Porte Numéro Quatre, et son pied cogna contre la Boule 8 Magique. Elle la contempla pendant un moment. Elle était encombrante, et Mélanie ne pouvait pas l'emporter. En plus, elle ne se mangeait même pas. Pourtant, ce raton laveur... Il l'avait fait rouler sur toute la longueur du tunnel, et ça ne pouvait pas être pour rien. Elle poussa un soupir et, tout en se sentant un peu ridicule, elle s'empara de ce cadeau douteux et le fourra dans son sac à dos.

Elle se retrouva en face de la Porte Quatre. Elle était en bois massif, fixée sur un unique rail métallique et maintenue fermée par un loquet rudimentaire. Au centre, l'inscription suivante : « Attention. Passage de véhicules. »

Que pouvait-il y avoir de l'autre côté ?

Est-ce que ce grotesque M. Gluant, qui avait enlevé sa mère, l'attendait tranquillement ? Était-ce un piège pour la capturer à l'instant où elle franchirait le seuil ?

Qu'allait-il lui faire ?

Les mains tremblantes, Mélanie souleva le loquet et posa la main sur la clenche poisseuse. Elle tira, mais la porte était coincée. Elle inspira profondément, attrapa la clenche à deux mains et se remit à tirer violemment, en se penchant. La lourde porte grinça et les gonds rouillés de longue date gémirent lorsque Mélanie força le panneau à pivoter.

Essoufflée, elle contempla l'obscurité.

Rien.

Le silence.

Soudain, un gigantesque grondement s'engouffra par la porte ouverte, souleva Mélanie de terre et l'aspira vers l'intérieur. Elle s'accrocha désespérément à la clenche, son corps s'éleva à l'horizontale dans le vent beuglant et mugissant. Des canettes vides volèrent à hauteur de sa tête, ainsi que des sacs en plastique et de petites branches. Le souffle lui fouettait le visage, balayant ses larmes ruisselantes. Mélanie recroquevilla les orteils pour retenir ses chaussures. Elle ne pouvait plus respirer. Même l'air dans ses poumons était aspiré par le vide. Ses jambes et ses pieds battaient follement dans le gouffre béant, comme ceux d'une poupée désarticulée.

Ses doigts moites glissaient.

Elle s'agrippa plus fort, désespérément. Mais elle ne sentait presque plus ses mains.

Elle n'y arriverait pas. Elle ne parviendrait même pas en Entremonde.

Au diable ! Au diable ce vent et ce satané bonhomme et tout ce qui se mettrait sur sa route ! Mélanie tira sur ses jambes de toutes ses forces, fit levier avec tous les muscles de son corps.

Comme s'il sentait la volonté de la jeune fille, le vent se mit à redoubler de rage. Mais Mélanie décupla elle aussi ses efforts, les yeux plissés et les dents serrées.

Centimètre par centimètre, elle glissa le pied hors du trou. Lentement. Sûrement. Jusqu'au moment où ses baskets trouvèrent un point d'appui solide. L'encadrement de la porte. Elle crispa les orteils et tenta de nouveau d'ébranler la porte. Consterné de perdre sa proie, le vent poussa des hurlements de désarroi et s'enroula autour de la taille de Mélanie. Il la secoua, la fit plier, le dos arqué et les vertèbres craquant sous la torture...

« Nooooon ! » riposta Mélanie en donnant un coup de reins phénoménal.

La porte se referma dans un glissement, et Mélanie s'écroula sur le béton.

Elle respirait précipitamment, comme à court d'air, et peu à peu son cœur emballé se calma.

« Nom d'un corbeau, murmura-t-elle, la joue contre le ciment nauséabond. Nom d'un corbeau, personne ne m'avait parlé d'un vent pareil. » Elle se tapota la poitrine et sentit le soulagement l'envahir lorsque ses doigts rencontrèrent l'amulette tiède toujours accrochée à son cou.

« Ooooh », grogna Mélanie en se remettant tant bien que mal à genoux, puis debout, en vacillant. Une fois de plus, elle attrapa la clenche.

Et maintenant, qu'allait-elle trouver ? Un monstre baveux ? Un cadavre desséché ? Le proviseur du collège, Mme Nougat ? L'idée la fit presque sourire.

Pour passer de l'autre côté, il lui fallait franchir cette porte.

C'était simple.

Insupportable.

Mélanie ouvrit lentement la porte.

Pas un bruit, pas un souffle d'air.

Elle entra.

Chapitre 6

Mélanie se retrouva sur une saillie rocheuse, large d'à peine trois mètres, taillée dans le versant d'une montagne grise. Elle leva les yeux au-dessus de la porte, chercha la limite de la paroi, si elle existait. Haut, très haut, le mur presque vertical semblait se fondre dans une brume d'un blanc grisâtre, qui pouvait être le ciel ou les nuages... Elle porta le regard au-delà de l'arête rocheuse ; l'abîme s'ouvrait si profond qu'elle n'en vit pas la fin, rien d'autre que de petits pans de brume blanche. Un vent froid la heurtait par rafales. Son cœur et sa tête se mirent à tourner, et elle fut prise d'un vertige en imaginant la chute atroce, le plongeon mortel qui l'appelait lui aussi, si fascinant et impérieux...

Elle recula lentement, pour s'éloigner du vide enivrant. Elle sentait son cœur trembler comme un moineau affolé.

Sous ses pieds, quelque chose de sec craqua et s'écrasa.

De petites brindilles blanches tapissaient tout le rebord, et sous son poids elles se réduisaient subitement en poussière. Mélanie souleva un pied pour les examiner. Leur contact était tellement répugnant.

Un grincement désagréable résonna derrière elle. Mélanie fit volte-face et vit la porte se refermer, comme si un énorme rocher venait rouler devant pour obstruer le passage. L'orifice circulaire se réduisit bientôt à un croissant de plus en plus étroit, avant de disparaître totalement. Soudain, le silence lui parut assourdissant, et la paroi à pic retrouva son apparence lisse et pleine.

Mélanie se mordit la lèvre. Elle ne pourrait plus repartir par ce chemin.

Comme si quelqu'un avait subitement allumé un interrupteur, l'air fut empli de bruits – des milliers de cris rauques, l'appel des corbeaux rentrant dans leurs abris, au creux de la montagne. Comme ceux qu'elle admirait sur le chemin, en rentrant de l'école. Est-ce que les corbeaux l'avaient accompagnée jusqu'en Entremonde ?

D'en dessous, très très profond, un fil noir et brillant surgit et monta lentement vers elle. Tout en se rapprochant avec des ondulations et des tremblements, cette ligne noire et erratique se mit à enjamber le gouffre. Les cris rudes et râpeux des corbeaux retentirent de plus en plus fort, et les oiseaux se rapprochèrent de Mélanie, puis bondirent dans l'air jusqu'au sommet d'une unique montagne, qui lui paraissait à une centaine de mètres.

Ce pont noir suspendu dans l'air... il était fait d'oiseaux.

Le pont de corbeaux mesurait un mètre de large, et il tanguait et se cambrait comme une épave ballottée par une mer orageuse. C'était la seule voie pour traverser les airs jusqu'à l'autre côté.

Autour de la crête sur laquelle se tenait Mélanie, le ciel était bleu, zébré de rose orangé et de mauve, mais au-dessus du gouffre les couleurs paraissaient délavées. De l'autre côté, la montagne n'était pas d'un vert éclatant comme celui de la végétation au printemps ; elle était d'une nuance plus fade. À l'arrière-plan, le ciel était gris ardoise. Tout paraissait plus plat.

« Le pont se rapproche », gronda une voix grave.

Mélanie poussa un cri de surprise. Elle vacilla au-dessus du vide, sentit les brindilles du bord craquer sous ses pieds et une énorme main, grise et râpeuse, la tirer en arrière au dernier moment.

La main appartenait à une géante. Elle mesurait au moins quatre mètres de haut, et son corps était taillé dans le même granit gris que la montagne. Sans le ciel derrière elle, elle se serait fondue dans les couleurs de la paroi sans aucune délimitation visible.

Mélanie la contempla, bouche bée.

La géante demeurait immobile. *Elle pourrait tout à fait être une statue*, se dit Mélanie. Instinctivement, elle tendit la main pour toucher le genou de la géante, qui ressemblait à un rocher.

La rotule était dure, légèrement tiède. De la pierre. Mélanie enleva précipitamment la main, le rouge aux joues. Quelle grossièreté de sa part !

« Désolée », s'excusa-t-elle en levant humblement les yeux vers le visage implacable.

La géante portait le regard au-delà du gouffre, ses yeux fixes étaient de la même couleur et de la même matière que le reste de son corps.

« Je suis la Gardienne de la Quatrième Porte, énonça-t-elle d'une voix grondante, grave et profonde. Pour passer, vous devez payer le tribut. »

Mélanie cligna les yeux.

« D'accord, répondit-elle d'une petite voix, en réfléchissant à toute vitesse. J'ai ici des choses qui pourraient servir à payer ce tribut... »

Elle se mit à tapoter les poches du manteau en grosse toile de sa mère. *Il doit bien y avoir de la petite monnaie*, pensa-t-elle. *Je suis sûre que ça suffira. Parce que*, poursuivit-elle fiévreusement, *peut-être que ce n'est qu'un péage symbolique*. Peut-être qu'il suffisait de montrer qu'on voulait bien payer. Elle fourragea dans les poches profondes, parmi les vieux tickets de caisse et les Kleenex. Les corbeaux croassaient, et leurs ailes filaient comme l'onde fugitive d'une rivière.

« Le tribut est le plus petit doigt de votre main. »

Troublée, Mélanie battit rapidement des paupières.

« Vous devez détacher le plus petit doigt de votre main et me l'offrir comme tribut », précisa la géante d'une voix neutre.

Le cœur de Mélanie s'arrêta de battre. « Qu... Quoi ? Vous allez me trancher le petit doigt ? »

La géante demeura intraitable. « Vous devez le trancher vous-même. »

Le cœur de Mélanie se remit à cogner contre ses tympans, comme un tambour. De petites taches de lumière blanche dansèrent devant ses yeux. Les larmes lui montèrent aux yeux, et elle secoua la tête.

« S'il vous plaît, supplia-t-elle, je vous en prie. Je ne peux pas faire une chose pareille. Il faut que je traverse. Ma maman...

— Vous devez payer le tribut ou vous détourner du Portail. Quoi qu'il en soit, le pont disparaîtra bientôt. »

Dans un roulement de pierre, la géante croisa ses bras de plusieurs milliers de tonnes. Elle n'ajouta pas un mot.

Mélanie ressentit une brûlure dans sa poitrine, qui se tordait et ondulait. Secouée de sanglots, elle plaça son auriculaire dans sa bouche. Elle le mordit à la base, et la douleur la fit gémir. Mais elle ne parvint pas à le trancher. Elle le retira et considéra l'empreinte laissée par ses dents sur la peau. Elle fourra de nouveau son doigt dans sa bouche et mordit plus fort. L'os craqua. Elle poussa une longue plainte de souffrance. Mais elle ne put le faire.

« Arrête », chuchota une petite voix autoritaire.

La Rate de Jade. Mélanie n'avait même pas remarqué que la créature était revenue à la vie et s'était perchée sur son épaule. Elle serra l'animal contre sa poitrine et se mit à beugler.

« Arrête ça ! » répéta la rate verte d'un ton féroce.

Mélanie eut un mouvement de recul, comme si on l'avait giflée.

« Tu vas perdre le pont ! » siffla le rongeur. Puis il se tourna vers la géante. « J'offre mon doigt comme tribut », prononça-t-il d'une voix claire. La géante ne réagit pas.

Avant que Mélanie ait pu l'en empêcher, la Rate de Jade empoigna une de ses pattes avec l'autre et se trancha le dernier doigt d'un seul coup de ses dents dures et pointues. Elle cracha le minuscule auriculaire aux pieds de la géante, au milieu des brindilles blanchies et desséchées.

« Rate de Jade », murmura Mélanie. Sous ses semelles, les brindilles craquèrent et éclatèrent. Elle fixa le sol. Et comprit enfin...

Elle ne se tenait pas sur un lit de branchages morts, mais sur les os desséchés de tous ces doigts, les doigts des créatures qui avaient voulu franchir la Porte de l'Entremonde avant elle...

« Acceptes-tu ce tribut ? » demanda la rate verte d'une voix enrouée et haletante.

La géante hocha la tête. Une seule fois. Puis elle fit signe aux corbeaux. Leurs cris rauques emplirent le ciel et les battements d'ailes résonnèrent comme le tonnerre.

« Traversez sur le dos des corbeaux. Ils sont un pont temporaire et vivant entre votre Royaume et l'Entremonde. Il est nécessaire de se hâter », conclut la géante d'une voix égale.

À la vue du gouffre qui s'étendait à leurs pieds, Mélanie eut le vertige. Et ces corbeaux. Quelques secondes plus tôt, ils étaient si nombreux qu'ils formaient un sentier noir et solide, mais à présent le passage commençait à perdre de sa densité.

« Cours ! » siffla la Rate de Jade en plantant ses griffes dans le manteau de Mélanie et en lui enroulant sa queue autour du cou.

Sans réfléchir, Mélanie obéit.

Elle sauta sur le pont et atterrit sur le dos d'un corbeau en vol. Sous son pied, les plumes douces et lisses vinrent amortir l'impact. Cette élasticité huileuse sous sa semelle. L'oiseau s'affaissa sous son poids, et juste au moment où il virait, Mélanie bondit de nouveau et un autre corbeau vint prendre la place du précédent, sous son pied. Et d'oiseau en oiseau, Mélanie franchit le gouffre. Elle ne pouvait courir plus vite que le vol des corbeaux. Le pont n'existait que par elle, sous elle et derrière elle. Les corbeaux revenaient de derrière pour soutenir un instant ses pas, leur offrir le contact momentané d'une surface. Dès qu'elle posait le pied, l'oiseau était contraint de rompre son élan. Le pont chutait constamment devant elle. Si elle interrompait sa course, elle basculerait dans le ciel. Mélanie courait à bride abattue, haletante et sanglotante, comme si chaque pas devait être son dernier.

« Ne te retourne pas ! cria la Rate de Jade de sa voix stridente. Plus vite ! »

Mélanie, alors qu'on lui ordonnait le contraire, ne put s'en empêcher.

Elle se retourna.

Il ne restait plus de corbeaux que pour faire cinq mètres de pont, et la montagne se trouvait encore à quinze mètres.

Jamais elle n'y arriverait.

« Dépêche-toi ! » ordonna la Rate de Jade.

Mélanie mit toutes ses forces dans sa course. Un mètre. Deux mètres. Cinq mètres. Elle courait au rythme du vol des corbeaux, bondissait sur leurs dos comme si elle sautait de pierre en pierre au milieu d'un fleuve déchaîné... Déjà les corbeaux se dispersaient, le pont était en train de se briser. Et Mélanie voyait clairement l'espace entre leurs ailes virevoltantes. *Je cours en plein ciel !* C'est la seule pensée qui lui traversait l'esprit. *Je cours en plein ciel !*

Plus que cinq mètres. Une saillie rocheuse. Plate, comme une piste d'atterrissage, ou un quai. Elle était recouverte d'herbe sèche des montagnes et de fleurs sombres. Aucune couleur. Rien que du noir et du blanc. Des nuances de gris. Mélanie trébucha et se tendit désespérément vers l'avant. Son cœur battait si fort qu'il était près d'exploser. Ses poumons luttaient pour aspirer l'oxygène.

Pied droit.

Le vide.

Les yeux écarquillés de terreur. La bouche béante, en un cri silencieux.

La Rate de Jade.

Elle dégringola le long du bras de Mélanie et bondit, vola dans l'air. Elle atterrit sur le dos d'un corbeau et sauta de nouveau, avec légèreté et rapidité, de corbeau en corbeau, jusqu'à la montagne.

La rate ne se retourna pas.

Après tout, pensa Mélanie en commençant sa chute vertigineuse, *je ne suis plus qu'un navire en train de sombrer.*

Mélanie ferma les yeux et le vent se mit à mugir.

Puis elle sentit quelque chose, sous son pied.

Les corbeaux. Ceux qui avaient atteint la montagne et avaient atterri sur leurs ergots, ceux-là avaient regardé la petite traverser. Et pour la première fois depuis des millénaires, ils étaient revenus en arrière pour aider quelqu'un en train de tomber.

Ils filèrent comme l'éclair, se rassemblèrent en colonne serrée, puis se séparèrent en deux courants distincts et en une boucle rejoignirent Mélanie pour former sous ses pas un sentier vivant. Ils étaient si nombreux que l'air en était solide. Et Mélanie s'élança sur la distance qui lui restait à parcourir avec une infinie gratitude.

Elle se jeta sur la saillie rocheuse et s'accrocha au tapis végétal en crispant les doigts et les orteils, en fermant les yeux de toutes ses forces. Son cœur battait à tout rompre, et ses poumons ne trouvaient plus l'air. Le contrecoup lui faisait tourner la tête. Elle resta ainsi allongée un long moment.

Le parfum puissant d'une herbe des montagnes pénétra dans son cerveau. Elle cligna les paupières pour éclaircir sa vision trouble, et bientôt son regard se concentra sur une paire de griffes noires et écailleuses.

En sentant son regard, les griffes se contractèrent nerveusement, puis s'immobilisèrent. Mélanie leva la tête. Un gros corbeau, la tête penchée sur le côté, la contemplait de son œil noir et luisant.

Mélanie avala sa salive. « Merci, dit-elle d'une voix enrouée. Merci d'être revenus. »

Le corbeau fixa le visage de Mélanie. Il parut pencher la tête un peu plus, puis s'approcha en sautillant du rebord, avant de plonger, les ailes déployées.

Mélanie roula sur le dos.

Le ciel. De ce côté-ci, ce n'était pas le crépuscule. Nulle zébrure orangée. Tout était lessivé et la lumière était étrange, Mélanie n'aurait su dire si le temps était clair ou couvert.

Elle se trouvait en Entremonde...

Elle s'assit et contempla la vue, en direction de la porte par laquelle elle était entrée. Mais il n'y avait plus rien, même l'autre montagne avait disparu. De sa voix glaciale, le vent chantait une mélopée funèbre dans le vide céleste.

Comment rentrerait-elle ?

Peut-être qu'elle y arriverait. Peut-être à l'aube, pensa-t-elle. Quand les corbeaux repasseraient dans l'autre sens...

Elle poussa un soupir. Cueillit une étrange fleur à deux pétales et l'approcha de son nez. Elle se fit la réflexion qu'elle avait l'air bleue.

Sa main. Elle avait beau être sale et blêmie par le froid, sa peau ressortait sur les nuances de noir et blanc de l'Entremonde, elle paraissait irradier de vie. Son jean avait pris une teinte sombre, et le manteau de sa mère semblait gris foncé.

« Nous devons descendre au pied de cette montagne », suggéra une petite voix.

Mélanie baissa les yeux. La Rate de Jade était assise sur son arrière-train, les pattes avant jointes. Ses yeux d'un vert impérial paraissaient plus proches du noir, dans la lumière de l'Entremonde. Tout son corps était tellement sombre qu'on distinguait à peine ses yeux.

Mélanie cligna lentement les paupières. « Tu m'as abandonnée », dit-elle, la gorge serrée.

La Rate de Jade ne détourna pas le regard. « Tu allais tomber. Je n'aurais rien pu faire pour t'aider. »

Des sentiments intenses tordirent l'estomac de Mélanie. La Rate de Jade s'était tranché le doigt quand Mélanie s'en était sentie incapable. La rate l'avait déjà aidée par deux fois, au péril de sa propre vie. Mais le fait qu'elle l'ait abandonnée sur le pont de corbeaux laissait à Mélanie un goût amer, très amer. Elle plissa les yeux et s'accrocha férocement à cette injustice qui lui avait été faite. « Tu m'as laissée là, répéta-t-elle.

— Tu crois être la seule à avoir une tâche à accomplir en Entremonde ? demanda la Rate de Jade d'une voix monocorde.

— Alors, tu te sers de moi », répliqua Mélanie d'un air impassible.

La Rate de Jade se contenta de fixer la jeune fille sans ciller. Mélanie vit qu'elle soutenait une de ses pattes dans l'autre.

« Nous devons descendre au pied de cette montagne », répéta l'animal avant de se tourner vers un petit sentier qui menait à un escalier taillé dans la roche.

La rate ne bondit pas sur le bras de Mélanie pour galoper jusqu'à son épaule. Elle se mit à sautiller, tout en maintenant sa patte avant contre sa poitrine.

Mélanie la suivit et ne proposa pas de la porter.

Chapitre 7

L'escalier taillé à flanc de montagne n'était pas périlleux, mais les marches étaient hautes et au bout d'une demi-heure, les cuisses de Mélanie étaient à la torture, et ses chevilles tremblaient d'épuisement. Et ce soleil incolore et implacable qui chauffait la pierre, au point que le contact des marches était insupportable. Mélanie avait l'impression que ses pieds douloureux étaient des tranches de viande en train de frire dans une poêle. La sueur dégoulinait sur son visage écarlate et lui piquait les yeux, malgré la morsure de l'air glacial. Après quelques heures, Mélanie et la rate s'étaient arrêtées pour manger et se reposer, mais cette pause n'avait fait que les épuiser encore plus. Accablées par cet après-midi aveuglant et par le vent mordant, elles ne voyaient pas la fin de leur interminable cheminement dans ces montagnes russes.

Mélanie ne parlait plus à la rate. Et la rate se débattait en silence. Elle devait ramper et s'accrocher pour passer d'une marche à la suivante, car elles étaient deux fois plus hautes qu'elle, et sa respiration saccadée lui soulevait les flancs.

En dépassant la rate, Mélanie avait jeté un regard en arrière. L'animal traînait sa patte blessée, incapable même de la maintenir droite.

Pourtant ça ne saigne pas, se dit l'adolescente avec colère. *Et puis je l'ai portée tout le long, jusqu'à maintenant ! Et moi aussi, j'ai mal aux pieds. Faire de l'exercice, c'est bon pour elle. En plus elle est en pierre, et la pierre n'éprouve pas de douleur...*

Ces excuses qu'elle s'inventait la mettaient en rage.

Elle ne trouvait pas la force de pardonner à la rate.

Elle contempla les alentours. L'Entremonde. On aurait dit un extrait d'un vieux film en noir et blanc. Et pourquoi « entre », comme dans « entre-deux » ? Ce monde ressemblait pourtant beaucoup à celui de Mélanie. Elle n'avait pas vraiment pratiqué la randonnée, jusqu'ici, mais cette montagne-ci aurait pu se trouver n'importe où dans son monde à elle.

Elles descendaient à flanc de montagne, le long de sentiers qui ondulaient de haut en bas dans la roche massive, et qui par moments formaient un escalier. Le sol était sec, mais parfois dans les anfractuosités se réfugiait assez d'humidité pour accueillir des buissons épineux et de minuscules fleurs incolores. Mélanie et la rate étaient perchées si haut qu'elles n'apercevaient même pas le panorama au pied de la montagne. Le ciel gris clair s'obscurcissait peu à peu, en dessous d'elles. Parfois Mélanie se demandait si cette montagne n'était pas aussi une île, entourée d'une mer couleur d'ardoise. À d'autres moments, elle était presque certaine qu'une couche de nuages horizontale s'étendait à travers le ciel tout entier. Elle ne voyait aucun repère lui permettant d'évaluer les distances. Et à mesure qu'elles descendaient, encore et toujours, épuisées et malheureuses, Mélanie finit par se détacher de tout.

Elle avait l'impression de plonger en spirale du haut de la plus haute montagne de tous les temps.

Et au fil de leur descente, les petites poches de vie végétale se mirent à changer. L'herbe éparse et les brindilles laissèrent place à des buissons feuillus, à des fleurs plus grandes dont le doux parfum s'élevait dans l'air mais qui n'avaient pas plus de couleur. Mélanie ne comprenait que maintenant combien elle tenait aux couleurs. Maintenant qu'elle les avait perdues.

Et il faisait de plus en plus chaud. Après des heures de marche dans la montagne, à monter et à descendre, elles se retrouvaient suantes et haletantes. Mélanie repensa avec une certaine amertume à une de ses camarades de classe, Lali Vukov. Elle était capitaine de l'équipe de hockey sur gazon, et aussi de l'équipe de cross. Elle, elle aurait sans doute descendu la montagne au pas de course. Et en sifflant, encore.

Garder le manteau de sa mère sur elle était ridicule, par une canicule pareille, mais Mélanie ne voulait pas avoir à le porter. Elle en aurait peut-être besoin, plus tard. Qui sait s'il ne se mettait pas à geler, la nuit ?

« Je sue comme un bœuf ! » grommela Mélanie entre ses dents.

À présent elle clopinait dans l'escalier, les genoux flageolants et les cuisses au supplice. « Foutus pieds ! jura-t-elle en sautillant quand elle se cogna l'orteil sur un affleurement rocheux. Je ne t'ai pas demandé de te trancher le petit doigt ! pesta-t-elle dans l'escalier, par-dessus son épaule. D'accord ? Je ne t'ai pas demandé de le faire ! »

Elle s'effondra sur une marche, enfouit la tête dans ses mains et se mit à brailler.

Elle en avait assez. Elle ne savait pas comment retrouver son idiote de mère. Qui avait été faible toute sa vie, jamais tout à fait là, et maintenant voilà qu'elle avait été assez stupide pour se faire enlever par un fou furieux. Tous ces cauchemars qui se réalisaient. Mme Wei, qu'on avait dû envoyer en prison. Et rien d'autre qu'un traître de rat pour compagnon. Comment pouvait-elle espérer sauver sa mère ? Comment celle-ci avait-elle pu oser laisser sa fille se débrouiller seule avec tout ça ? Et tandis que les larmes piquaient sur ses joues brûlantes, Mélanie sanglota et sanglota encore.

Quand elle eut enfin terminé, elle leva le bras avec lassitude pour enfouir la tête dans la manche du manteau, tout en reniflant bruyamment. Elle avait les paupières gonflées et la peau qui tirait.

Elle se sentait plus légère.

Le poids le plus lourd, celui du doute et de la peur, semblait s'être envolé de ses épaules.

Elle tourna lentement la tête et vit la Rate de Jade tranquillement assise à ses côtés, la queue enroulée autour de ses pattes. La rate regardait droit devant, et ses moustaches oscillaient dans l'air frais de la montagne. Ses yeux d'habitude brillants et luisants comme des perles étaient secs et mats.

Elle avait l'air plus petite. Moins robuste.

Le cœur de Mélanie chavira.

« Bois de l'eau », recommanda la Rate de Jade d'une voix calme.

Mélanie hocha la tête. Elle décrocha son sac à dos et en sortit la dernière petite bouteille. Quand elle eut bu, elle versa un peu d'eau dans le creux de sa main et la tendit à sa compagne. La rate lapa l'eau avec sa minuscule langue, toute douce, qui chatouillait la peau de Mélanie.

« J'aurais cru que ta langue serait râpeuse. Comme celle d'un chat, dit-elle à l'animal.

— L'univers nous en préserve ! » s'exclama le rongeur en reniflant, outré.

Mélanie sourit pendant quelques secondes. Elle baissa les yeux sur ses baskets en lambeaux.

Elle aurait voulu s'excuser pour toutes ces paroles terribles qu'elle avait prononcées. Des choses que lui avaient fait dire la terreur et l'épuisement... Mais la Rate de Jade l'avait laissée tomber vers une mort certaine. Il n'y avait aucune raison logique pour que l'animal soit resté avec elle, après ça. Ça, la tête de

Mélanie le savait. Mais son cœur ne pouvait pardonner aussi facilement.

Mélanie ne dit rien.

Le rongeur posa sa patte minuscule sur la jambe de Mélanie. « Peut-être est-il temps d'essayer le cadeau du raton laveur. »

Il fallut plusieurs secondes à l'adolescente pour comprendre de quoi il s'agissait. *Après tout...* pensa-t-elle avec lassitude. Elle pouvait toujours demander si elle allait retrouver sa maman. Elle recevrait vraisemblablement une réponse dans le genre : « OUI, ABSOLUMENT », qui lui redonnerait un petit peu de courage... Elle rangea la bouteille à moitié vide dans son sac à dos, d'où elle retira le jouet.

La surface noire de la Boule 8 Magique était légèrement rugueuse, comme si on l'avait frottée avec du papier de verre. Mélanie fronça les sourcils. En la faisant passer d'une main à l'autre, elle sentait le poids du liquide bouger à l'intérieur de la boule.

La Rate de Jade s'était assise proprement sur son arrière-train, ses petites pattes jointes devant sa poitrine.

Mélanie porta la Boule 8 Magique à son oreille et la secoua doucement.

« Est-ce qu'on réussira à rentrer à la maison saines et sauves ? » murmura-t-elle.

Elle fit tourner le globe, côté plat vers le haut, pour faire apparaître la fenêtre de réponse. Elle attendit la fin du *chlouc chlouc* du liquide, et un petit triangle remonta lentement à la surface.

PEUT-ON ACCOMPLIR SON RÔLE
DANS SA DESTINÉE SANS SAVOIR
EN QUOI CONSISTE CE RÔLE ?

Une brise glaciale s'insinua dans le col du manteau de Mélanie et les poils de ses bras se hérissèrent. Elle faillit lâcher la boule. De toutes les réponses qu'elle avait déjà vues apparaître dans ce jeu, elle n'avait aucun souvenir de celle-là. Et la Boule 8 Magique de sa camarade de classe ne contenait que la série de réponses déjà fixées. Pas de questions. Mélanie se racla nerveusement la gorge. Elle n'avait qu'une envie, abandonner là le jouet dérangeant, sur une marche de l'escalier.

« Quelle est la réponse ? » voulut savoir la Rate de Jade.

Mélanie rangea à contrecœur le jouet dans son sac à dos. Elle resta silencieuse pendant plusieurs secondes. « Elle doit être cassée. Ou bien c'est une blague. » Elle se força à rire.

La rate ne répondit rien.

« Cette stupide boule demande si je peux faire ce que j'ai à faire même si je ne le sais pas ! D'accord ? Et elle a parfaitement raison ! Je ne sais pas ce que je fais ! »

Mélanie se tenait là, les poings serrés, le souffle court. Le plus facile serait de balancer un coup de pied à cette rate et de l'envoyer voler dans l'air comme un ballon de foot, avant qu'elle dégringole dans le vide, une longue, longue chute.

La Rate de Jade se remit sur ses quatre pattes et enroula sa queue de cordelette rouge autour de ses pieds. Elle avait l'air très petite. « Je fatigue, murmura-t-elle d'une voix éraillée. Je t'aiderai comme je le pourrai. » Elle parut miroiter. Dans un déclic audible, elle redevint pendentif.

Mélanie contempla cette amulette de jade. La Boule 8 Magique lui avait demandé si elle pouvait faire son boulot sans savoir en quoi ce boulot consistait. Comment pourrait-elle savoir quand une de ses actions serait l'action décisive ? Le choix unique qui déciderait de tout ? Elle ne pouvait le savoir, et cette idée la rendrait folle chaque fois qu'il lui faudrait prendre une décision !

Mélanie attrapa deux mèches de ses cheveux et tira dessus, fort. La douleur lui servit de distraction pendant un court instant. Elle desserra les doigts et laissa retomber ses mains.

Non – non, pas question de devenir un de ces gosses qui doivent se tirer les cheveux ou se taillader la chair pour se sentir mieux.

Réfléchis, s'ordonna Mélanie. *Mais pas trop*, nuança-t-elle. Complètement impuissante, elle se mit à rire. Elle inspira profondément, le souffle frissonnant, puis laissa tout sortir. La chose la plus évidente à faire, c'était continuer de descendre.

Une marche après l'autre.

Elle prit l'amulette de jade. C'est Mme Wei qui la lui avait donnée. Elle avait beau ne pas être certaine des intentions de la Rate de Jade, elle faisait confiance à son amie, et ce serait mal d'abandonner son cadeau, ce serait lui manquer de respect.

Mélanie fourra l'amulette dans la poche profonde du manteau de sa mère, renfila son sac à dos et se remit à descendre les marches de pierre.

Elle n'aurait pas su dire combien d'heures elle avait marché quand elle atteignit une couche de nuages. Elle se retrouva soudain jusqu'aux genoux dans cette atmosphère humide et grise. Ces nuages-là étaient denses et plats, ils ne tourbillonnaient pas dans le ciel comme ceux que Mélanie voyait, chez elle. On aurait dit une grosse couverture qui s'étendait jusqu'à l'horizon.

Mélanie ne voyait rien, à travers la nuée totalement opaque. Elle pouvait aussi bien avoir des démons et des singes ailés en train de ramper à ses pieds en ricanant, guettant le meilleur moment pour lui faire un croche-pied. Ou la mordre. La grignoter jusqu'à l'os.

Dans un glapissement, Mélanie remonta de quelques marches à toute vitesse, afin que son corps sorte entièrement de cette masse mouvante.

Qu'y avait-il en dessous ?

Le souvenir d'un des tableaux de Bosch de sa mère lui revint en mémoire malgré elle. Une copie de l'un des panneaux du *Jardin des délices terrestres*. L'Enfer...

Avec des créatures et des hommes nus qu'on torturait, des cochons habillés en nonnes. Des oreilles découpées et des femmes transpercées par des cordes de harpe. Pourquoi sa mère l'avait-elle accroché au mur ?

Mélanie secoua la tête.

Il devait faire si noir, sous cette couche de nuages...

Où étaient les limites de ce qu'on pouvait supporter ?

Tremblante, Mélanie inspira profondément et retint son souffle. Elle descendit une marche. Puis une autre, et ainsi de suite, dans les ténèbres grises, de plus en plus profondes. Pendant plusieurs secondes, elle n'y vit plus rien, et elle sentit dans sa gorge le tremblement de la panique contenue dans ses poumons, et qui menaçait d'éclater. Elle ne voulait pas respirer au milieu de ces nuages malsains.

Mais elle n'y voyait rien.

Elle descendit quelques marches en courant, et perça enfin la nuée.

L'espace d'une seconde, elle faillit vaciller car quelque chose clochait, dans cet escalier. Elle descendait, et pourtant, en regardant ses pieds, elle vit que les marches semblaient monter. Elle s'assit brutalement, le cœur près d'imploser dans ses oreilles, et elle ferma désespérément les yeux. *Ce n'est qu'un petit vertige*, se dit-elle. *Rien de plus. Parce qu'un escalier qui descend ne peut pas monter en même temps. C'est impossible.*

Sauf... Sauf sur la reproduction d'Escher, prélevée dans un calendrier et accrochée au mur du salon, à côté des Bosch. Là, il y avait des escaliers qui montaient et descendaient, dans tous les sens, dans toutes les directions.

« Oh, Maman », murmura Mélanie.

Elle garda les yeux fermés, mais elle se mit à avancer sur le derrière, comme un petit enfant : d'abord les pieds, puis les fesses, une marche après l'autre. Elle continua ainsi pendant un long moment, jusqu'à ne plus sentir la pierre rêche, mais une surface lisse, qui rappelait plus de l'ardoise que la roche d'une falaise.

Mélanie ouvrit les yeux.

Le panorama qui s'offrait à ses yeux semblait tiré d'un rêve fait par un inconnu. Un lieu d'ombres obscures, de silhouettes brouillées, entre un paysage de ville et la jungle, entre les forêts et les villages. Le peu de lumière qui parvenait à percer l'épaisse couche de nuages créait un monde en gris, sans aucune couleur ni vibration. On se serait cru au début du crépuscule, par temps complètement couvert.

La partie urbaine du panorama avait quelque chose d'étrange. Des tourelles de châteaux se dressaient auprès de gratte-ciel, des pagodes côtoyaient des immeubles, des tentes et des ruines antiques, et des hangars jalonnaient des bretelles d'autoroutes. Le trait de lumière se reflétait sur l'eau, un réseau insensé de canaux qui ne conduisaient nulle part. Et là, est-ce que c'étaient bien des chariots tirés par des chevaux ? Oui, on aurait bien dit des chevaux... devant lesquels filaient des scooters, ou des motos, des chars qui produisaient un bruit de ferraille et de ciment qu'on broie.

C'était comme si on avait entassé là toutes les villes de chaque époque de l'Histoire. Des dirigeables dérivaient haut dans le ciel, et ce qui ressemblait à un groupe de flamants roses s'étirait paresseusement sur un bras d'eau.

Les réverbères et les becs de gaz s'allumèrent, les bougies apparurent aux fenêtres. Des néons grésillèrent, un projecteur se mit à décrire des spirales sur la surface plane de la voûte nuageuse et une sirène se déclencha. *Une alerte à la bombe ?* se demanda Mélanie. Elle se rendit compte que ces petites lueurs tressautant au loin devaient être des incendies. Ça brûlait, là-bas. L'air était enfumé.

Un animal tapi quelque part poussa des hurlements.

Tel était l'Entremonde...

La lèvre inférieure de Mélanie se mit à frémir. Elle plongea sa main tremblante dans la poche profonde du manteau de sa mère pour y attraper l'amulette. Lorsque ses doigts rencontrèrent la pierre lisse, elle l'emprisonna vivement dans son poing.

« Rate de Jade, murmura Mélanie d'une voix mal assurée. J'ai peur... »

La pierre demeura de pierre.

Mélanie tordit la bouche. « Pardon », chuchota-t-elle. Elle relâcha son emprise et glissa ses cheveux plats derrière ses oreilles.

Bientôt elle n'eut plus à ramper sur le derrière dans l'escalier. Il y avait même une rambarde, mais Mélanie était incapable de se rappeler quand elle était apparue. Elle poursuivit sa descente tout en s'y accrochant et en contemplant ce paysage effrayant.

En approchant du niveau du sol, elle distingua peu à peu des gens, des créatures de forme étrange habillées de vêtements humains, des chiens courant indéfiniment après leur queue, une femme se jetant dans le canal et réapparaissant sur les pavés usés, pour se précipiter de nouveau à l'eau.

Un homme conduisait une charrette tirée par un bœuf, dont l'arrière était rempli d'un amoncellement de ferraille. Ce qui ressemblait à des enfants couraient derrière. Ils lui lançaient des cailloux, le raillaient en braillant. L'homme s'en moquait. Il n'avait plus de tête.

Un moteur d'avion à réaction gronda au loin. Suivit une effroyable explosion. La couverture nuageuse s'illumina brièvement d'une onde vibrante.

Dans la rue, les enfants applaudirent et poussèrent des hourras.

Le hurlement en spirale d'une sirène fut presque aussitôt recouvert par le tintement sauvage des cloches, la pulsation d'un gigantesque tambour, un gong grave et mélancolique qui résonnèrent par vagues dans le ciel nocturne.

Une volée de pigeons décolla brusquement d'un toit, au loin.

De nulle part jaillit un tir de mitraillette aux accents métalliques.

Une odeur tenace de poulet rôti, huileuse et rance. De chou pourri, d'ordures jetées dans la rue, à ciel ouvert. D'abats en décomposition.

Sur une voie ferrée suspendue, un train passa dans une saccade de rectangles jaunes lumineux, puis disparut.

Mélanie s'immobilisa.

Elle ne descendait plus à flanc de montagne.

Elle se tenait sur le toit d'un haut édifice.

L'escalier taillé dans la montagne n'était plus là. Elle chercha nerveusement du regard l'endroit par où elle était arrivée, balayant en zigzag l'immense toit monotone, mais l'accès à la montagne au-dessus de l'Entremonde avait disparu.

Dans la tête de Mélanie, les pensées s'emmêlèrent, comme un bégaiement. *Peut-être que la montagne reviendra*, pensa-t-elle. *Au bout d'un moment. Comme cette femme qui se noie à répétition.* Peut-être que les choses allaient et venaient. Et que l'escalier reviendrait, avec le temps.

Parce que c'était le seul moyen qu'elle possédait pour rentrer.

Quand elle se retourna, elle ne put s'empêcher de pousser un petit cri de surprise.

Face à elle se trouvait une entrée, avec des murs et une porte, là où quelques secondes plus tôt il n'y avait rien.

Mélanie resta là quelque temps, le cœur tambourinant, jusqu'à ce que sa respiration redevienne normale.

Elle referma les doigts autour de l'amulette de jade, dans sa poche. « Ça va aller, ça va aller, ça va aller », chantonna-t-elle en ouvrant la porte.

Elle entra.

Chapitre 8

Trois marches avant d'arriver au rez-de-chaussée, Mélanie s'assit, haletante. Tout le long de sa descente en spirale dans cet escalier de secours, elle s'était demandé à chaque étage s'il ne valait pas mieux prendre la porte sur le palier pour accéder à un couloir, et monter dans un fichu ascenseur. Pourtant, chaque fois, la peur l'en avait empêchée. Dans sa course, elle n'avait croisé personne, mais elle entendait parfois des bruits qu'elle ne savait identifier. Alors elle avait poursuivi sur son élan, trempée de sueur, les jambes si courbatues qu'elle ne les sentait plus.

Et ensuite ?

Et *ensuite* ?

Elle posa son front contre ses paumes sales.

Si seulement elle était plus intelligente. Comme la fille la plus intelligente de son école, Eleanor Cortes-Quan. Elles étaient toutes les deux dans la même classe, mais Eleanor avait déjà sauté deux classes d'affilée et elle avait remporté le premier prix du concours de maths de la région. Si Mélanie était plus futée, elle saurait quoi faire, elle pourrait se servir de sa tête pour prendre des décisions brillantes.

Ou bien, à défaut d'être intelligente, si au moins elle pouvait avoir plus de force. Comme Lali Vukov, Miss « je cours en short dehors en plein mois de janvier ». Non seulement elle était capitaine de l'équipe de hockey sur gazon et de l'équipe de cross, mais elle pouvait battre tous les garçons et la moitié des profs de gym aux haltères.

Mais elle, Mélanie, qu'est-ce qu'elle pouvait faire ? Pastèque Tamaki, grassouillette et stupide...

Elle saisit l'amulette de jade, dans l'espoir de sentir sous ses doigts la fourrure rêche de la rate, mais elle ne trouva que la pierre. Elle lui parut plus froide qu'auparavant. Mélanie laissa le pendentif glisser de ses doigts tremblants, et elle se tourna vers son dernier espoir.

La Boule 8 Magique n'était plus tout à fait la même. Le liquide dans lequel baignaient les réponses, ou plutôt les questions, paraissait plus lent. Plus penché. Comme si la boule contenait non pas de l'eau, mais de l'huile. Mélanie immobilisa la boule entre ses genoux.

« Ne me laisse pas tomber, murmura-t-elle comme une prière. Je t'en prie. J'ai vraiment besoin d'aide. »

Elle souleva la boule à hauteur de son oreille et la secoua doucement. « Et maintenant ? » demanda-t-elle à voix haute.

L'écho de sa voix résonnait à peine, dans cette cage d'escalier bétonnée.

Elle fit pivoter la boule afin de pouvoir scruter la fenêtre.

Le triangle mit une éternité à remonter à la surface.

EN TEMPS DE CRISE ET D'INDÉCISION,
QUI TE CONSEILLERA ?

Mélanie souffla de colère et de frustration. Derrière ses yeux dansait un mur de flammes écarlates, l'envie de balancer cette fichue boule sur les trois dernières marches et de la faire exploser en morceaux ! Quel crétin, ce raton laveur ! Pourquoi lui avait-il donné ce truc inutile ? Peut-être que c'était un piège. Un piège pour lui créer des ennuis, au lieu de l'en sortir ! Comment pouvait-elle espérer se tirer d'aff...

Mélanie retint sa respiration.

Les coins du triangle s'effritaient, comme s'ils étaient usés... Comme si la boule était en train de se décomposer. Mélanie serra la Boule 8 Magique contre son ventre. À présent qu'elle était sur le point de se désintégrer, elle lui paraissait soudain précieuse. Il lui restait si peu de chose. Elle ne voulait pas perdre ça, en plus.

Peu importe, se dit Mélanie en avalant sa salive, *je sais ce que j'ai à faire*.

Il lui fallait retrouver sa mère. Et la ramener à la maison. Elle rangea le globe en plastique, remit son sac à dos sur son épaule et tourna la poignée. La porte était si lourde qu'elle dut tirer fort pour l'entrebâiller de quelques millimètres et l'empêcher de se refermer.

C'est le bruit qui lui sauta en premier au visage, puis juste après, la myriade de parfums tournoyant dans l'air.

Elle reconnut un hall d'hôtel, mais pas un de ces hôtels comme elle en avait vu à la télévision, ou dans des films. Au bout de l'immense vestibule, au-dessus du guichet de la réception, s'étendait une gigantesque bannière : « Hôtel des Mirages ». On aurait dit une banderole peinte par des élèves pour la boum du lycée.

La pièce retentissait de gloussements et d'éclats de voix, bruyants, fugaces et ponctués de rires rauques. Des cris d'oiseaux de proie, des mugissements de lémuriens, auxquels se mêlaient le cliquetis des pièces de monnaie et les coups de klaxon. Une puissante odeur de viande grillée emplissait l'air, la graisse de rôti et la chair carbonisée enfumaient toute la pièce. Sans oublier les relents âcres de sucre brûlé, de bière imbibant la moquette, de crottin et de tabac. Mélanie avait à la fois faim et mal au cœur.

Le hall ressemblait à un bazar : un mélange de foire commerciale et de marché de village. Des hommes d'affaires aux yeux de crocodile se glissaient dans la poche des paiements en grenouilles et en lézards, comme s'ils échangeaient des enveloppes remplies de billets. Quelques dames très bien habillées avaient des becs d'oiseaux en guise de lèvres, ou des queues de reptiles qui traînaient derrière leurs robes de soirée. Dans de petites tentes et des cabanes, des vendeurs déployaient leurs marchandises en hélant les éventuels clients, les suppliant par des cajoleries ou par des beuglements de leur acheter quelque chose.

Des lunettes de soleil et des lacets, des sandales et des chaussures à semelles compensées, des foulards de soie, des lames de rasoir, des yeux de verre et des greffons de peau s'offraient aux passants. Des sélections d'implants mammaires étaient exposées sur des plateaux scintillants comme une enfilade de méduses mortes reflétées par des miroirs déformants. Des compléments alimentaires se vendaient en promotion avec en cadeau une friteuse et une machine à barbe à papa. Des cornes de rhinocéros, des pénis de tigres, des couteaux, des sabliers, des coucous, des ballons à l'hélium, des brochettes de viande, des crèmes glacées, des mini-beignets, des métronomes, des rouleaux de dentelle, des oiseaux en cage, des tortues alligators, du parfum ou du poison dans de petites fioles en verre et de l'eau en bouteille. Fascinée, Mélanie contemplait ce festival d'un œil, par l'entrebâillement de la porte.

Quelque chose clochait, et ça ne tenait pas seulement à ce cirque des horreurs : il n'y avait aucune couleur... Mélanie referma sa mâchoire qui pendait.

Ce qu'elle avait pris pour les teintes du crépuscule, les camaïeux changeants d'ombre et de lumière qu'elle avait vus au sommet de la montagne étaient présents ici aussi, dans le hall illuminé de cet hôtel. Mélanie avait l'impression d'être plongée dans un film en noir et blanc. Elle ne savait s'il y avait en fait des couleurs qu'elle ne pouvait voir car elle était une intruse, ou bien si tout était réellement ainsi pour tout le monde.

Elle sentit sa gorge se serrer.

Elle leva brusquement son bras libre pour en inspecter la peau.

Au milieu de toute la crasse de l'Entremonde, sa peau semblait irradier de manière obscène. Comme une enfant prise en faute, elle dissimula la « preuve » dans la poche du manteau de sa mère. Elle se mordit la lèvre. Qu'allait-elle faire ? Comment pourrait-elle se déplacer dans ce Royaume ? C'était comme si elle portait une pancarte au néon autour du cou !

« Oh non, par pitié ! » supplia une petite voix, bien trop près. Mélanie se recula instinctivement aussi loin que possible ; si elle refermait la porte, le déclic la trahirait.

« Quoi ? Quoi ? croassa une voix rauque.

— C'est M. Gluant ! Il n'arrête pas de venir tout perturber. Je ne comprends pas pourquoi il ne peut pas laisser les gens se débrouiller tranquillement avec leurs cycles ! J'aimerais vraiment qu'il soit installé dans un autre hôtel ! Regarde ! Le groom va y avoir droit ! ajouta la petite voix, en susurrant dans les aigus, avant de pouffer.

— Pas pon pour les saffaires », grommela la voix rauque.

Le cœur de Mélanie s'arrêta de battre.

M. Gluant, ici. Dans cet immeuble ! C'est même là qu'il vivait !

Elle se rapprocha doucement de l'entrebâillement. Il fallait qu'elle voie.

Deux silhouettes se tenaient tout près de sa sortie : une petite fille menue lui tournait le dos. Elle était vêtue d'un maillot de bain et perchée sur des talons de huit centimètres, et portait en travers de sa tenue une écharpe de concours de beauté. À ses côtés se tenait une créature ressemblant à un wallaby avec une tête d'homme, qui agitait le bout de sa queue. Plus loin, au milieu du marché en contrebas, Mélanie aperçut un large cercle de spectateurs. Ils se déplaçaient nerveusement de droite à gauche, cherchant à mieux voir le spectacle, et Mélanie put en apercevoir quelques bribes.

On entendit un gros *crac !* La foule recula brusquement, créant un vide profond entre elle et la source de danger.

Un homme grand et maladivement pâle aux cheveux blancs ébouriffés se tenait au milieu du hall. Il avait le visage émacié et sa peau semblait pendre de ses os, comme si son enveloppe était trop large. Il portait un imperméable en plastique qui lui arrivait au-dessus de ses genoux cagneux et ses jambes comme des bâtons étaient plantées dans de hautes bottes en caoutchouc noir.

Tout le monde le fixait, à attendre ce qu'il allait faire : le cercle de spectateurs, la petite fille en tenue de Miss et l'homme-wallaby.

Ça ne pouvait être que lui. M. Gluant...

Mélanie retint une envie irrépressible de pouffer. *Ça suffit !* aboya la partie sérieuse de son esprit. *Tu es en grand danger !*

« Et toi, tu en es où, de ton cycle ? demanda la petite fille à voix basse.

— Che tirais... soixante-tix pour cent ! articula l'homme-wallaby.

— Ouaouh ! fit la petite beauté dans un soupir admiratif. Tu l'as fait durer beaucoup plus longtemps que la dernière fois ! Et j'adore ce que tu as fait de ta tête !

— Allons, allons, chuchota l'homme-wallaby en haussant les épaules d'un air humble, mais sous lequel perçait la fierté. Che ne t'arrive pas à la chefille. Tu as réussi à faire tellement afant de te faire reprendre ! Oh ! Oh ! Le foilà qui arrife ! »

Le regard de Mélanie glissa vers le hall et elle aperçut une sorte de long fil blanc tout étiré, rapide et élastique, comme une langue de caméléon.

Quelqu'un poussa un cri de terreur. De désespoir.

M. Gluant.

Sa langue s'allongea ainsi sur plusieurs mètres. Et le petit bout blanc et rebondi...

... s'enroula entièrement autour de la tête d'un jeune groom.

M. Gluant le tira brusquement en arrière avec sa langue. Le garçon vola dans l'air en poussant des cris perçants et atterrit aux pieds de M. Gluant.

La créature ouvrit sa gueule énorme, et sa mâchoire inférieure bascula sur sa poitrine.

« Ahhhhhh, soupira la foule des spectateurs.

– Comme c'est méchant, gémit la petite fille. Ce n'est pas comme si on avait besoin de manger, ici. Et leurs Entrevies, alors ! Il le fait uniquement pour terroriser tous ces demeurés ! » Elle gloussa puis reprit leur conversation initiale. « Les concours de beauté sont teeeeellement amusants ! roucoula-t-elle. Je vais jouer au concours de beauté des tas de fois, avant de passer à autre chose. »

M. Gluant était en train d'engouffrer le groom, tout entier, comme un python avalant un cochon.

« Tu es très forte, acquiesça le wallaby. Mais tu fientras me chercher quand che me retrouferai encore au zoo miniature, pas frai ? »

La petite file détourna le regard du spectacle. Lorsque en bougeant la tête elle révéla son profil à Mélanie, cette dernière eut beaucoup de mal à se retenir de crier.

L'enfant n'avait pas de nez. Il ne lui restait qu'un trou béant au milieu du visage, comme si on le lui avait tranché à la hache. Elle posa sa parfaite petite main manucurée sur l'épaule poilue de son ami, qu'elle tapota pour le rassurer.

« Mais bien sûr que je viendrai, mon chou. Tu sais bien que je viens toujours te chercher. »

L'homme-wallaby ramena sa petite patte sur ses yeux et s'éclaircit la voix. « Che me suis touchours temanté, toussota-t-il, en changeant de sujet. Puisque tu es tellement forte, pourquoi tu n'as chamais réparé ton nez ?

— Voilà bien une question de wallaby ! le gronda la petite fille, lui infligeant une claque sur l'épaule qu'elle tapotait quelques secondes plus tôt. C'est pourtant évident, non ? Ça fait peur aux gens. Ça tient la plupart des hommes méchants à l'écart.

— Ahhhhh », fit l'homme-wallaby en hochant la tête.

Le ventre maigre de M. Gluant enflait démesurément. Il avait l'air enceint. Son rire sot et humide résonna dans le brusque silence. De ses deux longs bras, il entoura son ventre proéminent. « Arrête tout de suite ! ordonna-t-il d'une voix perçante. Ça chatouille ! »

Une bosse apparut soudain sur le haut de son imperméable, une fois, deux fois, dans un sens puis dans l'autre, comme si quelque chose essayait de le faire éclater pour sortir.

Les deux mains plaquées sur la bouche pour retenir ses cris d'horreur, Mélanie contemplait le spectacle, effarée.

Le groom était toujours vivant.

M. Gluant se mit à cribler son torse de coups de poing, avec force, en produisant des bruits de succion grotesques. Et tout le long, il riait comme un petit garçon fou de joie.

La foule des spectateurs se mit à applaudir poliment. Quelqu'un siffla. Une voix à l'enthousiasme forcé cria : « Encore !

— J'ai entendu dire que M. Gluant organisait une fête, dit la reine de beauté en faisant bouffer sa chevelure d'une main tremblante. J'espère que nous ne sommes pas invités. J'ai mis un cycle entier à me remettre de la dernière fête. »

L'homme-wallaby pencha la tête d'un côté, puis de l'autre. Il leva le nez et se mit à renifler. « Tu ne sens rien ? »

La petite fille envoya un coup de poing dans le bras de son ami. Un vrai coup de poing. « Ça n'est pas gentil, aboya-t-elle sur un ton vicieux. Et arrête cet accent stupide, c'est ça qui empeste le pourri !

— Non ! Non ! Il y a vraiment une odeur bizarre... » L'homme-wallaby tourna la tête vers l'entrebâillement.

Le cœur tambourinant dans la poitrine, Mélanie entreprit de refermer doucement la porte. Juste avant le déclic, elle crut apercevoir la silhouette d'une femme en robe pailletée qui s'approchait de M. Gluant. Elle avait beau lui tourner le dos, il y avait quelque chose dans la courbe des épaules...

Clic.

Mélanie retint désespérément le bouton de la porte en place à l'aide de ses deux mains. Sentant que quelqu'un essayait de l'ouvrir de l'autre côté, elle cala le pied en bas.

« Je ne sens pas d'*odeur*, protestait la voix étouffée de la petite fille, indignée, mais je sens bien quelque chose dans l'air. C'est *enivrant* ! »

Mélanie entendit une créature renifler sous la porte. L'homme-wallaby était à quatre pattes et son nez charnu tentait de se glisser par la fente étroite.

« Ohhhh ! Ouiiiiii ! » gémit-il en inspirant frénétiquement de grandes bouffées d'air.

La porte se mit à trembler dans son cadre.

« Qu'est-ce que c'est que ça ? » siffla la voix de la petite fille, de plus en plus haut perchée. On aurait dit qu'elle était droguée. « Ça me rappelle quelque chose... Je le veux ! Ouvre cette porte ! Force-la ! »

Ils faisaient trop de bruit. Les créatures et les gens dans le hall allaient les remarquer. Et alors ils défonceraient la porte et ils la trouveraient. Ils verraient ses couleurs bien vivantes !

Mélanie tenait toujours la poignée, tellement serré qu'elle en avait les phalanges blanches.

Elle relâcha son emprise et se précipita dans l'escalier. *Une autre sortie !* supplia-t-elle frénétiquement. *Cache-toi. Cache-toi !*

« Par là, par cette porte ! » cria la voix râpeuse et familière. Puis Mélanie sentit sur son visage le chatouillis de l'épaisse fourrure et des moustaches.

Elle poussa un hurlement.

Chapitre 9

« La ferme ! siffla la Rate de Jade. Je ne sens personne, de l'autre côté. Mais si tu ne te tais pas, tu vas attirer l'attention. Fonce ! »

Mélanie ravala un sanglot et poussa la porte. Elle s'ouvrit sur un long couloir vide, en sous-sol. Mélanie posa le menton sur sa poitrine afin que ses cheveux plaqués viennent masquer son visage comme un rideau. Tout à coup elle se félicitait que sa chevelure en pagaille soit noire. Ses mains pouvaient la trahir, aussi les enfouit-elle dans ses poches avant de traverser au pas de course la moquette à motifs floraux.

Camouflée dans les cheveux de Mélanie, la Rate de Jade lui tira l'oreille. « Par ici ! » ordonna-t-elle d'une voix sèche.

L'adolescente s'engouffra dans un vestiaire pour femmes. Elle sentit l'odeur de chlore et entendit des bruits lointains d'éclaboussures, ainsi que des échos de voix.

« Et maintenant, on fait quoi ? demanda-t-elle, le souffle court.

— Laisse-moi réfléchir », répliqua la rate d'un ton cassant, en sautant sur le comptoir en face du long miroir.

Mélanie aperçut son reflet. Son visage, rouge et strié de larmes, ses petits yeux écarquillés de peur et d'impuissance. Elle recula, comme si on l'avait giflée.

Elle se tourna vers les lavabos. Elle s'aspergea la figure d'eau froide, et la fraîcheur lui fit du bien. Son regard se posa sur un objet laissé près du robinet.

Un tube de rouge à lèvres.

Du rouge à lèvres.

Du maquillage.

Mélanie fit volte-face pour ouvrir les casiers. Vide. Vide. Vide. Bingo !

Un survêtement gris en tissu extensible. Une serviette de toilette et une grosse trousse de maquillage ! Mélanie vérifia qu'il n'y avait personne à proximité de la porte de la piscine et de celle du couloir, puis elle vida le casier de son contenu et déposa le tout sur un banc. Elle ouvrit la fermeture Éclair du sac. Des pots de fond de teint, du rouge à lèvres, de l'eye-liner et des ombres à paupières se déversèrent sur le bois. Elle trouva même une énorme paire de lunettes de soleil.

Oui !

Mélanie se déshabilla à la hâte et balança ses vêtements puants et crasseux dans un casier vide. Elle enfila le survêtement gris puis passa la main dans ses cheveux pour les démêler et paraître plus présentable. Elle attrapa un pot de fond de teint et s'en versa une grosse quantité dans la paume. Le liquide était gris clair, de la couleur de l'argile. Elle s'en badigeonna tout le visage et le cou, et pensa *in extremis* à ses oreilles. Elle s'enduisit les mains, les poignets, chaque centimètre carré de peau que le tissu ne cachait pas. Une fois cette tâche terminée, elle se regarda une nouvelle fois dans le miroir. On aurait dit un zombie échappé d'un mauvais film d'horreur. Elle ne put s'empêcher de sourire de bon cœur.

Dans la glace, l'intérieur de sa bouche lui parut rose vif, criard. Elle s'empressa de pincer les lèvres. Du coin de l'œil, elle aperçut la Rate de Jade qui approuvait le résultat d'un hochement de tête. *Ne pas ouvrir la bouche trop grand*, pensa Mélanie. *Surtout n'oublie pas. N'ouvre pas la bouche. Ne souris pas.*

Elle appliqua de l'eye-liner sur les paupières et en dessous des yeux. Ravissant. Elle ressemblait de plus en plus à une créature de l'Entremonde. N'ayant pas l'habitude de se maquiller, elle déborda avec le rouge à lèvres, mais c'était encore mieux. Elle avait l'air de l'avoir mis en étant ivre. Sa bouche semblait presque noire. Mélanie était hideuse. Pour finir, elle chaussa les lunettes noires.

Et voilà le travail. Parfait. Et elle y avait pensé toute seule.

« Bien », approuva la Rate de Jade. Sa voix n'était pas aussi cassante que d'habitude. Elle paraissait plus faible.

« Tu veux rester assise sur mon épaule, ou tu préfères te cacher dans une poche ? proposa Mélanie avec douceur.

— Poche », réussit à prononcer la Rate de Jade, avant de se transformer de nouveau en amulette.

Les lèvres pincées, Mélanie ouvrit la fermeture Éclair d'une petite poche de son haut de survêtement, dans laquelle elle glissa le pendentif. Elle ne le referma pas, au cas où la Rate de Jade aurait besoin de sortir à toute vitesse.

Mélanie n'avait aucun moyen de savoir combien de vie il restait à l'animal.

Le regard de l'adolescente se posa sur son sac à dos. Elle en avait assez de le trimballer partout. Et de toute manière, elle n'avait plus ni eau, ni nourriture. Tout ce que contenait le sac, c'était cette stupide Boule 8 Magique. Et jusqu'ici, elle n'avait rien fait pour aider Mélanie. En fait, elle était comme une méchante sœur, qui venait la titiller et se moquer d'elle au moment où elle avait le plus besoin d'aide.

On ne gaspille pas. Le souvenir de la voix de sa mère résonna dans son esprit. *On ne sait jamais, tu pourrais en avoir besoin plus tard.*

Quand sa mère était entre deux petits boulots et qu'elle en avait la force, elle sortait la veille du passage des camions de recyclage pour ramasser des bouteilles vides dans les poubelles des gens. « Regarde tout cet argent qu'ils jettent par les fenêtres ! » disait-elle d'un air effaré, en rentrant à la maison avec les billets dans la main.

Mélanie sentit les larmes lui monter aux yeux. Non ! Elle ne devait pas pleurer ! Et son maquillage ? Elle cligna les paupières rapidement, plusieurs fois, jusqu'à ce qu'elle ait réussi à se ressaisir.

« On ne gaspille pas », murmura Mélanie. Elle vida les emballages vides de son sac et prit doucement la Boule 8 Magique entre ses mains.

Au toucher, la surface plastifiée paraissait bosselée, et le liquide, plus lourd qu'auparavant. Mélanie prit la serviette de toilette et l'enroula autour du cadeau du raton laveur, en se concentrant pour ne surtout pas formuler de question dans sa tête.

Elle glissa les bras dans les bandoulières. Puis se contempla dans le miroir une dernière fois.

Ce survêtement était une bonne trouvaille. Elle se sentait plus légère. Bientôt, elle pourrait courir aussi vite que Lali Vukov !

Elle laissa échapper un sourire rageur, les lèvres toujours fermées.

Mélanie découvrit en arrivant au croisement que son couloir se trouvait dans la barre d'un bâtiment en forme de T. Il y avait beaucoup de passage, et de la musique s'échappait de certaines pièces, ainsi que les cliquetis des machines à sous et des cris de joie.

Personne ne se retourna sur son passage ou ne la regarda avec suspicion. Mais elle ne pouvait rester éternellement plantée là, au milieu du chemin. Il fallait qu'elle parte en exploration, histoire de comprendre les règles de l'Entremonde. Qu'elle découvre à quel étage vivait M. Gluant, et où il retenait sa mère en otage.

Mélanie s'engagea dans le couloir principal. Elle gardait la tête baissée, si bien que ses cheveux lui tombaient en travers de la figure. Son déguisement avait l'air de tenir ; elle espérait seulement que son odeur serait couverte par l'épaisse fumée de cigarette et de cigare qui planait dans l'air.

Les clients du casino et de l'hôtel la bousculaient en passant. Se retrouver au milieu de la foule était terrifiant pour Mélanie, mais c'était aussi un soulagement.

La peau de sa nuque la picotait sous l'effet de la terreur.

Elle sentit quelqu'un l'observer, dans son dos. Elle en était certaine. Elle avait l'impression que sa colonne vertébrale pesait une tonne sous ce regard, mais elle n'osa pas se retourner, de peur qu'il ou elle sache qu'elle l'avait remarqué ! Elle accéléra le pas, mais la sensation ne se dissipa pas. Un couple d'âge moyen entrait justement dans le casino, et Mélanie se glissa à leur suite, pour semer la personne qui la suivait dans la foule.

Le flot du casino l'emporta. Les *bip,* les *ding* et le ronron des machines à sous étaient ponctués des vagissements des joueurs, gagnants et perdants confondus. Les pièces de monnaie s'empilaient dans un grondement de cliquetis métalliques. À la lumière tamisée, Mélanie avait du mal à trouver son chemin. Elle pivota à droite, puis à gauche, comme si elle observait les tables de black-jack et les jeux de dés.

Quelqu'un la cogna violemment à l'épaule et elle entendit un plateau de jetons se déverser bruyamment sur le sol poisseux. Mélanie poussa un cri d'effroi.

« Faites attention ! » aboya l'homme en s'accroupissant pour ramasser son butin.

Mélanie baissa les yeux et son regard traversa l'arrière d'un crâne chauve, percé d'une petite blessure ronde qui s'élargissait en un trou de la taille d'une balle de base-ball.

« Désolée », murmura l'adolescente d'une voix enrouée.

Il fallait qu'elle sorte. Elle ne pouvait en supporter plus.

Elle se mit à courir, serpenta entre les gens, des carcasses égarées, et déboula dans le couloir principal. Elle baissa le menton sur la poitrine et progressa en longeant le mur.

Avait-elle semé la chose qui la suivait ? Elle n'en était pas certaine.

D'une porte sombre émanaient de la fumée de cigarette et les notes mélancoliques d'un saxophone alto.

Éclairées au néon gris pâle, des majuscules dans le genre grec se détachaient dans l'ombre.

« AGAME NO 'S ». Mélanie se demanda quelles étaient les lettres manquantes. Le murmure feutré des voix s'échappant de la pièce était doux et apaisant. Mélanie ne put s'empêcher de regarder par-dessus son épaule. Personne ne l'espionnait, personne ne lui parut particulièrement suspect, mais comment en être sûre ?

Elle se réfugia dans la pièce sombre.

Derrière l'épais nuage de fumée, Mélanie reconnut l'odeur sucrée du rhum et les effluves piquants de la vodka, comme un relent d'antiseptique. Sa mère s'était mise à boire des alcools forts, mais c'était trop cher, alors elle était passée à la bière, plus « saine »...

D'interminables rangées de bouteilles scintillaient le long d'un mur en miroir, derrière le bar. Le barman était aussi lisse et propre qu'un billet de cent dollars tout neuf. Il tenait ses verres et ses shakers avec une grâce exquise et glaciale et servait toutes sortes de breuvages sortis de bouteilles qui ne se vidaient jamais.

Mélanie alla s'affaler dans un coin sombre, sur une banquette encastrée dans le mur, non loin de la sortie. Ainsi elle pourrait observer les gens qui entraient, et peut-être identifier celui ou celle qui la suivait.

Sur la table était posée une seule bougie, à la lueur vacillante. Et des cacahuètes ! Des cacahuètes salées, dans un bol. Mélanie sentit l'eau lui monter à la bouche.

Est-ce que ce n'était pas dangereux, de manger de la nourriture d'Entremonde ? Est-ce qu'elle ne risquait pas de se rendre malade, ou de se faire piéger ?

Mélanie balaya les alentours du regard. Elle ne se voyait pas poser la question à quelqu'un. Et elle ne voulait pas gaspiller ses chances en interrogeant la Boule 8 Magique. Et s'il ne lui restait qu'une seule question, et qu'elle la perde pour une stupide histoire de cacahuètes ?

Mélanie recula dans son recoin et s'enfonça dans la banquette molle. Elle se demanda s'il y avait un âge légal pour boire de l'alcool, en Entremonde. Les notes du saxo s'enroulaient autour d'elle, l'enveloppaient de torpeur et de tristesse. Le lieu était aux trois quarts plein, mais la plupart des clients étaient abrutis par l'alcool. La tête basculée en arrière contre le rebord moelleux des banquettes, ils ronflaient bruyamment et toussotaient de temps à autre quand l'air n'entrait plus dans leur larynx comprimé.

« Ce sera quoi, ma petite ? » lança une voix lasse.

Mélanie sursauta de surprise.

La femme appuyée contre sa table paraissait à peine plus âgée qu'elle, mais des cernes sombres lui cerclaient les yeux, des yeux vides et aveugles. Un plateau perché sur une main, la femme aux yeux morts et au brushing choucroute avait sur le cou une tumeur de la taille du poing de Mélanie.

« Je pourrais avoir juste de l'eau ? demanda Mélanie, la gorge nouée, avant d'ajouter : S'il vous plaît ? »

La femme à la choucroute ne répondit même pas. Elle s'éloigna, les yeux perdus sur le côté, fixant aveuglément le vide.

« Pas bien, marmonna Mélanie en s'enfonçant plus encore dans son siège. Pas bien du tout, cet endroit. » Les mains tremblantes, elle fit maladroitement glisser son sac à dos au sol. Elle allait interroger le Boule 8 Magique. Peut-être que cette fois-ci, elle lui donnerait une réponse. Peut-être qu'elle lui dirait où aller, pour retrouver sa maman. Il fallait quitter cet Hôtel des Mirages. Mélanie voulait un endroit sûr. Même en Entremonde, il devait bien y avoir un endroit sûr, quelque part.

Le regard de la jeune fille glissa de nouveau sur les cacahuètes. Incapable de se contrôler, elle en choisit une dans le bol et se mit à la fixer intensément. Est-ce qu'elle serait condamnée à errer éternellement en Entremonde pour une simple cacahuète ? Son estomac se tordait de faim en gargouillant d'indignation. Mélanie renifla la cacahuète. L'odeur lui parut normale. Avant de changer d'avis, elle l'engouffra.

Elle avait un goût de cacahuète normale. Mélanie faillit défaillir de plaisir en sentant la graisse et le sel qui l'enrobaient. Elle oublia toutes ses peurs de contes de fées et de nourriture empoisonnée. Elle saisit une pleine poignée de cacahuètes huileuses et se les envoya dans la bouche. Tout en gardant un œil sur la sortie, elle continua à manger d'une main, et de l'autre fit glisser la fermeture Éclair de son sac.

Ce qu'elle remarqua en premier fut l'odeur.

Un épais nuage infect, qui l'enveloppait d'une puanteur de sueur mêlée d'alcool, de fumée âcre de cigarette et de vomi séché. Lentement, malgré elle, Mélanie leva les yeux.

Un costume pâle, démodé et étriqué, camouflait tant bien que mal le T-shirt sale sorti du pantalon. La bedaine d'ivrogne de l'homme ballottait au-dessus du pli de la ceinture, et sa braguette était à moitié ouverte. Des traces de vomissures constellaient les revers blancs de sa veste et un vieux Kleenex chiffonné débordait d'une boutonnière, comme un œillet desséché. Une femme splendide aux longs cheveux de jais était pendue à son bras, vêtue d'une robe de soirée noire qui descendait jusqu'au sol. Ses yeux semblaient avoir basculé à l'intérieur de son crâne et on ne voyait plus que le blanc, lisse et brillant comme un œuf dur épluché.

Le corps nauséabond s'écroula sur la banquette comme un cadavre en décomposition, et le cuir crissa sous son poids. Il se tourna vers Mélanie en vacillant, et ouvrit la bouche sur son haleine douce-amère de gin. L'odeur de sueur et d'alcool exsudait de chaque pore de sa peau, et la puanteur balaya le visage de Mélanie.

« Qu'est-ce tu fais toute seule ici, beauté ? » roucoula l'homme en la dévisageant d'un air concupiscent.

Il bascula vers elle en tombant à moitié et sa compagne, malgré ses yeux roulés en arrière, le rattrapa par le bras pour le redresser.

« Merci, merci », articula-t-il lentement, avec beaucoup de dignité. Il se tourna vers Mélanie et cligna les paupières sur son regard trouble. « Tu sais, tu ressembles à une petite amie que j'ai eue, il y a longtemps... » Sa diction était à peine compréhensible. « Tu peux retirer tes lunettes de soleil ? Tu es descendue dans cet hôtel ? »

Mélanie recula en faisant non de la tête. Quelque chose n'allait pas, pas du tout. Ce type... elle l'avait déjà vu quelque part. Dans le hall de l'hôtel ? Est-ce que c'était lui qui la suivait ?

« T'as avalé ta langue ? » Le type se rapprocha et lui envoya un petit coup de coude. « Allez, quoi, insista-t-il d'un air cajoleur, fais-moi voir tes yeux. » Il leva les deux bras lentement, et tendit les mains pour attraper ses lunettes.

Ses mains.

Il lui manquait le petit doigt de la main gauche. La chair n'avait pas cicatrisé. Elle était en charpie, et livide.

Son petit doigt...

Mélanie fixa le visage de l'homme.

Son cœur tressauta dans sa poitrine.

La photo. Sur la table de nuit de sa mère.

Elle plaqua sa main tremblante sur sa bouche.

« Tu te sens pas bien, beauté ? murmura l'ivrogne avec compassion. Tu peux gerber où tu veux. Tout le monde s'en fiche. »

Ce saoulard répugnant... c'était son père.

Elle eut un haut-le-cœur, des débris de cacahuètes acides et brûlants lui remontèrent dans la gorge et une petite flaque farineuse s'écrasa sur la table.

Son père approuva de la tête. « Tu ferais mieux de prendre un autre verre, conseilla-t-il. Avant que le dernier se dissipe. » Il se tourna vers sa compagne, qui attendait patiemment à côté de la banquette. « Si on l'emmenait à la fête sur la terrasse, ça te dérangerait pas, hein ? »

Mélanie attrapa son sac à dos et détala ventre à terre. Elle courut, sans rien voir, l'esprit vide.

« Hé ! » cria son père à travers la pièce.

Elle ne se retourna pas. Elle sortit en trombe du bar et se précipita dans la lumière. Un bras l'attrapa violemment par-derrière, sous le menton, et une main se plaqua sur sa bouche, étouffant son cri. Mélanie sentit ses pieds décoller du sol.

Son agresseur se mit à la tirer vers l'arrière. Elle se débattit, distribua des coups de pied en essayant de hurler, mais la main sur sa bouche se resserra et lui secoua la tête. Les lunettes de Mélanie tombèrent au sol dans un bruit métallique.

« Tu as quelque chose qui m'appartient, souffla une voix sifflante. Je le sens ! »

Son courage l'abandonna.

Elle s'était fait prendre. Son déguisement n'avait pas suffi.

La personne qui la traînait ainsi était maigre et musclée, avec une sacrée force. Une poigne de fer, et Mélanie ne parvenait même pas à planter les talons dans le sol pour ralentir sa course. D'un coup de pied, l'agresseur ouvrit une petite porte et tira l'adolescente le long d'un couloir sombre et glacé.

Mélanie vit la lumière s'éloigner de plus en plus.

La petite porte se referma en claquant.

Chapitre 10

Elle s'était fait prendre. Par l'un des sbires de M. Gluant. Ou par un fou errant de l'Entremonde. Mais qui ou quoi que ce soit, cette chose l'avait démasquée. Tout était terminé, et elle n'avait même pas eu une chance de retrouver sa mère. Tout s'achevait là.

Son désespoir et sa peur étaient sans fond. Elle était paralysée. Elle n'avait même plus la force de se battre. Elle se laissa trimballer comme un sac de riz dans ce couloir interminable, sombre et étroit. L'odeur de moisi rendait l'air étouffant.

Autour de son cou, le bras d'acier changea de prise.

Le fracas métallique d'un lourd cadenas résonna soudain, puis le cliquetis de chaînes. *Ce doit être un cachot*, pensa vaguement Mélanie.

Une deuxième porte s'ouvrit en grinçant. Une bouffée d'air plus chaud s'engouffra, chargée d'une odeur familière, mais que pourtant Mélanie n'arrivait pas à identifier...

La poussière et les livres... ce parfum caractéristique des ouvrages anciens empilés, le renfermé et la petite note de moisi. Comme chez McLeod's, où les volumes s'entassaient en piles et en montagnes, toutes ces richesses mêlées à la pâte à papier, se dressant jusqu'au plafond.

Une lumière vive l'éblouit.

Mélanie fut jetée au sol sans ménagement. La lourde porte grinça puis se referma en claquant bruyamment. La vaste pièce était remplie de livres et de rouleaux de parchemin ; des tables de pierre se dressaient autour de Mélanie, et semblaient pencher vers elle.

Elle leva les yeux vers son agresseur.

C'était une très vieille femme, vêtue de frusques fatiguées, avec une chevelure blanche emmêlée et en bataille. Ses petits yeux noirs étincelaient férocement dans son visage sombre et ridé. Elle était à peine plus grande que Mélanie et l'adolescente se demanda en tremblant comment elle avait pu tracter son corps sans aucun effort. Elle inspira profondément.

« Pourquoi... »

Sa voix dérailla. Elle déglutit avec difficulté avant de faire une nouvelle tentative. Les mots parurent, doux mais clairs. « Pourquoi m'avez-vous amenée ici ? »

La femme tomba subitement à quatre pattes. Elle frotta son visage contre celui de Mélanie, qui recula en rampant. La vieille femme la suivit, et la fuite de Mélanie fut bloquée par une pile de livres.

« Tu as quelque chose qui m'appartient ! siffla l'inconnue. Rends-le-moi ! »

Ma vie, pensa Mélanie en sentant son cœur bondir et sa gorge se nouer. *Elle veut être en vie. Comme moi. Elle veut ma vie pour la faire sienne...*

L'enragée tendit ses mains tordues. Mais au lieu de les serrer autour du cou de Mélanie, elle se mit à tapoter fiévreusement ses vêtements. Comme si elle cherchait quelque chose. Elle finit par trouver la poche ouverte et engouffra la main à l'intérieur.

La vieille femme poussa un rugissement de victoire.

Elle ressortit la main, la cordelette rouge pendant entre ses doigts serrés.

« Oh ! » s'écria Mélanie en essayant d'attraper le bras de la voleuse, mais cette dernière réussit à esquiver et porta l'amulette à son cœur. De l'autre main, elle recouvrit son poing serré, pour le protéger.

« La voici ! Je l'ai retrouvée ! Après toutes ces années, cette éternité ! Rate de Jade ! Rate de Jade ! Tu m'es enfin rendue ! »

La voix de la vieille femme se brisa. Elle se mit à genoux, les yeux clos, et d'énormes larmes coulèrent sur son visage ridé.

Entre ses phalanges, un halo vert se mit à rayonner, de plus en plus fort et vif, et elle rouvrit les yeux. D'un air émerveillé, elle déplia les doigts, et la lumière éclatante emplit la pièce immense. Comme si une brise tiède s'élevait de la petite pierre éblouissante, la chevelure emmêlée de la vieille femme commença à remuer. L'espace d'un instant, un parfum suave plana dans l'air, comme émanant d'un bouquet de trembles après une averse printanière.

La bouche entrouverte, Mélanie contemplait ce spectacle avec ravissement.

La lumière verte décupla de puissance et forma un halo autour du torse de la vieille femme, puis déclina peu à peu : les rayons raccourcirent, et bientôt il ne resta plus qu'une petite braise d'émeraude au cœur de la pierre.

Mélanie leva les yeux vers le visage ancestral. Les rides dures autour de sa bouche et la lueur sévère de son regard avaient disparu. Elle avait l'air humaine.

La vieille femme bascula sur son derrière et considéra l'amulette embrasée au creux de sa paume. Elle leva un visage empli de sérénité.

« Petite, dit-elle d'une voix douce, je te remercie. De tout mon esprit. »

Mélanie avala sa salive. Plusieurs secondes s'écoulèrent. « Je vous en prie », répondit-elle d'une voix douce, acceptant cette manifestation de gratitude.

Elle n'aurait su dire exactement ce qui s'était produit, mais il semblait qu'elle n'allait pas mourir. Du moins pas tout de suite.

Elles s'écroulèrent toutes deux dans un soupir las.

Une vibration provenant de la main tremblante de la vieille femme attira leur attention. Dans un frisson, la petite amulette de jade passa de l'état de pierre à celui de créature, et la Rate de Jade, les moustaches toutes frémissantes d'excitation, se précipita le long du bras de l'inconnue pour venir se lover contre son visage.

Mélanie sentit dans son cœur le pincement douloureux de l'envie.

La femme leva lentement la main pour caresser la rate tremblante.

« Par quelle grâce te trouves-tu aujourd'hui près de moi, après toutes ces années, ma chère, chère compagne ? »

De grosses larmes roulèrent sur les joues de la femme. Des larmes de joie.

« Gao Zhen Xi, susurra la Rate de Jade avec une douceur que Mélanie ne lui avait jamais entendue.

— Je me suis égarée, dans les cycles déments de l'Entremonde, pendant des milliers et des milliers d'années. Et pourtant tu m'as apporté la lumière. Je suis comme un être réveillé au beau milieu de son cauchemar. » La vieille femme agita lentement la tête. « Petite, dit-elle en se tournant de nouveau vers Mélanie, comment as-tu réussi à apporter du changement dans un tel lieu ? »

Mélanie secoua la tête. « Je suis venue ici, en Entremonde, pour trouver ma mère. Elle a été enlevée par quelqu'un du nom de M. Gluant. Je ne savais rien de cet endroit, mais je crois que c'est de là que viennent mes parents. Mon amie, Mme Wei, c'est elle qui m'a donné la Rate de Jade, comme porte-bonheur. Elle a dit qu'elle venait d'une longue lignée d'érudits et d'archivistes... »

Mélanie contempla autour d'elle les innombrables livres entassés dans la pièce gigantesque. Le plafond, où pendaient des ampoules nues, se situait à plus de huit mètres de haut et était en voûte, comme dans des catacombes.

« Comment connaissez-vous la Rate de Jade ? Vous connaissez Mme Wei ?

— Une longue lignée d'érudits et d'archivistes, dis-tu », répéta Gao Zhen Xi d'une voix lente.

La Rate de Jade, enfouie dans la chevelure de Gao Zhen Xi qu'elle démêlait avec amour, écarta les mèches du bout de son nez pour fixer Mélanie de son œil de fouine.

« J'étais le pendentif de Gao Zhen Xi dans le Royaume de la Chair bien, bien longtemps avant la naissance de Mme Wei. Juste avant sa mort, Gao Zhen Xi étudiait les transformations et les esprits mutants, dans la tradition des renards. Elle a placé un peu de son esprit vivant dans la substance de ma pierre. Ce n'est qu'en voyant Gao Zhen Xi que je me suis rappelé. »

La vieille femme hocha la tête. Dans son profil, Mélanie reconnut quelque chose de Mme Wei.

« Dans ma jeunesse, j'étais une jeune érudite débordante de curiosité. Je tâtais de la magie, de l'alchimie et de la botanique. » Gao Zhen Xi branla du chef. « Je voulais voir si je pouvais faire entrer un petit Esprit dans la pierre. Car la pierre est inerte. Cela ne brisait pas les lois des cycles. À cette époque, Rate de Jade était un animal, et elle était très âgée.

J'ai rallongé sa vie mortelle, mais même moi, je ne pouvais faire mieux que doubler son espérance de vie. Je l'ai transformée en pierre, dans laquelle j'ai fait graver cette amulette. Et lorsque est survenue ma mort, soudaine et terrible, j'ai laissé un peu de mon Esprit à l'intérieur des propriétés de la pierre. »

Mélanie dévisagea l'ancêtre. Elle ne l'interrogea pas sur les circonstances de sa mort. Cette histoire paraissait beaucoup trop intense et intime pour qu'elle ose demander des détails.

Gao Zhen Xi baissa la tête avec lassitude.

« À ma mort, j'ai pénétré en Entremonde, comme toute créature est appelée à le faire. Mais avant que j'aie pu atteindre l'Esprit, la grande Séparation s'est produite. Et je suis restée piégée ici pendant les derniers millénaires. Comme tous les autres depuis, emprisonnés dans ce Royaume. »

La Rate de Jade caressa la chevelure blanche et emmêlée de la vieille femme.

« Comment ça, piégée ? s'étonna Mélanie, d'une petite voix. Pourquoi c'est arrivé ? »

Gao Zhen Xi inspira profondément.

« Les Trois Royaumes, le Royaume de l'Esprit, le Royaume de la Chair et l'Entremonde, sont censés être reliés. Chaque individu doit passer de l'un à l'autre, en temps et en heure, au cours de sa Vie, de sa Mort et de son Entrevie. Puis il devient Esprit. Mais quelqu'un ou quelque chose a rompu le cycle sacré, condamnant nos Royaumes à une détérioration stérile. J'ignore pourquoi ! Je ne sais pas comment ! Tout ce que je sais, c'est que nous ne sommes plus loin de la désintégration complète. Depuis fort longtemps, je cherche la solution en étudiant mes archives, mais il est impossible de trouver la réponse dans des livres inachevés. »

La Rate de Jade, qui peignait toujours les nœuds de Gao Zhen Xi avec ses griffes, émit un murmure réconfortant.

Mélanie fronça les sourcils. « Rate de Jade ? Tu as toujours été capable de passer de ta forme minérale à ta forme animale ? Depuis tout ce temps ? Pourquoi tu ne m'en as pas dit plus, au sujet de l'Entremonde, si tu connaissais déjà l'existence des Trois Royaumes ? »

La Rate de Jade secoua la tête. « Je n'avais qu'une conscience ralentie et silencieuse, mais c'était la conscience de la pierre. Je ne pouvais pas agir. Mais la Vie en toi, Mélanie, est peut-être spéciale. Tu as apporté du changement. Quand nous avons pénétré en Entremonde, des bribes de mémoire me sont revenues peu à peu. J'ai commencé à sentir le besoin de Gao Zhen Xi. Mais c'est toi qui m'as rendue à ma vieille complice. » La voix de la rate tremblait d'une intense émotion.

« Cette lumière verte » Gao Zhen Xi posa la main sur sa poitrine avec une pointe d'émerveillement « c'était un peu de mon Esprit qui me revenait. Et je suis parfaitement réveillée, comme je ne l'avais jamais été auparavant. Petite, tu ne peux comprendre les vies que nous endurons ici, des vies qui se répètent à l'infini. Pendant des millénaires et des millénaires, nous sommes emprisonnés dans nos Entrevies, à répéter nos plus grands moments de traumatismes. Au fil des années, certains parmi les plus forts ont réussi à élargir leur cycle et à créer de petits changements, et c'est de cette manière que nous avons pu bâtir des sociétés et des villes, pratiquer des métiers et nous trouver une forme de but dans cette existence. Mais nous sommes toujours rappelés à l'instant où l'esprit s'est brisé, pour recommencer une nouvelle fois le cycle. Certains n'ont jamais réussi à rompre leur cycle. Ils meurent et reviennent, et meurent de nouveau, comme nous inspirons et expirons. »

Mélanie se remémora ce qu'elle avait vu en descendant de la montagne, cette femme qui sautait dans le canal pour réapparaître et sauter de nouveau. Indéfiniment. Pour toujours. Des petits enfants assassinés. Des femmes violées. La mort et la destruction éternellement répétées, sans jamais de fin. Des pastilles de lumière apparurent dans les yeux de Mélanie, un grondement à l'intérieur de son oreille. Elle vacilla.

« Mélanie, respire, ordonna la Rate de Jade, retrouvant son ton cassant. Lentement. Profondément. »

Gao Zhen Xi lui frotta le dos. Mélanie respira calmement, jusqu'à ce que sa vision redevienne claire.

Ses parents... s'ils venaient réellement de ce lieu de cauchemar...

« Comment ma mère a-t-elle réussi à briser son cycle ? demanda Mélanie d'une voix incertaine.

— Tu dois faire erreur. » Les yeux de Gao Zhen Xi s'étrécirent. « Je ne vois pas comment ta mère pourrait être d'Entremonde. Il n'y a pas de naissance véritable dans ce Royaume, de même qu'il n'y a pas de mort véritable. L'Entremonde était un lieu intermédiaire où les êtres troublés pouvaient progresser dans leur souffrance de mortels, avant de devenir entièrement Esprit et de passer dans le Royaume de l'Esprit. Au bout d'un temps, ceux de l'Esprit retournaient à la Chair. Je ne vois pas comment ta mère aurait pu tomber enceinte en Entremonde.

— Et pourtant, je suis ici », murmura Mélanie.

Elle se releva et fit les cent pas. Elle s'approcha d'une grande table en bois recouverte de papiers et de livres ouverts, de poussière et de stylos. Le tout ressemblait furieusement au bureau de Mme Wei.

Les yeux de Mélanie s'écarquillèrent.

« Mme Wei ! Elle avait un morceau de papier magique ! Et dessus il y avait des mots qui parlaient de l'Entremonde. Ça disait que si un bébé impossible naissait, alors ça arrêterait tout ce qui ne devait pas être. »

Gao Zhen Xi plissa ses petits yeux sombres. « Du papier magique, marmonna-t-elle. Un bébé impossible ? Qu'est-ce que ça peut vouloir dire ? Ouah ! » s'écria-t-elle en faisant un bond.

La Rate de Jade sauta de son épaule et atterrit sur la table encombrée.

Une impression de déjà-vu envahit Mélanie lorsqu'elle vit cette silhouette âgée fureter dans des tas de parchemins et des piles de livres, en soulevant des nuages de poussière. Gao Zhen Xi farfouilla dans ses étagères, en suivant le dos des ouvrages du bout du doigt. Le souffle rauque, elle s'interrompit brusquement. Les mains tremblantes, elle extirpa de sa bibliothèque un volume très ancien.

Il était noirci par l'âge, et sur la couverture apparaissait un emblème en relief. On aurait dit un symbole yin-yang, mais au lieu de deux dessins encastrés, Mélanie en vit trois. Le noir, le blanc et le gris s'entrelaçaient en spirale pour former un cercle parfait.

Sans un mot, Gao Zhen Xi posa le livre sur la table.

Mélanie et la Rate de Jade s'approchèrent de la vieille femme, qui se mit à tourner les pages.

« C'est *Le Livre des Royaumes*, annonça Gao Zhen Xi. Ce livre est inachevé, comme tous ceux que tu trouveras ici, dans les Archives des Livres inachevés. Il y a beaucoup plus d'ouvrages inachevés que d'ouvrages achevés, et ils finissent tous ici, par un moyen que j'ignore. Les mots aussi sont Esprit, et lorsqu'ils sont écrits, une puissance s'en dégage. J'étudie ces livres depuis toutes ces années interminables, dans l'espoir de trouver un remède à la séparation des Royaumes. Pendant des siècles, j'ai décortiqué les pages de celui-ci, mais il s'agit d'un livre prophétique, impossible à déchiffrer. Au bout de mille ans, je ne supportais plus de poser les yeux sur ses proverbes sibyllins et frustrants. Mais je me rappelle qu'il y avait un chapitre qui parlait d'un enfant né en Entremonde. Parce que c'est une impossibilité, j'ai cru que c'était symbolique. »

Elle tourna délicatement les pages presque transparentes, jusqu'aux deux tiers du livre.

« Ahhh, soupira-t-elle. C'est toujours là. Parfois » et sa voix se fit chuchotement « les mots ont changé. »

Leurs trois têtes se rapprochèrent de la page. Sur le papier, une écriture fluide ondulait comme un ruban à la surface d'une rivière mouvante.

Gao Zhen Xi entonna les mots à voix haute.

Un enfant est conçu et part
Non né
Une fuite par-delà le gouffre
Lorsqu'elle revient
Ainsi s'achève ce qui n'aurait dû être
Un enfant vient au monde
Alors que cela ne peut être
Dans les confins du Royaume d'Entremonde.

C'était la dernière ligne du livre. Le reste demeurait inachevé, et les pages blanches.

La vieille femme fit claquer sa langue de frustration.

« Tu vois combien cette prophétie est exaspérante ! Comment un enfant peut-il être conçu et partir non né, puis naître une nouvelle fois ? »

La Rate de Jade ne répondit rien. Elle se lissait pensivement les moustaches avec ses deux pattes. Le regard de Mélanie tomba sur la chair tranchée, où manquait le doigt que la rate s'était coupé pour payer leur passage à la Gardienne.

Pour payer leur passage...

Mélanie sentit comme une lueur chaude se répandre dans son esprit.

« Peut-être, hasarda-t-elle lentement, peut-être qu'il s'agit de deux enfants différents. »

Gao Zhen Xi releva brusquement la tête et se mit à fixer Mélanie avec une intensité brûlante.

La jeune fille rougit. Avait-elle dit quelque chose de complètement stupide, ou d'injurieux ? Qui était-elle, pour apprendre à cette vieille érudite ce que signifiaient ces mots, alors qu'elle les avait étudiés pendant des millénaires !

Mais Mélanie ne pouvait écarter ce sentiment de *justesse* qui l'habitait. Comme si une pièce d'un puzzle était brusquement tombée à sa place. Une place décisive.

« Continue », l'encouragea Gao Zhen Xi d'une voix rauque.

La Rate de Jade se redressa sur son arrière-train, les pattes repliées sur son torse, guettant attentivement la suite.

Mes idées à moi ! pensa Mélanie, émerveillée. Elles étaient impatientes d'entendre *ses* idées !

« Ma maman avait une photo sur sa table de nuit, dit Mélanie avec maladresse – avec urgence. Mais ce n'était pas vraiment une photo ; c'était une affiche d'avis de recherche. J'ai pris ça pour une blague, mais ça disait que mes parents étaient recherchés en Entremonde pour être tombés enceints. Qu'il fallait avorter de cet enfant. J'ai grandi dans mon monde avec ma maman. Mais comment ma mère aurait-elle pu inventer une affiche pareille, si elle ne faisait pas partie de l'Entremonde ? Et si elle en faisait bien partie, alors je dois être ce premier enfant. »

La Rate de Jade renifla, sur sa faim. « Il est possible que tu sois ce premier enfant, mais qui est le deuxième ? Qui ou quoi ? »

Mélanie haussa les épaules en signe d'impuissance. « Comment est-ce que je pourrais naître une deuxième fois ? Ça ne peut pas arriver. Alors il faut que quelqu'un d'autre naisse. »

Une vague d'effroi monta dans les entrailles de Mélanie. Non ! Non ! Sa mère ne tomberait pas enceinte d'un autre enfant… car cet enfant, de qui serait-il… ?

Gao Zhen Xi s'était mise à marmonner, en entendant la réponse de la Rate de Jade. Mélanie et l'animal se tournèrent vers elle et surprirent les derniers mots de sa phrase.

« … recherche ! Une affiche d'avis de recherche ! Ha ! »

Elle se précipita vers un mur ponctué de niches cubiques, remplies à ras bord de petits objets épars, de minuscules ossements, de dés, de punaises, de boîtes d'allumettes, de rouleaux de parchemin et de fragments de papier. Elle fourragea dans ce fouillis et renversa tout au sol. Elle aperçut un objet en hauteur, hors de sa portée. La Rate de Jade escalada le mur par bonds légers, comme si elle grimpait le long d'une échelle, pour aller attraper le rouleau de papier gris retenu par un morceau de ficelle. Elle le rapporta dans sa gueule, comme un chien, et vint le déposer entre les mains de Gao Zhen Xi, qui déplia la feuille sale de ses doigts tremblants.

La reproduction d'une photo de Fumiko et Shinobu. Cet air perdu dans les yeux de son père. Sa mère, enceinte, qui paraissait si jeune et effrayée.

C'était la même affiche que celle que sa mère avait gardée, tout ce temps. Dans le cadre sur sa table de nuit.

Mélanie sentit des larmes monter, chargées d'émotions mêlées, et ses yeux miroitèrent.

Sa maman. Elle avait fait tout ce qu'elle avait pu pour protéger sa fille.

Elle avait passé sa vie malade et faible, parce qu'elle n'avait jamais été vraiment vivante... elle avait laissé Mélanie pour rentrer en Entremonde, afin de lui permettre d'avoir une vie.

« Vivante, chantonna Gao Zhen Xi. Tu es vivante dans un Royaume qui n'est pas vivant, c'est pourquoi tu peux apporter du changement. C'est pourquoi tu es capable de briser les cycles. »

Mélanie releva le menton. Son regard était droit et ferme. « Si c'est vrai, alors je vais sauver ma maman.

— Est-ce possible ? marmonna Gao Zhen Xi pour elle-même. Cette enfant détiendrait-elle la clef permettant de réunir les Royaumes divisés ?

— Peut-être, murmura la Rate de Jade.

— Si seulement nous pouvions demander conseil à quelqu'un, déplora Gao Zhen Xi en refermant *Le Livre des Royaumes*. Les histoires ne rendent compte que de ce qui a transpiré. Les prophéties ne prédisent que ce qui pourrait advenir. Ce qu'il nous faudrait, c'est un guide ! Quelque chose qui nous donne des réponses ! Bah ! Je suis si lasse que je ne peux plus réfléchir. »

Des réponses...

La Boule 8 Magique ! Ses questions énigmatiques n'avaient été d'aucun secours à Mélanie, mais peut-être que la vieille femme savante saurait lui soutirer des réponses sensées !

Mélanie courut vers le tas de livres près duquel elle avait déposé son sac à dos. Elle déballa précautionneusement le cadeau du raton laveur et l'emporta dans ses bras.

La boule de plastique paraissait encore plus piquetée et usée qu'auparavant. On aurait dit que sa surface avait été grignotée par les termites, et le liquide à l'intérieur était lourd et lent, comme un seau rempli de sable et d'eau.

Mélanie se mordit la lèvre. *Aide-moi, maintenant*, implora-t-elle intérieurement. *Rends-toi utile. Nous avons besoin de réponses.*

« C'est un cadeau que m'a fait un raton laveur, dans mon Royaume, expliqua l'adolescente. Cette boule apporte des réponses sous forme de questions. Je ne sais jamais quel sens leur donner, mais peut-être que vous, vous comprendrez.

— Je ne sais pas, petite. Essayons ton globe de puissance et voyons ce qu'il demande. »

Mélanie ferma les yeux et s'absorba dans ses pensées. La Boule 8 Magique répondait aux questions qu'elle posait. Mais finalement, le problème n'était peut-être pas les réponses de la Boule, qui lui paraissaient inutiles, mais les questions de Mélanie. Peut-être qu'elle ne posait pas les bonnes... Jusqu'ici, elle avait formulé ce qui lui venait sur le coup, ce qui la tracassait le plus. Peut-être fallait-il y réfléchir un peu mieux, penser plus large.

Cette histoire ne les concernait pas seulement, elle et sa mère.

L'enjeu en était tellement plus vaste.

Mélanie inspira profondément pour poser ses pensées, puis secoua doucement la boule fragile. « Que doit-on faire pour rendre leur équilibre aux Royaumes ? » énonça-t-elle d'une voix claire et forte.

Elle fit pivoter la petite fenêtre vers elle et elle attendit patiemment.

La réponse mit une éternité à remonter jusqu'à la surface. Elle ne ressemblait presque plus à un triangle, tant les coins en étaient abîmés. Les mots écrits dessus étaient presque effacés et Mélanie eut du mal à déchiffrer ce qu'ils disaient. Elle finit par énoncer le message à voix haute :

CE QUE T'INFLIGENT TES ENNEMIS,
LE LEUR INFLIGERAS-TU EN RETOUR ?

Gao Zhen Xi prit un air pensif.

« Cette réponse est opaque. Il faut y réfléchir, mais je n'en connais pas le sens premier. Comprends-tu cette question, petite ? »

Mélanie poussa un long soupir et secoua la tête. Cette réponse ne leur serait pas immédiatement utile. Peut-être l'aiderait-elle plus tard...

La jeune fille aperçut du coin de l'œil une ombre qui se balançait au plafond. Elle leva la tête.

L'une des ampoules nues paraissait étrangement distendue, et descendait encore en se balançant de droite à gauche. Elle semblait être en train de fondre. Et de pousser.

Gao Zhen Xi et la Rate de Jade levèrent les yeux à leur tour.

Comme si elle se savait découverte, l'ampoule blanche se mit à couler par le petit trou dans le plafond. Tel du plastique liquide, elle gonfla et se plissa, dégoulina sur elle-même tout en descendant dans la pièce, gluante et étirée. L'arrondi de l'ampoule se mit à grossir, à se gonfler de plus en plus, à s'élargir jusqu'à former les bords lisses d'une bouche.

Une langue blanche.

Elle fouetta l'air aveuglément et toucha un tas de livres.

« Petite ! hurla Gao Zhen Xi. Par ici ! »

La vieille femme tira une clef d'un pli de sa robe et la lança à Mélanie, qui l'attrapa d'une main.

Folle de rage, la langue se mit à frapper en tous sens dans la pièce. Elle gifla l'air si près de la tête de Mélanie que ses cheveux volèrent. La jeune fille s'accroupit et rampa jusque sous la longue table en bois, la Boule 8 Magique au creux de son bras.

« Je t'ai trouvée ! chantonna la voix gluante et réjouie de M. Gluant. Ta maman ne te manque pas ? Maman n'arrête pas d'appeler sa mignonne petite fille ! Elle gémit et pleure, *Mélanie ! Oh, Mélanie !* » Il imitait la voix de sa mère à la perfection.

Mélanie entendit claquer et fouetter.

La Rate de Jade poussa un couinement strident.

Non ! Mélanie bondit de son abri juste à temps pour voir la Rate de Jade happée vers la bouche informe de M. Gluant. Les yeux de l'homme se reformèrent, tout blancs avec des pupilles noires de forme étrange. Il aperçut Mélanie et lui adressa un sourire baveux.

Gao Zhen Xi balança un livre énorme dans la tête de M. Gluant. Il l'atteignit en faisant « splotch ! », adhéra à la matière collante pendant quelques secondes puis glissa lentement. Aplatie, la tête de M. Gluant était tellement ridicule que Mélanie dut résister à l'envie d'éclater de rire comme une hystérique.

Les yeux de la créature étincelaient de rage.

« Cours ! glapit Gao Zhen Xi. Tu ne dois pas mourir. Nous, nous ne pouvons pas mourir en Entremonde. Sauve-nous tous en restant vivante ! »

Mélanie hésita une seconde, puis se précipita vers la porte, la clef bien serrée dans sa paume. La main tremblante, elle se débattit pour la faire entrer dans le gros cadenas.

Elle ne se retourna pas en entendant les grondements de M. Gluant, les cris perçants de la Rate de Jade et les chocs sourds des livres qui pleuvaient.

Elle descendit le long couloir sombre en courant avec détermination. « Elles ne peuvent pas mourir, se répéta-t-elle. Elles ne peuvent pas mourir. »

Pour une fois, leur malédiction était une bénédiction.

Chapitre 11

Mélanie se dirigea d'un pas vif vers les quartiers des employés, toujours au sous-sol. Elle se rappelait les avoir longés dans l'autre sens, et elle avait une idée derrière la tête, à défaut d'un plan. Elle s'habillerait en femme de ménage et elle tâcherait de dénicher la chambre de M. Gluant.

Comme plan, c'était un peu léger ; elle en avait conscience. Dans les séries télévisées ou les romans, les héros trouvaient toujours un moyen incroyable de vaincre leurs ennemis. Ils élaboraient des pièges sophistiqués avec des cordes et des brindilles, ou bien ils fabriquaient des bombes avec du bicarbonate de soude et une batterie. Ou alors ils s'entraînaient avec un magicien ou un sorcier, et ils se découvraient des pouvoirs spéciaux.

Tout ce que Mélanie avait, c'était elle-même.

Non, pas tout à fait, corrigea-t-elle. Elle avait des alliés, ici et dans son monde. Gao Zhen Xi et la Rate de Jade étaient de son côté. Mme Wei était son amie. Elle avait sa mère, aussi.

Mélanie repensa au doigt arraché de son père.

Lui aussi était dans son camp.

Et Mélanie n'avait peut-être aucun pouvoir magique extraordinaire, mais elle avait celui de faire des choix. Elle était vivante dans un monde qui ne l'était pas. Elle n'était pas enfermée dans la boucle éternelle de la souffrance, à devoir endurer encore et toujours le même traumatisme, comme tous ceux de ce Royaume.

Gao Zhen Xi avait dit que c'était la raison pour laquelle elle pouvait créer du changement.

Être capable de changer les choses dans un monde figé, se répéta Mélanie. *C'est une sorte de pouvoir...*

Elle trouva la porte « Réservé au personnel. Logements privés ». Elle entra sans bruit.

Le dortoir était presque vide. Quelques femmes et jeunes filles étaient mollement assises sur leurs lits de camp ou bien regardaient la télévision, dans le coin opposé de la pièce. Piégées dans la stupeur de leur Entrevie sans fin, elles ne remarquèrent pas l'entrée de l'adolescente.

Une jeune fille, à peine plus âgée que Mélanie, grattait des points de suture à l'intérieur de son bras. La cicatrice noire et à vif courait de son poignet jusqu'à son coude.

Mélanie dut se retenir pour ne pas lui ordonner d'arrêter. *Elle ne peut mourir*, se répéta-t-elle avec fureur. *Elle va simplement répéter ce geste à l'infini.* C'était atroce.

Il fallait que tout cela cesse.

Mélanie se mit à ouvrir les casiers d'un geste rageur. Personne ne parut s'en soucier, ni même s'en rendre compte.

Au bout de plusieurs tentatives, elle en trouva un qui contenait un uniforme de nettoyage. La taille lui paraissait correspondre. Elle attrapa le vêtement et se rendit dans la salle de bains du dortoir. Dans l'une des cabines de toilette, elle entendit vomir violemment.

Elle se réfugia dans un des vestiaires et ferma la porte. La pièce était dotée d'un long miroir, et quelqu'un avait oublié ses affaires de toilette sur la tablette, ainsi qu'un fer à friser et un séchoir à cheveux. Et un petit échantillon de parfum « Poison ». Mélanie déposa la Boule 8 Magique sur le comptoir et ouvrit le gros sac de maquillage. À l'intérieur, elle trouva des ciseaux, des tubes et des pots, des crayons à yeux et des ombres à paupières. Mélanie enfila rapidement l'uniforme passe-partout. Elle vit à son badge qu'elle s'appelait Gladys.

« Gladys, Gladys, Gladys, Gladys », marmonna-t-elle entre ses dents, afin de s'en souvenir. Elle brancha le fer à friser, et pendant qu'il chauffait, elle se brossa les cheveux et fit tomber toute la longueur devant son visage. Elle coupa les mèches, de sorte que la frange lui arrive au milieu du nez. Ainsi elle cacherait ses yeux, tout en étant en mesure de regarder entre les mèches. Elle se badigeonna la figure d'une nouvelle couche de maquillage, en commençant par le fond de teint couleur d'argile sur toute la surface de peau visible. Elle s'aspergea de « Poison ». L'odeur sucrée et étouffante la fit tousser, mais au moins le parfum remplirait son rôle. Personne ne pourrait sentir sa Vie sous les effluves d'un parfum aussi nauséabond ! Constatant que le fer était chaud, Mélanie entreprit pour la première fois de sa vie de se friser les cheveux.

Elle ne savait dans quel sens tourner le manche, aussi finit-elle avec des épis et de vagues ondulations, ponctués de grosses anglaises ; le résultat était atroce, donc parfait. Elle ne ressemblait pas à une adolescente. Elle avait l'air d'une mère de famille entre deux âges et mal fagotée.

Elle s'adressa un sourire triste dans la glace.

Ressemblerait-elle à ça, en grandissant ?

Si elle réussissait à atteindre cet âge...

Mélanie secoua la tête et se redressa de toute sa hauteur. « Gladys, répéta-t-elle à haute voix. Je m'appelle Gladys. »

Son regard se posa sur la fragile Boule Magique. Elle commençait à se dessécher et à se craqueler, comme les cratères à la surface de la Lune. Combien de temps tiendrait-elle encore le coup ? Combien de questions restait-il à Mélanie avant que la Boule lâche ? Ou bien étaient-ce les questions elles-mêmes qui faisaient vieillir la boule aussi vite ?

Maintenant, ou plus tard ? se demandait interminablement Mélanie. *Maintenant ou plus tard ?* Elle tendit les mains vers la boule, et lorsque ses doigts entrèrent en contact avec le plastique noir, l'objet lâcha un *pop* fatigué. Une crevasse en zigzag apparut et lézarda toute la circonférence. Bouche bée, Mélanie fit un bond en arrière. De fines rayures rayonnèrent depuis la crevasse et les fragments desséchés s'effondrèrent à terre comme les tessons d'une poterie antique. Puis le sable s'écoula dans un sifflement doux.

Le cœur de Mélanie s'emplit de désarroi. Elle ne savait plus s'il fallait rire ou pleurer. Quelle manière stupide, mais *stupide* de gaspiller sa dernière question ! Elle n'avait aucun moyen de réparer la boule. Son dernier cadeau était à présent complètement hors d'usage. Mélanie attrapa rageusement deux poignées de sable.

« Uhhhh », pesta-t-elle, frustrée, en les jetant violemment par terre.

Elle en saisit deux nouvelles poignées... et sentit soudain quelque chose de dur, entre ses doigts. Sa colère s'évanouit instantanément et elle épousseta doucement le sable dans sa paume, laissant apparaître un cône en plastique.

Une de plus. Une dernière question.

Elle prit délicatement l'objet entre le pouce et l'index et l'extirpa doucement du sable.

Le morceau de plastique plat était non pas triangulaire, mais rectangulaire. De la taille d'une carte bancaire, il était même doté d'une bande magnétique noire.

Mélanie fronça les sourcils. Était-ce une carte de crédit ? Elle la retourna d'une pichenette et reconnut le logo alambiqué de l'Hôtel des Mirages.

Ses yeux s'écarquillèrent.

Elle n'en avait jamais utilisé auparavant, mais elle regardait la télé. Les hôtels chics n'avaient plus de clefs, de nos jours. Ils avaient des cartes qu'on glissait dans un boîtier, comme au distributeur de billets.

La Boule 8 Magique lui avait donné la clef ultime... la clef pour trouver M. Gluant !

« Merci ! » lança Mélanie avec force.

Elle tourna et retourna la carte entre ses doigts. Excepté le nom de l'hôtel, il n'y avait aucune autre inscription. Son entrain l'abandonna. Comment était-elle censée découvrir dans quelle chambre logeait M. Gluant ? Combien y en avait-il, dans cet hôtel ?

Mélanie se pinça la lèvre d'un air morne. Elle le trouverait, même si pour ça il lui fallait ouvrir toutes les portes du bâtiment.

Un chariot de nettoyage, voilà ce dont elle avait besoin ! Avec un chariot, elle aurait une raison toute trouvée d'essayer d'ouvrir les différentes portes ! Mélanie glissa la carte dans la poche de son uniforme, juste en dessous de son badge.

Le seul chariot qu'elle trouva était lourd et peu maniable, car une des roues avait tendance à se bloquer. Elle entreprit de le pousser maladroitement le long du couloir, en direction de l'ascenseur. L'engin grinçait bruyamment, et Mélanie hésita à l'abandonner là, sur-le-champ. La tête baissée, les mèches de cheveux lui tombant en travers du visage, elle ne voyait rien autour d'elle. C'était à la fois terrifiant et réconfortant.

Elle faillit foncer dans l'une des deux portes d'ascenseur. Elle ne put s'empêcher de lâcher un ricanement nerveux.

Presque sans trembler, elle appuya sur le bouton d'appel. Tout en attendant la cabine, elle décida qu'elle commencerait par le premier étage puis remonterait au fur et à mesure. Elle pénétra dans l'ascenseur. Elle attendait la fermeture de la porte, lorsqu'elle entendit une voix jeune et douce dans le couloir.

« Attendez-moi ! »

Mélanie jeta un œil entre ses mèches.

Un jeune en uniforme de service d'étage, brandissant plus haut que sa tête un plateau d'argent recouvert d'assiettes débordant de nourriture, releva le menton en guise de bonjour et entra dans l'ascenseur d'un pas assuré. Son pantalon noir et sa chemise blanche étaient immaculés, mais sa chevelure brune était toute collée, constellée d'amas blancs.

« Pourriez-vous appuyer sur le quatre, je vous prie ? » demanda-t-il sur un ton courtois.

Mélanie cligna les yeux plusieurs fois. Ce garçon – c'était lui que M. Gluant avait dévoré dans le hall de l'hôtel ! Il lui semblait qu'il s'était écoulé un million d'années, depuis.

« Hum hum, fit le garçon d'étage, un tantinet impatient. Euh, Gladys, c'est bien ça ? Veuillez appuyer sur le quatrième étage. Le quatre. Quatre ! »

Mélanie sortit brusquement de sa paralysie et poussa maladroitement sur le bouton. Le chiffre quatre s'alluma sur le tableau et la cabine se mit à monter lentement.

Le jeune homme inspecta les chiffres, puis fronça les sourcils. « Vous descendez à quel étage ? »

Mélanie déglutit avec difficulté. Si elle parlait, son haleine trahirait-elle son odeur vivante ?

Elle relâcha le chariot, qu'elle tenait tellement fort qu'elle en avait les jointures blanches. Elle farfouilla dans sa poche et en sortit la carte, qu'elle brandit comme un laissez-passer prouvant qu'elle était en règle.

« Gladys, articula lentement le jeune homme. Vous devez la glisser dans la fente. C'est pour la terrasse. » Il poussa un soupir exagéré. « Crétine ! » siffla-t-il entre ses dents.

Puis son ton changea, et il prit un air méchant de conspirateur. « J'ai entendu en cuisine que M. Gluant organisait une fête. Il a commandé des canapés et une fondue au sang ! » Le jeune homme se pencha légèrement vers Mélanie et chuchota d'un air théâtral : « Il est d'une humeur de chien. Je suis bien placé pour le savoir ! Prenez garde de ne pas vous faire remarquer ! »

La sonnette de l'ascenseur émit son petit *ding !* pour indiquer le quatrième étage, et la cabine s'immobilisa.

Porte Quatre, se rappela Mélanie. Ce chiffre lui déclenchait des picotements dans la nuque, comme des signaux d'alarme.

Les portes glissèrent dans un bruissement feutré. Le quatrième étage...

Un vacarme indescriptible s'engouffra violemment dans la cabine de l'ascenseur. Mélanie se plaqua les mains sur les oreilles, mais les cris, les mugissements et un crissement métallique aigu lui perforèrent les tympans. Les hurlements perçants d'une personne qu'on torturait. Dans les murs résonnaient des coups lents et sourds, comme si quelqu'un essayait d'en sortir. Et une plainte sifflante, comme une gigantesque cornemuse asthmatique : inspiration, expiration, inspiration, expiration. Des hommes qui gémissaient, des bébés qui toussaient, des chiens qui aboyaient. Mélanie se colla au fond de la cabine, le plus loin possible, mais elle ne pouvait échapper à ce tumulte.

Et le pire de tout, c'était que le couloir était totalement vide.

« Me voilà arrivé », annonça le jeune homme avec un dernier sourire, qui révéla un gouffre noir et édenté.

Mélanie entendit gronder, au fond des entrailles de l'homme. Il sortit de l'ascenseur et remonta le couloir vide et assourdissant, le plateau de nourriture perché haut sur sa main.

Mélanie appuya désespérément sur le bouton de fermeture de la porte. Elle tapa dessus une dizaine de fois avant que les panneaux métalliques finissent par se refermer en glissant. Juste avant qu'ils se touchent, Mélanie crut apercevoir un chimpanzé avec une tête de bébé humain sortir précipitamment d'une chambre pour s'engouffrer dans une autre.

Mélanie resta tapie dans le coin, comme si ça pouvait la sauver.

La peur lui glaçait le sang et lui anesthésiait les sens. Seul son cœur continuait à battre dans sa poitrine, imperturbable.

Le silence de l'ascenseur l'oppressait. Elle ne distinguait aucun signe de mouvement mécanique, et rien ne lui permettait de sentir dans quel sens elle allait vraiment. Et si elle était en train de plonger dans l'espace-temps ? Comment savoir sur quoi ces portes allaient s'ouvrir ? Et si elle se déplaçait vers le haut *et* vers le bas en même temps, comme dans un tableau d'Escher ? L'adolescente commença à se sentir mal. Elle fixa les chiffres au-dessus de la porte, mais elle se trouvait toujours au quatrième étage.

La carte. Il fallait la faire glisser. D'une main tremblante, elle la passa dans le lecteur magnétique. Un « T » lumineux apparut sur le panneau, et la cabine se remit à monter.

Mélanie s'effondra par terre. Cette terreur, c'était tellement épuisant. Les numéros d'étages s'allumèrent les uns après les autres et Mélanie mesura avec effroi et une certaine impatience qu'elle approchait de son but. Le niveau terrasse.

Ding.

Les portes s'ouvrirent dans un souffle.

La cacophonie du quatrième étage n'avait pas suivi Mélanie jusqu'à la terrasse. Elle jeta un regard effrayé le long du couloir vide, brillamment éclairé.

Les portes commencèrent à se refermer, et la jeune fille tendit instinctivement la main pour interrompre le mouvement. Elle avala sa salive, baissa la tête et poussa son chariot de nettoyage dans le long couloir.

Les murs étaient ornés de papier peint luxueux, aux motifs sophistiqués de tiges de fougère enroulées et d'oiseaux exotiques dans les tons pâles. Mélanie se demanda s'ils étaient censés être dorés. Des mini-lustres pendaient du plafond, et le cristal attrapait la lumière et la vaporisait en fragments en losanges, comme des diamants taillés. De petits guéridons étroits en bois soutenaient des coupes débordant de fleurs noires, grises et blanches, et quelques fauteuils recouverts avec goût étaient stratégiquement disposés à intervalles réguliers. C'était tellement joli...

C'était tellement horrible.

Mélanie se mit à claquer des dents. Le bruit était repoussant et elle ne pouvait empêcher son esprit paniqué de faire des associations atroces. L'os cognant contre l'os. Des squelettes sautillant au bout d'un fil, comme des marionnettes.

« Ça suffit ! » siffla Mélanie pour elle-même.

Elle se mit à pousser le chariot sur la moquette épaisse et compacte. Les roues ne grinçaient plus.

Elle s'immobilisa brusquement.

La carte… elle ne savait pas quelle chambre elle ouvrait.

Mélanie balaya le couloir du regard. Il n'y en avait pas tant que ça : six portes au total. Trois de chaque côté, disposées en quinconce pour qu'aucune n'ouvre en face d'une autre. Elle poussa un soupir de soulagement. Six, ce n'était pas énorme. Et s'il y avait des clients dans les chambres, peu importait, parce qu'elle était Mavis, du service de nettoyage. Elle avait une raison de se trouver là. Elle sortit la carte de sa poche et s'approcha de la première porte.

Vas-y, s'encouragea-t-elle. *Vas-y. Tu peux le faire.*

Tu peux le faire pour ta maman. Pour toi. Pour tous ceux qui souffrent en Entremonde. Pour toutes les âmes tourmentées qui rejouent leurs horreurs personnelles pour l'éternité.

Mélanie serrait la carte tellement fort dans sa main qu'elle lui rentrait dans la paume.

La douleur tranchait au vif dans ses doutes et dans ses peurs, comme la lame propre d'un couteau.

Elle inspira profondément et se força à approcher de la porte sans numéro. Elle souleva la carte pour l'insérer dans le lecteur magnétique, puis s'arrêta net. Elle réfléchit quelques secondes, leva sa main libre et frappa.

Silence.

Elle compta lentement jusqu'à dix.

Rien.

Elle fit glisser la carte.

Une des deux diodes s'alluma, mais elle ne put en discerner la couleur. En pleine agitation, Mélanie tourna la poignée.

Elle ne s'ouvrit pas.

Mélanie fit de nouveau glisser la carte dans le boîtier. Nouvelle tentative avec la poignée, plus rapidement, mais elle resta verrouillée.

« OK, murmura-t-elle. Très bien. Une de moins, plus que cinq. »

Elle se replaça derrière son chariot et le poussa jusqu'à la deuxième porte. En approchant, elle tendit la carte vers le lecteur magnétique.

Quand elle entendit un *clic* à peine perceptible.

Silence.

L'adolescente retint son souffle. Le cœur lui battait dans les tympans, deux fois trop vite. Elle n'avait pas remarqué, mais il y avait de minuscules judas dans les portes, juste au-dessus de sa ligne de vision. Elle sentit sa peau se rétracter sur ses os. N'importe qui pouvait l'espionner à travers les portes fermées. N'importe quoi...

La tête toujours baissée, Mélanie tenta de sourire, les lèvres pincées. « Ménage », annonça-t-elle d'une voix enrouée. Elle pointa le doigt vers son badge. « Je suis Mavis, articula-t-elle. Votre nouvelle femme de ménage. »

Elle crut entendre un nouveau déclic. Un son familier, même si elle était incapable de se rappeler où elle l'avait déjà entendu. Quelque chose qui tournait. Un mécanisme rotatif avec des pièces en métal dur...

Comme la roulette d'un casino... ou le barillet d'un revolver.

Mélanie recula lentement, sans mouvements brusques, en résistant à la tentation de lever les deux mains au-dessus de sa tête. « Je repasserai plus tard, chuchota-t-elle. Désolée de vous avoir dérangé. »

Une fois à bonne distance de la porte et hors de la ligne de tir, elle poussa un profond soupir. Elle sentait la sueur se glacer sur son front.

Soudain, ses mains se mirent à trembler. Ses lèvres furent prises de spasmes, sous l'effet du contrecoup et de l'adrénaline. Elle était sur le point de s'évanouir. Les larmes lui montèrent aux yeux, et elle battit frénétiquement des cils, pour ne pas ruiner tout son maquillage.

Qu'est-ce qu'elle faisait là, pauvre gamine abandonnée, sans aucune arme ?

Qu'est-ce qu'elle espérait pouvoir faire ?

Elle enfonça le coin pointu de la carte dans sa paume, et la douleur l'aida à interrompre la spirale infernale.

Arrête, s'ordonna-t-elle. *Ça ne sert à rien. Tu ne peux pas changer le passé. Mais tu peux changer l'avenir.*

D'un pas déterminé, elle fit rouler le chariot vers la troisième porte.

Elle s'ouvrit avec une telle soudaineté que Mélanie n'eut même pas le temps de pousser un cri de surprise.

Un homme chauve et corpulent, les mains liées tendues devant lui et un bâillon dans la bouche, se précipita vers elle, les yeux emplis de panique, de terreur et d'un espoir fou.

Quelque chose le rattrapa dans le dos et le tira dans la pièce comme s'il n'était qu'une poupée de chiffon. Mélanie n'eut que le temps de voir l'espoir dans ses yeux s'évanouir avant que la porte se referme en claquant.

Chaque jour.

Cet homme revivait cet enfer chaque jour...

Mélanie réprima une envie de vomir.

C'était *mal*, tellement mal ! Comment ce mal avait-il pu perdurer si longtemps ?

Elle allait trouver un moyen, n'importe lequel. De mettre fin à tout ça. Elle allait faire cesser tout ça.

Mélanie s'approcha de la porte suivante.

« Porte Quatre », prononça-t-elle à mi-voix. Et malgré la détermination qui l'animait, son fragile cœur de mortelle trembla dans sa gorge.

Porte Quatre. Elle aurait tellement voulu pouvoir éviter cette porte, marquée de ce chiffre porte-malheur...

Jusqu'où peut-on être éprouvé ? se demanda-t-elle, l'esprit vide.

Tout l'étage baignait dans un silence insondable. Elle n'entendait rien d'autre que les battements puissants de son idiot de cœur.

Jusqu'à ses dernières limites, se répondit-elle avec conviction.

Elle inspira profondément et fit glisser la carte dans le lecteur.

L'une des deux diodes s'alluma et elle entendit le mécanisme se déverrouiller dans un grand déclic.

Mélanie fit tourner la poignée, et la porte céda.

Chapitre 12

Le vestibule était plongé dans l'ombre, mais une lueur diffuse rayonnait au coin du couloir. Mélanie se tenait dans ce halo, les mains crispées sur la poignée du chariot de nettoyage. Un vague relent aigre planait dans l'air.

Plus d'atrocités, par pitié, articula-t-elle en silence. *Que tout se passe bien.*

L'espoir et la terreur se contorsionnaient à l'intérieur d'elle, comme des cordes claquant au vent. Cette sensation insupportable lui donnait envie de vomir.

Mais elle passa la porte, poussant le chariot devant elle comme pour faire écran. La porte claqua dans son dos.

Les roues de caoutchouc se mirent à grincer bruyamment sur les dalles de marbre froid. Mélanie s'immobilisa.

« Il y a quelqu'un ? » s'enquit-elle d'une petite voix rauque, à peine un chuchotement.

Elle était à l'intérieur. Soudain son déguisement lui parut horriblement déplacé. Elle se sentait comme une enfant qu'on aurait forcée à fabriquer elle-même son costume pour la pièce de l'école.

« Ménage », annonça l'adolescente dans un râle.

Autour d'elle, rien que du silence.

Elle abandonna le chariot dans l'entrée et s'avança sur la pointe des pieds dans le couloir, pour jeter discrètement un œil dans le salon.

La pièce était richement décorée, et sur la moquette épaisse et luxueuse étaient disposés des meubles élégants et démodés. Des antiquités, soupçonna Mélanie, aux accoudoirs et aux pieds finement sculptés et des coussins aux motifs floraux. Une table basse, des fauteuils confortables et un divan cabriolet encadraient négligemment une touffe de bambous plantés dans un pot de céramique gigantesque. Près de l'époustouflante fenêtre occupant presque tout le mur, Mélanie aperçut un piano à queue noir et majestueux. Il avait beau être ouvert, il semblait n'occuper qu'un espace ridicule dans la pièce immense. Dans leurs cadres massifs, les tableaux de maîtres paraissaient à peine plus gros que des timbres, sur les murs. Même en noir et blanc, la splendeur de ce lieu était à couper le souffle. Mélanie n'avait jamais rien vu de tel.

Elle laissa échapper un long soupir de soulagement. Il n'y avait personne, aussi put-elle rapidement explorer la pièce.

Elle s'avança sur la moquette en jetant des regards en tous sens.

Soudain, deux notes frappées ensemble brisèrent le silence. Trois fois de suite, à un rythme rapide.

Mélanie sursauta.

Les mêmes notes, encore trois fois. Puis deux notes différentes : une, deux, trois, une, deux, trois...

La mélodie lui parut étrangement familière.

Mélanie se tenait dans un coin du salon, à fixer le piano, dont le joueur était caché par le couvercle relevé.

« Chopsticks ». C'était « Chopsticks », qu'il était en train de jouer...

Le pianiste revint aux notes du milieu du clavier puis recommença depuis le début. Une, deux, trois, une, deux, trois...

Mélanie ne savait quoi faire.

Et lui qui continuait à jouer cet air qui rendait fou.

Comme en rêve, Mélanie était attirée par cette horrible musique. Ses pieds s'enfoncèrent silencieusement dans la moquette profonde, et elle s'approcha de plus en plus de l'instrument perché au bord de la fenêtre à pic.

Et « Chopsticks » joué en boucle, encore et encore...

La gorge complètement nouée, Mélanie contourna lentement le piano pour faire face au joueur.

Le tabouret était vide.

Mélanie contempla les touches qui s'enfonçaient toutes seules.

« Ha, ha, ha, ha. » Mélanie éclata d'un rire faible. « Hé, hé, hé, hé !

— Qui êtes-vous ? » interrogea une voix, juste derrière elle.

Mélanie poussa un cri et fit volte-face, manquant renverser un livre ouvert sur un lutrin.

« Vous êtes invitée à la fête ? » demanda la femme d'une voix trop lente.

Elle avait les cheveux plus courts, aux épaules, et roulés vers l'intérieur. Un fond de teint blanc et dur donnait à ses joues un éclat sinistre et ses lèvres étaient dessinées au crayon de façon à les rendre plus charnues qu'en réalité. Du mascara noir et un trait épais d'eye-liner accentuaient la dureté lasse du visage, mais son regard était trouble et égaré. Elle semblait contempler un point juste derrière l'épaule de Mélanie.

Elle était vêtue d'une robe de crêpe noir ornée d'éclats de miroir étincelants et de plumes déchirées, et ses bras potelés étaient enfermés dans de longs gants noirs et transparents qui remontaient au-dessus du coude.

D'une main, elle tenait une cigarette éteinte et de l'autre, un verre à martini vide.

C'était sa mère.

Elle l'avait retrouvée.

Elle l'avait retrouvée !

Les yeux de Mélanie s'emplirent de larmes. « Oh ! » Son cœur débordait, et elle ne pouvait prononcer un mot. « Oh ! Oh !

— Fumiko », roucoula une voix cajoleuse depuis le couloir.

Une bouffée piquante de vinaigre s'engouffra dans la pièce.

Le cœur de Mélanie cessa un instant de battre. Non ! Pas déjà ! Ce n'était pas juste !

Entre les mèches de sa longue frange, elle darda un regard furieux vers sa mère, comme pour la forcer à la reconnaître. *Ne sens-tu donc pas que c'est moi ?* supplia-t-elle intérieurement. *Est-ce que tu ne vois pas ta propre fille, juste devant toi ?*

Mais le regard de sa mère se perdait au-delà, et Mélanie jeta un œil craintif par-dessus son épaule.

M. Gluant lui parut plus grand que la dernière fois qu'elle l'avait vu. Et son visage avait encore changé. Il était plus long et plus fin, et la créature avait relevé l'arête de son nez et élargi son front. Ses cheveux n'étaient plus blancs mais argent, légèrement en bataille au-dessus de son large front. Ses yeux blancs miroitaient. Il portait un vieux smoking en lambeaux. Toujours engoncé dans ses bottes en caoutchouc puantes, il avait l'air d'un jeune marié qui se serait échappé de ses noces pour se retrouver dans la rue depuis un bon moment. De sa main pendaient des sacs en plastique, visiblement lourds.

Son ventre ne formait pas de bosse, comme ç'aurait été le cas s'il avait avalé Gao Zhen Xi.

Que leur avait-il fait, à elle et à la Rate de Jade ?

La bouche expressive de M. Gluant se tordit de dégoût lorsqu'il aperçut Mélanie. « Eh bien ! Il était temps que de l'aide arrive, siffla-t-il. Nous n'avons aucun besoin de ménage. Mais tu vas faire la bonne. Quel est ton nom, la bonne ? »

Paralysée de terreur, Mélanie resta plantée là, sans voix.

« Ton NOM ! gronda M. Gluant, en avançant vers elle d'un air menaçant.

— M-Mavis, murmura Mélanie. Mavis. »

Elle baissa la tête et la rentra dans les épaules. Et c'est alors que son regard se posa sur son badge à l'envers...

L'horreur lui assécha instantanément la bouche.

Fumiko marmonna quelque chose entre ses dents. M. Gluant détourna son attention de Mélanie pour la concentrer sur sa mère.

« Quoi donc, chérie ? demanda-t-il d'une voix mielleuse. Que dis-tu ?

— Gladys », répéta Fumiko d'une voix monocorde.

Mélanie crut mourir sur place.

Les yeux de M. Gluant se plissèrent jusqu'à former deux petites fentes.

C'est terminé, pensa Mélanie en baissant encore plus le menton sous le coup du désespoir. Comme toutes ces femmes désespérées qu'elle avait vues, assises sur leurs lits de camp dans le dortoir...

« Gladys, répéta-t-elle d'une voix de perroquet. Gladys, Gladys.

— Crétine ! glousse M. Gluant en faisant sauter son badge sur sa poitrine, de son doigt démesuré. Tu t'appeeeeeelles Glaaaaadys ! Tu ne connais même pas ton propre nom ! Ohhh, qu'il est difficile de trouver du bon personnel, de nos jours. Peut-être que je devrais juste te gober et faire monter une autre bonne, pour te remplacer ? »

Il produisit un bruit de succion répugnant, et Mélanie se sentit sur le point de défaillir. Elle tenait à peine debout.

M. Gluant fronça les sourcils.

« Oh, et puis non. Ça me couperait l'appétit. Je préfère me réserver pour la charmante surprise que nous préparons pour ta fille, Fumiko. Aide donc cette crétine à emporter le champagne dans la cuisine. » Soudain, son ton changea. « Il va être tiède ! » gronda-t-il en retroussant les babines.

Fumiko eut un mouvement de recul, comme si on l'avait giflée.

M. Gluant lança les sacs au visage de Mélanie. Elle les attrapa, puis baissa rapidement les mains, craignant qu'il puisse sentir sa Vie sous la couche de parfum.

« Par ici », indiqua Fumiko d'une voix blanche.

Mélanie la suivit en trottinant. À travers sa frange, elle scrutait désespérément les lieux en quête d'une autre sortie. Il y avait forcément une issue de secours, en cas d'incendie, dans une suite de cette taille. Elle attendrait d'arriver à la cuisine pour parler à sa mère et lui révéler son identité. Et elles s'enfuiraient toutes les deux.

Elles rentreraient à la maison.

Fumiko alluma la lumière dans la cuisine. Le grand plan de travail au centre de la pièce était recouvert de plateaux d'argent enveloppés de cellophane. Sous le film transparent, Mélanie vit de petites choses qui gigotaient en poussant des gémissements affolés. Le spectacle lui souleva le cœur.

« Ne les déballez pas avant que tous les invités soient arrivés, expliqua Fumiko sans aucune trace d'émotion. Prenez de la glace dans le congélateur et mettez le champagne à refroidir. » Elle désigna la pile d'assiettes sales dans l'évier. « Rangez tout ça dans le lave-vaisselle. Et lustrez les verres à la main. »

Tout en essayant désespérément d'imaginer un plan, Mélanie alla chercher deux sacs de glace dans l'énorme congélateur. Elle vida les glaçons dans un saladier en argent, où elle déposa ensuite quatre bouteilles de champagne. Valait-il mieux poursuivre cette comédie, et remettre le sauvetage de sa mère à un autre jour ? Elle pouvait très bien jouer son rôle pendant la soirée, et rentrer une fois sa tâche terminée, pour revenir la sauver quand M. Gluant serait occupé à ses ignobles affaires.

Fumiko versa une grande rasade de gin dans un shaker à martini. Son visage était totalement impassible.

Mélanie entreprit de mettre les assiettes sales dans le lave-vaisselle. Elle entendait dans son dos le bruit de l'alcool qu'on secouait avec des glaçons. Fumiko transvasa le tout dans son verre et l'avala d'une traite. Pendant plusieurs secondes, elle fixa le réfrigérateur d'un œil vide, puis versa de nouveau une grosse rasade de gin dans le shaker en argent.

Non ! pensa Mélanie. Si elle attendait plus longtemps, sa mère allait elle aussi sombrer dans la petite mort de l'alcoolisme, exactement comme son père.

Mélanie se retourna vers elle tout en repoussant ses cheveux en arrière, dévoilant ainsi ses yeux. Elle serra vivement la main gantée de sa mère.

Fumiko posa un regard désinvolte sur cette personne qui s'accrochait à elle avec tant de véhémence. « Qu'est-ce que vous faites ? demanda-t-elle d'une voix sans vie.

— Regarde-moi ! gémit Mélanie. C'est moi, Maman. C'est moi ! »

Les yeux vagues de Fumiko glissèrent sur le regard intense de sa fille et tressaillirent faiblement. Elle tenta de retirer sa main de l'emprise féroce de la bonne.

« Pourquoi m'appelez-vous ainsi ? Je ne vous connais pas. »

Mélanie sentit quelque chose lâcher dans son cœur.

« Maman, gémit-elle, ne dis pas ça ! »

Les larmes se mirent à dégouliner violemment sur ses joues. Elle s'affala sans grâce et entoura de ses bras les jambes de sa mère. Après tout ce qu'elle avait enduré, après tout ce qu'elle avait fait pour la retrouver... Mélanie se mit à sangloter dans le tissu râpeux de la robe longue, avec ces éclats de miroir qui rentraient dans sa peau souillée de larmes.

Fumiko recula en agitant les jambes pour se débarrasser de cette folle de femme de chambre accrochée à ses genoux.

« Non, Maman, frissonna Mélanie, ce n'est pas juste. » Elle leva vers sa mère adorée son visage complètement défait. Elle secoua vivement la tête. « Non ! Je suis venue jusqu'en Entremonde pour te retrouver ! J'ai dû me battre pour ma propre vie ! J'ai vu des choses atroces. Et tout ça, je l'ai fait pour toi ! »

La mère de Mélanie contempla la chevelure mal arrangée et en bataille, le visage détrempé de larmes et zébré de traînées noires d'eye-liner mêlé au fond de teint pâteux.

Gênée, Mélanie passa le dos de la main sous son nez morveux. L'uniforme en polyester mal coupé s'étirait de manière disgracieuse sur sa poitrine et son ventre rebondis.

Fumiko fixait toujours un point au-dessus de l'épaule de l'adolescente.

« Vous êtes malade, conclut-elle d'un ton plat. Vous faites erreur, vous me confondez avec quelqu'un d'autre. »

Un minuscule déclic résonna dans l'oreille de Mélanie. Quelque part, son cœur se figea, tendu comme un harpon, mais cette douleur n'était pas la sienne.

Une erreur.

Mélanie se releva tant bien que mal, attrapa Fumiko par les épaules, et la rapprocha tout près de son visage. « Regarde mes yeux ! siffla-t-elle. Je suis vivante ! Je te demande de revenir avec moi à la Vie ! Tu n'es *pas* morte ! Il te reste encore une chance ! Tout ce que tu as à faire, c'est te *souvenir*. »

Incommodée par l'hystérie de Mélanie, Fumiko recula en direction de la porte. « Je ne peux pas être votre mère, dit-elle sans une once d'émotion. Vous êtes trop vieille. Vous avez au moins trente ans. »

Mélanie porta vivement les mains à son visage. « C'est du maquillage, c'est tout, balbutia-t-elle en essayant de rire. C'est juste un déguisement. Parce que je suis toujours vivante, *vivante*. Et toi aussi ! Pas comme tous les autres en Entremonde. »

Ses doigts frôlèrent quelque chose de coupant, et elle sentit la chair de sa joue se déchirer. Elle grimaça. Les mains tremblantes, elle leva les doigts à hauteur de son regard. Ce rouge vif sur fond noir et blanc de l'Entremonde : elle était marquée de son propre sang.

« Qu'est-ce que... murmura Fumiko.

— Mmmm, mmmmm ! Je sens quelque chose de bon, par ici. Quelque chose de frais ! » chantonna M. Gluant dans le salon.

Mélanie frissonna de dégoût. Mon Dieu, il fallait vraiment qu'elles fuient cet endroit ! Et voilà qu'elle était marquée au fer rouge. Un petit éclat de verre restait collé à l'un de ses doigts. Un morceau de miroir de cette robe du soir effrayante. Si elle lavait ce sang qui la trahissait, elle exposerait les couleurs vivantes de sa peau. S'était-elle complètement badigeonné le visage du rouge de la Vie ?

Fumiko se pencha vers elle, et quelque chose dans son expression changea. Pendant un bref instant…

Mélanie attrapa les deux mains de sa mère. L'un des doigts de son gant flottait mollement. Il était vide. Son auriculaire, il lui manquait l'auriculaire.

Des larmes brûlantes emplirent le cœur de Mélanie lorsqu'elle comprit. « Maman. Tu t'es arraché ton propre doigt. Pour rentrer en Entremonde. Tu as fait ça pour tenter de me sauver… Il faut que tu repartes avec moi », chuchota-t-elle avec de l'urgence dans la voix. Elle l'attira vers la porte. « M. Gluant, il t'a envoûtée. Rappelle-toi, Maman ! C'est moi, Mélanie ! Je suis ta fille. Tu te rappelles P-Papa ? Shinobu Tamaki. Tu disais que tu attendais de le revoir. Que c'était pour ça que tu ne t'étais pas trouvé quelqu'un d'autre. Tu as des reproductions de Frida Kahlo et d'Escher ! Les tableaux de Bosch te rappellent l'Entremonde ! » Sa voix n'était pas loin de flancher. « Tu… tu te s–souviens ? Tu disais toujours que j'étais la meilleure chose qui t'était arrivée de toute ta vie… Tu disais toujours ça… » Sa voix lâcha.

Sa mère fut parcourue d'un frisson. Elle secoua lentement la tête et une immense lassitude fit s'affaisser les traits de son visage trop maquillé.

« Je ne vous connais pas », répliqua Fumiko d'une voix sans relief. Entre celles de Mélanie, ses mains paraissaient mortes. « Je ne vous ai jamais vue de ma vie. »

Les doigts inertes de Mélanie relâchèrent leur emprise et ses bras lui retombèrent le long du corps.

Le poids de tout ce qu'elle avait enduré, voilà qui était plus qu'elle n'en pouvait supporter. Et soudain, elle ressentit tout. L'indicible désespoir était complet, et elle comprit enfin pourquoi certains mettaient fin à leur vie, pourquoi sa mère avait succombé à une tristesse sans fond et était devenue alcoolique.

Mais peu importait de savoir tout ça, désormais.

« Allez-vous-en, dit Fumiko. Nous trouverons une autre femme de chambre. »

Un gémissement sourd s'échappa des lèvres de Mélanie.

Elle s'était battue si dur, elle avait tant souffert et tant enduré. Et pour quoi ? Non seulement on la rejetait comme fille, mais on ne voulait même pas d'elle comme bonne à tout faire.

Elle ne pouvait le supporter.

Mélanie éclata de rire. Elle se frappa le genou de la main et rit sans s'arrêter, jusqu'à ce que les larmes lui inondent le visage. Elle tomba sur les dalles froides, les bras entourant son ventre douloureux, riant si fort qu'elle en avait presque des convulsions.

L'odeur aigre et étouffante de vinaigre réapparut dans la pièce.

« Eh bien, commenta M. Gluant. Il est temps de jeter cette bonne aux ordures. Elle est devenue folle. »

Mélanie ouvrit les yeux et constata que la créature se tenait juste au-dessus d'elle.

« Ça alors, énonça M. Gluant d'une voix monstrueusement lente, regardez un peu ce que nous avons là. »

La blessure sur la joue tailladée de Mélanie se mit à la brûler.

Elle se couvrit le visage de ses deux mains, mais un peu tard.

Elle sentit le sang lui coller aux paumes.

Fumiko s'approcha de M. Gluant et glissa sa main dans la sienne. Mélanie eut un haut-le-cœur en voyant les doigts gluants s'allonger et serrer ceux de sa mère d'un geste possessif, tandis qu'un long sourire élastique s'élargissait sur le visage expressif de la créature.

« Bonjour, Mélanie, dit-il d'une voix douce. Je suis si heureux que tu puisses te joindre à nous. »

Chapitre 13

La bouche de M. Gluant semblait se mouvoir lentement, ses lèvres élastiques former les voyelles avec un soin exagéré. *C'est drôle*, pensa Mélanie, hébétée. *Les gens ont l'air idiot, si on regarde leur bouche sans avoir la moindre idée de ce qu'ils disent.* Elle fixait cette bouche d'un regard vide et les mots la submergeaient, se distordaient en des sons incohérents. C'était tellement agréable, de ne pas comprendre...

« ... s'amuser vraiment, maintenant ! » s'exclama M. Gluant, tandis que Mélanie retrouvait le sens des mots dans un claquement sec.

Elle cligna lentement les paupières.

La chose ferma le poing et s'en servit pour taper sur la tête de Mélanie, pour scander ses paroles. « A-*llôôôôô*, énonça-t-il lentement. Il y a quelqu'un ? Imbécile ! Débile ! Crétine ! »

Il se mit à tambouriner sur son crâne, de plus en plus fort à chaque exclamation. Mélanie ne pouvait arrêter les larmes qui lui coulaient sur les joues.

Pourquoi sa mère ne le faisait-elle pas taire ?

La sonnette d'entrée résonna dans toute la suite.

« Oh ! Voici mes premiers convives ! Nous devons aller les accueillir. Nous allons teeellement nous amuser ! »

M. Gluant passa un bras autour des épaules de Fumiko pour la réconforter et enroula son autre main visqueuse autour du poignet de Mélanie. Ses cinq doigts se fondirent pour former une corde. Il étira son bras et traîna la jeune fille derrière lui, comme un chien au bout d'une laisse. Mélanie essaya de se dégager de son emprise, mais il la tira violemment vers lui et elle faillit tomber tête la première.

Elle le suivit.

Il se planta à la porte, Fumiko à ses côtés, légèrement en retrait. D'un coup brusque, il tira son bras-laisse vers le bas. « Assise ! » commanda-t-il.

Mélanie serra les dents et s'accroupit maladroitement.

M. Gluant ouvrit la porte d'un grand geste.

Une fine équipe se tenait à l'entrée, des créatures plus invraisemblables les unes que les autres. Un homme à tête d'oiseau, complètement nu à l'exception d'un short en fausse fourrure ; une femme en robe de soirée, avec des anguilles en guise de bras ; une étoile de mer dotée d'un magnifique visage d'enfant en son centre, et affublée de bottes en caoutchouc comme si elle essayait de ressembler à M. Gluant. La reine de beauté avec un trou à la place du nez et son compagnon wallaby étaient là eux aussi, ainsi que plusieurs grands squelettes frêles qui cliquetaient nerveusement à l'arrière.

« Mes ravissants amis, lança leur hôte sur un ton chaleureux.

— Bonsoir ! » s'exclamèrent-ils tous en chœur, comme un public de jeu télévisé à qui on aurait brandi une pancarte « Bonsoir ! ».

M. Gluant les contempla tous un par un, et son expression se fit tendue et mauvaise. « Où sont mes cadeaux ? » articula-t-il d'une voix complètement neutre.

Ses amis baissèrent les yeux sur leurs mains vides, puis sur les mains vides de leurs voisins, et se mirent à s'agiter. Quelqu'un pouffa nerveusement. « Hi, hi, hi... », avant d'être interrompu.

Les pupilles de leur chef se transformèrent en deux minuscules têtes d'épingles noires.

« OÙ SONT MES FOUTUS CADEAUX ? » tonna-t-il. Sa puanteur de vinaigre envahit tout le vestibule.

Mélanie avait du mal à tolérer une scène pareille. Elle remarqua que Fumiko contemplait ses pieds.

Un sentiment d'horreur emplit le cœur de la jeune fille. Quelles atrocités M. Gluant avait-il fait endurer à sa mère ? Mélanie n'avait pas songé à tout ce temps qu'elle avait été forcée de passer en compagnie de ces créatures ignobles. Elle s'était sentie tellement désemparée que sa mère ne la reconnaisse pas qu'elle n'avait pas réfléchi une seconde à ce qu'elle avait dû subir aux mains de ce monstre. Mélanie secoua la tête. Pouvait-elle vraiment s'étonner qu'elle ne reconnaisse pas sa propre fille ?

La bande d'« amis » plantés à l'entrée se blottissaient les uns contre les autres, comme un banc de poissons cernés par des prédateurs. *Fuyez !* avait envie de leur hurler Mélanie. Pourquoi ces idiots ne s'enfuyaient-ils pas ? Pourquoi étaient-ils même venus ?

Parce qu'ils ont peur, pensa la partie de son cerveau encore capable de raisonner. *C'est ce qui se passe, quand on est dominé par la peur...*

Mélanie ne put voir qui ou quoi le décida, s'il s'agissait d'un choix individuel ou d'une décision silencieuse prise de manière collective, mais tout à coup, le petit wallaby à tête d'homme fut éjecté par la masse protectrice du groupe. Il se tint là, offert, avec ses grands yeux sombres de bébé phoque.

« Ohhhhh, minauda M. Gluant d'une voix cajoleuse. Vous n'auriez pas dû ! »

Un éclair blanc fusa, plus rapide que la foudre, et soudain la tête du wallaby disparut sous un film de glu translucide.

Les invités poussèrent une exclamation en chœur, puis se mirent à applaudir.

« Bravo ! Bravo ! » cria quelqu'un d'une voix joviale où perçait nettement le soulagement.

Incapable de respirer, l'homme-wallaby se mit à sauter aveuglément en essayant d'écarter de ses pattes de devant la langue collante qui sortait de la bouche de M. Gluant et l'étouffait. Cherchant désespérément de l'air, l'homme-wallaby ouvrit grand sa gueule, mais la fine membrane de la langue élastique entrait et sortait de son gosier en cadence, comme s'il essayait en vain de faire des bulles avec son chewing-gum.

L'homme-glu éclata de rire. « Ha, ha, ha, ha ! » De ses bottes en caoutchouc puantes, il se mit à battre rapidement la mesure. « Ta-gada-ta-gada-tsooooin-tsoooooin ! » gargouilla-t-il.

Il rentra la langue et ouvrit la mâchoire au même instant, la laissant tomber, béante, sur son torse. Pendant un moment, les pattes arrière pliées et la queue de l'homme-wallaby dépassèrent à l'extérieur de la bouche du prédateur. Ses membres postérieurs s'agitèrent une dernière fois et la queue battit en tous sens.

Il fallut plusieurs interminables secondes à M. Gluant pour finir de le gober.

Mélanie ne put retenir un haut-le-cœur et elle se plia en deux, abasourdie par tant d'abjection. Lorsqu'elle se releva, M. Gluant arborait un rictus satisfait et son ventre était aussi gonflé que s'il portait un enfant.

« Entrez donc ! Bienvenue ! Aujourd'hui nous avons une attraction vivante, et croyez-moi, ce sera spectaculaire ! »

Il s'écarta pour laisser entrer les convives, à la queue leu leu. Ils aperçurent Mélanie, avec ses taches de sang vif sur les joues, et ils la dévisagèrent avec émerveillement tout en échangeant des messes basses. La petite reine de beauté avait réussi à s'éclipser. Elle ne pénétra pas dans la pièce. Peut-être, songea Mélanie, qu'elle était partie au zoo miniature pour attendre la réapparition de son ami.

Les invités s'agglutinèrent près du piano comme une harde de gazelles nerveuses.

M. Gluant recula d'un pas et considéra l'uniforme de Mélanie avec dédain. « Tttttt ! siffla-t-il. Tu es tellement laide... il faut dire que tu n'es pas gâtée. Il faut te *rafraîchir*. Il faut te trouver un *costume.* » Il tira Mélanie vers un nouveau couloir. « Amusez-vous entre vous, pour l'instant, ordonna-t-il aux convives, dans son dos. Fumiko, trouve-lui une robe. »

Sur ces paroles, il poussa Mélanie dans la salle de bains. Elle était gigantesque. Plus vaste que le salon, chez elle, et complètement carrelée de faïence blanche, avec des ustensiles en métal chromé et des serviettes noires. La baignoire avait la taille d'une petite piscine. Une douche, assez large pour accueillir toute une équipe de basket, occupait un coin de la pièce. À côté, Mélanie aperçut un grand sac blanc et mou, comme pour mettre le linge sale.

M. Gluant s'adressa à elle d'une voix lente, en articulant bien. « Prends une douche. Change-toi. Tu vas être le clou du spectacle. » Il mima l'action de prendre une douche, de se savonner et de se frictionner, tout en clignant les paupières de manière théâtrale. Au milieu du blanc lisse et brillant de ses yeux, ses minuscules pupilles en têtes d'épingles avaient quelque chose de dérangeant.

Mélanie recula dans la pièce. Son humeur était tellement imprévisible. Elle ne savait jamais quand il allait entrer dans une crise de rage folle. Quand ses plaisanteries allaient basculer dans une violence aveugle.

Son tortionnaire s'inclina bien bas, plusieurs fois, tout en sortant de la salle de bains à reculons. La porte se referma dans un doux *clic*.

Une fureur noire bondit dans la poitrine de Mélanie, menaçant d'exploser par sa tête. Elle en avait le visage écarlate. Elle aurait voulu le rouer de coups, jusqu'au sang. Lui enfoncer la tête de ses poings. Le piétiner jusqu'à ce qu'il soit réduit en bouillie.

Sa respiration était rapide et saccadée...

Soudain, elle se couvrit la bouche de sa main tremblante. Comme c'était facile, finalement, de devenir un monstre.

Eh bien, il l'aurait bien cherché ! cracha une petite voix amère et vicieuse à l'intérieur d'elle. Avec toutes les méchancetés et les horreurs qu'il avait commises, il mériterait bien son châtiment ! C'est ce que tout le monde penserait. Il mourrait comme il avait vécu.

Comme il avait entre-vécu...

Mélanie serra ses bras autour de son buste. Elle aperçut son reflet dans le miroir.

Des cercles noirs lui charbonnaient les yeux. Ses yeux mêmes n'étaient plus que des ecchymoses, des plaies au milieu de son visage. Elle avait l'air d'une femme de trente ans, pas d'une adolescente...

Elle ressemblait terriblement à sa mère.

Mélanie poussa un soupir secoué de sanglots.

Du mouvement.

Le sac à linge sale se tordait, s'étirait, comme de la lave emballée dans du caoutchouc.

Devant ces gigotements grotesques, Mélanie sentit les poils se dresser sur sa nuque. Soudain, quelque chose poussa vers l'extérieur, et le sac s'étira jusqu'à devenir transparent. Mélanie distingua un pied, une jambe essayant de sortir du sac. Une main s'accrocha au tissu blanc – non, pas du tissu ! Cet amas, c'était quelqu'un, enfermé dans une membrane de glu !

Mélanie se précipita vers la créature emprisonnée et déchira la matière qui l'engluait. Au contact, c'était plus sec que la main de M. Gluant qui l'avait retenue par le poignet. Mélanie éventra la couche blanche qui parut se raidir, et elle parvint enfin à ouvrir une brèche. Elle attrapa les deux bords à pleines mains et se mit à tirer dessus de toutes ses forces pour les écarter ; la peau se déchira comme de la toile mouillée.

Le visage ridé de Gao Zhen Xi était trempé et pâle comme celui d'un cadavre. Ses cheveux étaient plaqués sur sa tête et la main qu'elle tendait tremblait d'épuisement. Mélanie tenta d'attraper son poignet, mais la vieille femme éreintée fit non de la tête. Elle secoua le menton, et la jeune fille finit par comprendre. Elle tendit la main, paume tournée vers le haut, et Gao Zhen Xi poussa un profond soupir en ouvrant le poing.

Dans la paume de Mélanie, l'amulette de jade était collante.

Les lèvres de Gao Zhen Xi bougeaient, mais les mots ne voulaient pas sortir. Elle indiqua sa bouche, sa gorge, et Mélanie courut jusqu'au lavabo lui chercher un verre d'eau.

Toujours emprisonnée dans la membrane blanche, la vieille femme but l'eau comme s'il s'agissait du breuvage le plus fin que la Terre ait eu à offrir.

« Ahhhh, soupira-t-elle d'aise. Merci, petite. »

Les yeux écarquillés, Mélanie hocha la tête, soulagée. Gao Zhen Xi allait bien. Elle n'aurait plus à affronter seule M. Gluant et ses amis.

Gao Zhen Xi plissa les yeux. « Que s'est-il passé ? »

Mélanie sentit les larmes monter et l'émotion la submerger en entendant une voix d'adulte pleine de force s'inquiéter pour elle. Cette sensation de soulagement et d'impuissance lui donnait l'impression d'être tellement jeune et vulnérable. Elle voulait que quelqu'un d'autre, plus capable qu'elle, prenne le relais.

« J'ai retrouvé ma maman. Mais elle ne me reconnaît pas. M. Gluant m'a surprise... » La voix étranglée de Mélanie fut interrompue par la porte qui s'ouvrait à la volée.

Le visage totalement vide, Fumiko lança une robe de soirée blanche aux pieds de Mélanie.

« M. Gluant a dit que vous deviez mettre ça », fit-elle d'un ton monocorde. Puis elle retourna dans le brouhaha éraillé des convives. Au piano, quelqu'un jouait vraiment « Chopsticks », avec des couacs çà et là.

Mélanie se passa le dos de la main sur les yeux.

« Vous voyez ? murmura-t-elle. Ma mère ne me reconnaît plus. Je n'aurais pas dû venir ici. Je me demande pourquoi je me suis donné cette peine !

— Mélanie ! » aboya Gao Zhen Xi.

La jeune fille eut un mouvement de recul.

« Ta mère est prise dans un piège. L'Entremonde ne devrait pas être un piège, pour tous ceux qui souffrent. Mais du fait de la séparation des Trois Royaumes, nous n'avons pas d'autre choix que de retomber dans un cycle de souffrance, encore et encore. Il en va de même pour ton Royaume et pour le Royaume de l'Esprit. Nous avons *besoin* que les Trois Royaumes soient réunifiés pour que soient rétablis l'équilibre et la plénitude. Sans eux, nous ne sommes que des créatures emprisonnées, qui ne pourront jamais être qu'une partie d'elles-mêmes. Personne n'est entier.

— Qu'est-ce qu'on peut faire ? »

Mélanie sentait le désespoir la submerger.

« Qu'est-ce que *tu* peux faire, corrigea gentiment Gao Zhen Xi.

— Que voulez-vous dire ? s'enquit Mélanie, la voix tremblante, en s'affaissant au sol près de la frêle silhouette. Vous n'allez pas m'aider ? »

La tête de Gao Zhen Xi dansait d'épuisement. « Petite, répondit-elle avec tendresse. Tu ne sais pas à quoi ressemblent nos Entrevies, dans ce Royaume. Ceux d'entre nous à qui il reste quelque force ont réussi sans trop savoir comment à conserver une certaine conscience ; nous pouvons élargir la poche d'Entrevie avant d'être de nouveau happés dans notre traumatisme. Lorsque nous y sommes précipités, le choc et la souffrance sont aussi intenses et violents que la première fois que cela s'est produit, dans le Royaume de la Chair. C'est pourquoi, ici, ils sont si nombreux à être devenus des monstres. Il faut beaucoup de temps pour atteindre la conscience et comprendre que nous sommes de nouveau projetés dans la même boucle. Après la prise de conscience vient le désespoir. En Entremonde, beaucoup ne peuvent se hisser au-dessus du désespoir. C'est pour cette raison que ta mère se comporte comme si elle ne te reconnaissait pas. Elle ne te reconnaît pas, pour l'instant. Elle est piégée dans son traumatisme. Elle ne s'est pas encore réveillée. Et moi... » La voix de Gao Zhen Xi se brisa.

Mélanie cligna les yeux avec anxiété. Il n'y avait pas que la voix de la vieille femme qui vacillait. L'espace d'un instant, sa substance sembla trembloter, disparaître puis réapparaître faiblement, dans un frisson.

« Je suis de nouveau happée en arrière. » Gao Zhen Xi secoua la tête, et dans son regard se lisait une lassitude de plus de dix mille ans. « Petite, cela dépend de toi. Tu es la seule véritablement vivante, ici. Et en même temps que cette Vie, tu portes la faculté de changer l'ordre des choses. » Elle devint transparente.

« Attendez ! » hurla Mélanie, incapable de se raisonner.

Par un acte de volonté surhumain, Gao Zhen Xi semblait s'accrocher à la substance vitale de son être.

« Qu'est-ce que je dois faire ? Je ne sais pas par où commencer ! Comment une seule fille peut-elle changer trois Royaumes ? Je suis déjà incapable d'arrêter M. Gluant. Je n'arrive même pas à sauver ma propre mère. » Du plat de la main, Mélanie se frappa la poitrine.

Gao Zhen Xi ferma les yeux.

Mélanie sentit ses épaules raidies s'affaisser. « Je vous demande pardon », s'excusa-t-elle. Elle ne voulait pas rajouter de la souffrance au calvaire de la vieille femme.

Les yeux de Gao Zhen Xi se rouvrirent brutalement. Pendant une seconde, ils scintillèrent d'un éclat vert de jade. « La question n'est pas de connaître la solution à tous les maux. C'est là une tâche impossible. Même pour un être tel que toi. » Elle décocha à Mélanie un sourire puissant, et l'adolescente s'émerveilla de sentir du respect dans sa voix. Du respect pour *elle* !

En dépit de cette flamme fugace dans son regard, la voix de Gao Zhen Xi faiblit de nouveau. « Il s'agit uniquement de choix. Au bout du compte. Quand le moment sera venu. Et c'est là une chose terrible. Quel choix feras-tu... ? »

Tout ce qui maintenait sa présence finit par céder et elle disparut simplement. Le sac de peau vide tomba à plat sur les dalles blanches et froides.

Abandonnée, Mélanie se laissa glisser par terre.

Chapitre 14

Des choix.

Ni formule magique, ni potion miracle, ni clef ultime pour ouvrir la porte des secrets, pas d'incantation de sorcière ou de super-pouvoir caché en elle, attendant le moment de se révéler et de sauver Mélanie, sa mère et tous les habitants des Trois Royaumes.

Tout s'articulait autour de choix. Ses choix à elle.

Une vague de panique monta en elle lorsqu'elle mesura cette énormité, le poids écrasant qui reposait sur ses épaules. Elle inspira profondément et expira lentement. Deux fois. Trois fois.

Elle se sentit plus calme.

Elle n'avait pas la responsabilité de résoudre tous les maux infligés aux Royaumes.

Elle n'était responsable que de ses choix.

C'était tout.

Elle parvint presque à sourire. C'était à la fois une charge incroyable et presque rien, rien du tout, se dit-elle avec émerveillement. « C'est remarquable », murmura-t-elle.

L'amulette de jade, qu'elle serrait toujours dans sa main moite, frissonna brusquement. Mélanie tourna la paume vers le haut et déplia les doigts.

La pierre rayonna d'une lueur sourde et le minéral se transforma en animal.

Elle était plus petite qu'auparavant. Plus aussi grosse qu'un cochon d'Inde, à peine de la taille d'une petite souris.

« C'est toi qui es remarquable », dit la Rate de Jade d'un ton respectueux. Elle s'inclina même, et Mélanie se vit s'incliner en retour.

Puis cette note solennelle disparut et Mélanie serra avec joie son amie contre son cœur. « Merci ! Tu es revenue ! chuchota-t-elle. Tu es tellement plus petite. Tu vas bien ? »

Dans la paume de Mélanie, la Rate de Jade renifla. « C'est parce qu'une grande partie de la vitalité de mon Esprit provenait de Gao Zhen Xi. Il n'en reste que très peu à l'intérieur de moi. Bientôt je retrouverai mon être de pierre. Mais d'ici là, je ferai tout ce que je pourrai. Tout ce qui sera en mon pouvoir, pour t'aider. »

Mélanie souleva la petite rate à hauteur de son visage et embrassa sa truffe délicate. « Merci. De tout mon cœur.

— Ne donne pas encore ton cœur tout entier ! Je doute franchement que tu sois même déjà tombée amoureuse ! » lança la Rate de Jade sur un ton sec, en retrouvant soudain ses vieilles habitudes grincheuses.

Mélanie piqua un fard.

« Je vais me transformer en pierre. Jette-moi dans les toilettes et tire la chasse d'eau. Je m'échapperai par les canalisations. » La rate avait l'air confiante, mais le léger tremblement de sa queue la trahissait.

« Courageuse petite rate, chuchota Mélanie. Sois prudente. »

Dans un minuscule *clic*, la rate se transforma de nouveau en amulette. Mélanie n'hésita pas une seconde. Elle lâcha le pendentif de jade dans la cuvette des toilettes et tira la chasse d'eau. La bouche sèche, elle regarda la cordelette rouge tournoyer dans l'eau, avant de disparaître.

« Des choix », murmura-t-elle.

On frappa à la porte, fort. Mélanie fit volte-face et s'apprêta à affronter l'ennemi, mais la porte resta close.

« Dix minutes avant l'entrée en scène ! » gloussa une voix.

Mélanie contempla son apparence sale et débraillée. Elle n'avait plus rien à cacher. Elle prit une douche rapide, brûlante et grondante, qui lui fit un bien incroyable. Elle nettoya tout son maquillage, se sécha et enfila l'horrible robe blanche. On aurait dit une tenue pour un mariage, se dit-elle tristement, ou pour un sacrifice.

Ses cheveux noirs et mouillés pendaient tout raides sur ses épaules. Elle écarta les longues mèches de sa frange afin de découvrir son visage, tellement rempli de Vie qu'il brillait comme un phare. Au-dessus de ses joues rosies par la chaleur, ses yeux marron scintillaient, entre ambre et terre de Sienne.

Elle ne se cacherait plus.

Lorsqu'ils aperçurent Mélanie, les invités en restèrent bouche bée. Dans les tons noirs et blancs de l'Entremonde, elle ressortait comme un cierge doré dans les ténèbres les plus profondes. Sa robe sans manches dévoilait ses bras arrondis, sa peau de gingembre et l'afflux de sang, sous la surface.

« Ohhhhhhh », s'extasièrent les convives avec envie, comme s'ils voulaient être comme elle, comme s'ils voulaient l'avoir. Leurs yeux noirs de fouine étincelaient, les becs claquaient de désir et les queues battaient le sol, en frappant des coups lourds et excités.

M. Gluant, qui venait d'exécuter avec Fumiko le duo pour piano le plus joué dans toutes les écoles de musique du monde entier, se leva du tabouret avec un rictus immense et atroce.

« Est-ce qu'elle n'est pas raaaaavissaaaante ? fredonna-t-il. Est-ce qu'elle n'est pas dééééélicieuse ? »

Il darda sa langue, qui bondit à cinq mètres au-dessus du sol pour atterrir avec un *splatch* amical sur le bras de Mélanie.

L'adolescente ne cilla pas.

Il la léchait, comprit-elle. Il essayait de l'effrayer. C'était sa manière de faire. Manipuler les gens, les piéger et les terroriser.

Plus que la souffrance elle-même, ce qu'il aimait le plus, c'était être témoin de la peur qu'il inspirait.

D'une pichenette, Mélanie repoussa le bulbe blanc ventousé à sa peau. Le bout s'envola et toute l'assemblée, le souffle coupé par le choc, fixa M. Gluant tandis qu'il rembobinait sa langue et l'engouffrait dans un grand *flotch !*

Toujours assise sur le tabouret de piano, Fumiko contemplait l'immense baie vitrée. Des néons gris et blancs clignotaient dans la vaste cité de l'Entremonde, au milieu des lueurs pâles des flambeaux, des réverbères à gaz et des lanternes.

Mélanie jeta un regard rapide en direction de sa mère, puis détourna les yeux. Personne ne lui faisait de mal pour l'instant, aussi était-il inutile de se concentrer sur elle. Le but de Mélanie était désormais d'atteindre M. Gluant. De toucher son humanité, par n'importe quel moyen. Car il avait bien été humain, tout comme Gao Zhen Xi, même si c'était il y a bien longtemps. Il n'était pas *né* mauvais. Il était *devenu* mauvais...

Mélanie se redressa, déterminée, et planta son regard inflexible dans les yeux inhumains de la créature.

Les convives retinrent leur souffle. Horrifiés et fascinés, ils contemplaient le tableau dramatique déployé devant eux.

« Eh bien, dit M. Gluant au bout de plusieurs secondes de silence. Il semblerait qu'il reste de la vie en toi, somme toute. Qui l'aurait cru, après t'avoir vue en train de geindre tout à l'heure, la morve au nez... pathétique. Peut-être te battras-tu farouchement pour sauver ta vie, tandis que nous te l'ôterons, en prenant tout notre temps. Ta pitoyable lutte, tes vains efforts nous divertiront et nous régaleront. Devrions-nous te saigner ? Te tabasser ? Te noyer, ou te manger ? »

Mélanie sentit son cœur accélérer sa cadence, pourtant elle ne détourna pas le regard.

« Ou te donner à manger à ta mère ? Ou bien est-ce que tu aimerais goûter une petite bouchée de Maman ? »

Mélanie tressaillit.

Les sifflets et les applaudissements des convives résonnèrent.

M. Gluant s'inclina. « Merci, merci. »

Mélanie savait qu'elle n'était pas de taille pour une surenchère de cruauté, en face de pareil maître. Il fallait qu'elle reprenne la main... elle détestait le sport, cette stupidité de basket avec ses attaques et ses feintes, le softball, le volley et aussi la balle aux prisonniers, ce jeu cruel.

Pas de compétition, pensa-t-elle. *Pas de concours. Du temps.*

Ce qu'elle devait essayer de faire, c'est gagner du temps, pour permettre à Rate de Jade de trouver de l'aide. En sortant Gao Zhen Xi de son moment de traumatisme ? Qui à part elle, dans ce Royaume, était resté assez intact pour prêter main-forte à quelqu'un d'autre ? Il devait bien y avoir quelqu'un.

Si Gao Zhen Xi, après des millénaires, avait réussi à conserver une partie de son humanité, Mélanie avait bon espoir qu'elle n'était pas la seule.

Elle ne tenterait pas de battre M. Gluant. Elle en ferait son ami. Elle s'attirerait sa confiance par la compassion. Et il finirait par voir qu'il n'avait rien à gagner, à briser et à détruire – qu'il y avait d'autres manières d'exister, même dans l'Entrevie. Et une fois qu'elle aurait sa confiance, elle s'enfuirait, et elle obligerait sa mère à la suivre, par la force si nécessaire.

Mélanie adressa un sourire à M. Gluant.

Les invités s'extasièrent en chœur.

« Magnifique », commenta quelqu'un.

Mélanie rougit du compliment et tous les convives poussèrent un *ahhhhh*, en la voyant rosir.

« C'est splendide, chez vous, le flatta Mélanie en désignant la pièce d'un large mouvement des bras et en jetant un regard à M. Gluant à travers ses cils. Et merci de m'avoir prêté cette robe. Je n'ai jamais rien porté d'aussi ravissant de toute ma vie. »

Tous les regards se tournèrent vers M. Gluant, comme s'ils suivaient la balle pendant un match de tennis. Les spectateurs ne semblaient pas bien savoir comment réagir, et ils cherchaient des indices sur le visage mobile de leur meneur.

L'expression de leur chef passa de la méchanceté à la suspicion, puis à l'extase. Il considéra Mélanie, bouche bée.

« Charmante petite, roucoula-t-il en articulant exagérément et en adressant un clin d'œil à ses complices. Fumiko, apporte donc à ta fille une vraie boisson d'adulte, tu veux ? On dirait que l'Entremonde lui réussit bien. »

Tandis que Fumiko se dirigeait silencieusement vers la cuisine, M. Gluant se tourna vers Mélanie et lui fit signe d'approcher, de son long doigt fin et crochu.

« J'ai là quelque chose qui devrait t'intéresser », susurra-t-il sur un ton de conspirateur.

Sans se départir de son sourire, Mélanie s'exécuta d'un air détaché.

M. Gluant enroula son long bras visqueux autour de celui de la jeune fille et la mena près du livre ouvert sur le lutrin.

« J'adore la littérature, pas toi ? »

Il n'attendit pas la réponse de Mélanie

« C'est incroyablement euphorisant. Tellement satisfaisant et édifiant. Les livres me font me sentir si déplacé et si insignifiant que je n'ai qu'une envie, c'est d'en faire une gigantesque flambée pour me tenir chaud la nuit ! »

Il ricana de plaisir, jusqu'au moment où quelque chose coinça dans sa gorge. Il eut un haut-le-cœur et se plia en deux pour tousser, renifler, et finir par expulser une boule de glaire. Il cracha à l'autre bout de la pièce une masse gluante de la taille d'une balle de golf, qui alla s'écraser juste au milieu du visage de l'enfant-étoile de mer. Cette dernière bascula en arrière et ses nombreux bras aux mouvements lents tentèrent d'arracher la masse poisseuse qui l'étouffait.

La grande dame avec ses bras en anguilles se précipita pour lui porter secours. Les autres convives se contentèrent de les ignorer, afin de ne pas attirer l'attention de M. Gluant.

La fureur brûlait dans la poitrine de Mélanie, mais elle fit en sorte de la contenir. Elle ne pouvait vaincre ce monstre et ses acolytes par la force physique. Du temps. Elle allait gagner du temps. L'enfant-étoile de mer souffrait, mais elle n'allait pas mourir.

Le plus cruel, c'est justement qu'elle ne mourrait *jamais*...

« J'adore les livres, répondit Mélanie d'un ton léger. Surtout les livres anciens, dans les librairies d'occasion. C'est comme dénicher des trésors. »

M. Gluant poussa un couinement d'euphorie.

« Tu vas adorer celui-ci ! »

Tandis qu'il sautillait d'excitation, il postillonnait des particules blanches et visqueuses.

« Regarde ! C'est le plus vieux livre que j'aie jamais vu, susurra-t-il d'une voix humide à l'oreille de Mélanie. Il est rempli de secrets et de prophéties, et je veux que tu me dises ce que tu vois. Parce qu'il paraît que les mots changent en fonction de ceux qui les lisent ! »

Une graine d'effroi germa dans la gorge de Mélanie.

Ce livre ouvert sur le lutrin, c'était *Le Livre des Royaumes*...

M. Gluant se mit à fredonner une petite chanson.

« Je l'ai *trouvé* ! Je l'ai *trouvé* ! Nanana-na-nèèèè-reeeeuuuuu ! »

Il tira un coup sur son bras glissé dans celui de Mélanie et la projeta violemment vers le sol. Ses genoux s'éraflèrent sur le tapis, mais elle ne broncha pas.

« Tu as vraiment cru que tu pouvais entrer dans ce Royaume comme une voleuse sans que je le découvre ? Que tu pouvais venir sauver ta *maman* et rentrer à la maison comme une fleur ? Tu es une abomination ! Tu ne devrais pas exister ! Quand je pense que tu es là, en Entremonde, à souiller le Royaume tout entier avec ta Vie, avec ta capacité à produire des changements, c'est bien simple, ça me rend FOU ! »

M. Gluant bondit en l'air, élastique, jusqu'à ce que sa tête touche presque le plafond, tandis que sa mâchoire restait à sa place normale. Ainsi étiré, monstrueusement distendu, il n'était pratiquement plus qu'une bouche avec des bras et des jambes. La puanteur de vinaigre et de moisi tournoyait autour de lui, piquant les yeux et la gorge.

Clac ! Il se rétracta de nouveau et s'accroupit pour remettre Mélanie sur ses pieds, avec dans les yeux une expression hypocrite de douceur et un sourire mielleux aux lèvres.

« Quand on y pense..., roucoula-t-il. Dire que toutes ces années, j'avais un livre de prophéties sous mon nez, ici même, dans cet hôtel, et que cette vieille sorcière monstrueuse me le cachait ! Intolérable ! Mais maintenant, je sais où elle vit. Je peux aller lui rendre visite tous les jours ! Et tout ça, c'est grâce à toi, Mélanie. J'ai suivi la puanteur de ta chair. Je ne sais pas si tu es au courant, mais... »

Il mit la main en coupe autour de l'oreille de la jeune fille, comme s'il voulait lui murmurer quelque chose en privé, mais il éleva la voix pour être sûr que tout le monde l'entendait bien.

« Tu as un sacré problème d'odeurs corporelles ! »

Mélanie sentit ses oreilles lui brûler. *Ne te laisse pas entraîner*, se répéta-t-elle intérieurement. *Il essaie de te piéger, de te faire jouer son jeu*. C'était de l'humiliation, comprit-elle. Il ne se nourrissait pas seulement de la peur et de la terreur qu'il inspirait à ses victimes – il voulait aussi les humilier.

« Je ne savais pas, répliqua la jeune fille d'une voix lente. Merci de m'avoir prévenue. Je veillerai à mettre la main sur du déodorant dès que possible. »

Les squelettes ambulants et l'homme à tête d'oiseau échangèrent des regards nerveux, ne sachant pas comment interpréter l'attitude de Mélanie. Avec l'aide de la femme-anguille, l'enfant-étoile de mer avait réussi à arracher l'amas de glu de son visage. Elle poussa un « Hourra ! » de joie, avant que sa voisine lui plaque un de ses bras-anguilles sur la bouche.

Les yeux de fouine de M. Gluant s'étrécirent.

Le cœur de Mélanie tressauta dans sa poitrine. Les invités : ils n'étaient pas tous contre elle.

Fumiko revint de la cuisine avec une bouteille de champagne dans un seau à glace et un plateau de flûtes.

« Ah ! Les rafraîchissements ! Sers-nous donc des bulles, chérie. » Il s'exprimait sur un ton léger et joyeux.

Le bouchon sauta avec un *pop !* sous pression et les convives forcèrent des rires d'enthousiasme.

M. Gluant colla sa main poisseuse sur la nuque de Mélanie et la souleva de force vers le lutrin. Il lui appuya le visage contre le livre ouvert, beaucoup trop près pour qu'elle puisse lire quoi que ce soit. Les lettres noires gigotaient comme des poissons se débattant face au courant.

« Qu'est-ce que tu vois ? siffla la créature.

— Je ne peux pas lire », répondit Mélanie d'un air grave.

Il lui plaqua la joue encore plus fort contre les pages et lui frotta la peau sur le papier, en faisant basculer la tête de Mélanie de droite à gauche.

« Et maintenant, tu y vois assez clair ? hurla-t-il. C'est assez près pour toi ? »

Il la relâcha si brutalement qu'elle bascula en arrière. Le plafond était si haut au-dessus d'elle que l'espace d'un instant, tout tourbillonna comme dans un cyclone. Mélanie entendit le bruit du champagne qui coulait dans les flûtes, et le *pop !* cristallin de chaque bulle qui éclatait, comme des notes de musique microscopiques. Les invités de M. Gluant chuchotaient entre eux et les squelettes ambulants cliquetaient comme des colliers de perles en bois.

« Relève-toi », dit son agresseur d'une voix aimable.

Mélanie obéit.

Il lui colla une flûte entre les mains et leva la sienne bien haut.

« Écoutez ! Écoutez tous ! J'aimerais faire une annonce ! »

Les créatures se turent et attendirent, suspendues à ses lèvres.

« Viens par ici, poupée ! »

M. Gluant étira son bras gluant et emprisonna Fumiko dans le creux de son aisselle vinaigrée.

Mélanie demeura impassible. Seule la main qui tenait sa flûte tremblait imperceptiblement.

« J'aimerais tout d'abord souhaiter la bienvenue à Mélanie dans mon humble demeure et en Entre-monde !

— Bravo, bravo ! s'égosillèrent plusieurs personnes.

— Je n'ai pas TERMINÉ, bande d'ABRUTIS ! » explosa M. Gluant.

Les invités se figèrent en silence.

« Comme je disais donc, poursuivit-il en leur adressant un regard noir, l'arrivée de Mélanie ne pouvait pas mieux tomber, car Fumiko a accepté de m'épouser. »

Il se tourna vers sa fiancée et se pencha vers son visage inexpressif, la couvant d'un regard mielleux d'adoration.

« N'est-ce pas, chérie ? »

Il secoua légèrement Fumiko pour que sa tête dodeline de haut en bas.

Les convives applaudirent et se réjouirent poliment, mais Mélanie n'entendait plus rien. Un voile de flammes grondantes avait surgi derrière ses yeux.

Sa mère, traitée de cette manière. Comme un objet. Comme une *chose*.

M. Gluant adressa un regard en coin à la jeune fille, et sa lèvre mobile se déforma en un rictus hilare.

Mélanie inspira profondément, puis expira très lentement.

Du temps. Il fallait gagner du temps. Pas question de perdre le contrôle. Elle devait le convaincre qu'elle pouvait être son amie... *Rate de Jade*, supplia-t-elle. *Reviens*.

M. Gluant plissa ses petits yeux vicieux.

« Félicitations », répondit Mélanie d'une voix égale.

Les fines narines de la créature frémirent. Ses pupilles en têtes d'épingles disparurent, et le blanc laiteux envahit ses orbites.

« Buvez ! » tonna-t-il, et tout le monde liquida le champagne qu'il avait dans son verre.

Mélanie le porta à ses lèvres, mais les garda serrées, de sorte que le liquide ne lui coule pas dans la bouche. Alors que chacun buvait, elle abaissa sa flûte et en vida discrètement le contenu sur la moquette.

« Et Mélanie ici présente... » lança M. Gluant en se penchant pour lui embrasser le front – la jeune fille se détourna, et les lèvres poisseuses de la créature frôlèrent ses cheveux – « ... sera notre demoiselle d'honneur. Après la cérémonie, elle sera également notre petit cochon de lait, pour le méchoui. »

Les squelettes cliquetèrent nerveusement.

« Vous n'êtes donc pas transportés de joie à l'idée de manger du cochon de lait tout frais ? » persifla leur chef.

Des sifflets et des applaudissements enthousiastes éclatèrent.

« Du cochon rôti ! Du cochon rôti ! Du cochon rôti ! scandèrent en chœur les invités, en tapant des pieds à en faire trembler les meubles.

— Miam miam, parfait ! »

M. Gluant fit claquer ses lèvres et se passa la main sur son estomac plat. La bosse avait disparu : l'homme-wallaby avait dû être digéré, ou bien il avait été renvoyé au zoo miniature, pour recommencer son cycle.

« J'ai une faim extraordinaire ! J'ai une soif extraordinaire ! Mais avant toute chose... »

Il plaqua sa main répugnante sur la nuque de Mélanie et la propulsa vers le lutrin et *Le Livre des Royaumes*.

« Je veux que tu lises à voix haute, pour nos invités. Ce sont les tout derniers mots du livre. Les pages qui suivent sont blanches. Alors je veux savoir les dernières choses qu'il dit. Partage avec nous ton avenir, et l'histoire de ta fin. Donne-nous les détails atroces de ce que tu vois, *toi.* »

Le ton de sa voix. Il était triomphant et sadique, mais il y avait autre chose, derrière. Il n'était pas sûr de lui...

Tandis que les pensées de Mélanie s'organisaient dans son esprit, elle parcourut du regard les mots de la prophétie.

Un enfant a grandi
Traversant les Royaumes
Ce qui divise
Se rapproche.
Un enfant
Pourra renaître
Ainsi prend fin
Ce qui pourrait
commencer

Elle avait changé ! Mélanie cligna frénétiquement les paupières en la relisant. La dernière fois qu'elle l'avait lue, la prophétie parlait d'un enfant non né et aussi d'un enfant né une deuxième fois. Dans cette nouvelle version, il était dit que l'enfant avait grandi... *Elle* avait grandi ! Une onde de fierté et de tristesse vibra dans son cœur. C'était vrai, alors.

Son cœur bondit. La prophétie disait aussi que ce qui divisait se rapprochait. Ce qui devait signifier qu'ils étaient sur le point de tout arranger. C'était forcément ce que ça voulait dire ! Dans sa poitrine, son cœur trottinait comme une petite souris.

Sur sa nuque, la corde visqueuse s'étira pour lui encercler complètement la gorge. Le lien élastique se resserra.

« Lis, j'ai dit, souffla M. Gluant.

— Vous d'abord ! éructa Mélanie tant qu'il lui restait assez d'air. Dites-moi ce que vous voyez, et je vous dirai ce que je vois ! »

Le visage expressif de la créature se tordit de rage, puis passa à la peur, et à la honte.

Mélanie le contempla, médusée.

Ses yeux. Ils bondissaient sur la page, en diagonale, d'un côté à l'autre, mais ils ne suivaient pas les lettres.

M. Gluant ne savait pas lire...

Chapitre 15

Il ne pouvait lire sa propre prophétie... ne savait pas ce que contenait l'avenir. Il ne pouvait être certain qu'il allait remporter la partie...

Là où Mélanie s'accrochait à ses espoirs, M. Gluant nageait dans le doute.

Autour du cou de Mélanie, la corde visqueuse resserra son emprise, lui coupant la respiration. Des paillettes blanches se mirent à pulser et à danser dans son champ de vision.

« D'accord ! suffoqua-t-elle. Je vais lire ! »

M. Gluant relâcha son étreinte mortelle, mais sans libérer la jeune fille.

Le souffle court, Mélanie réfléchit à toute vitesse. Elle se racla la gorge et déclama, à voix haute et tremblante :

Tout ce que tu as cherché
Est perdu
Oh, enfant de malheur
Pleure, accepte

Que ton destin repose
Entre les mains
Du nouveau
Maître
Obéis !

Une explosion de joie jaillit des lèvres collantes de M. Gluant. Pris d'un fou rire, il laissa tomber son verre et se plia en deux, les mains sur les genoux, secoué de spasmes d'hilarité démente. Il fit claquer ses paumes moites sur ses cuisses et se mit à frapper une cadence effrénée avec ses pieds. Les relents infects de vinaigre et de caoutchouc voltigèrent dans l'air.

« Oui ! Oui ! croassa-t-il en se tenant les côtes de joie. Je le savais ! Je le savais ! Je savais bien que toutes ces rumeurs étaient fausses ! Rien de vivant ne peut naître dans ce Royaume ! J'ai empêché cette chose grotesque de voir le jour ici, et maintenant nous allons la tuer et la manger avant le lever du jour ! L'Entrevie, pour toujours ! Pour l'éternité ! Nous anéantirons les frontières entre la Chair et l'Esprit, et l'Entremonde sera le seul cycle, à tout jamais ! »

Mélanie ne put contenir la boule de terreur qui lui remontait dans la gorge. Ce soir. Il projetait de la tuer ce soir.

Allait-elle réellement mourir ? Serait-elle condamnée à revivre ce moment de souffrance pour l'éternité ? La jeune fille jeta un regard farouche en direction du profil de Fumiko. *Maman*, supplia-t-elle au plus profond de son cœur.

Fumiko se tourna lentement vers elle.

Mélanie était incapable de déchiffrer son expression.

M. Gluant bondit sur ses pieds.

« À boire, encore ! Sortez les canapés ! Musique ! »

La sonnette de l'entrée résonna et le maître des lieux applaudit d'excitation. Il se tourna vers le vestibule, puis s'immobilisa. Les yeux plissés, il fit jaillir une corde de langue de sa bouche. L'extrémité s'enroula en claquant autour des poignets de Mélanie, les liant ensemble, et la créature visqueuse fit une boucle autour d'un des pieds du piano. Il resserra le lien, puis coupa sa langue juste au-dessus du nœud, et engouffra la portion qui restait dans sa bouche.

Mélanie tira sur la corde collante. Elle était élastique, mais il était impossible de s'en libérer.

« On ne bouge pas, Porcinette », ordonna M. Gluant en allant accueillir ses nouveaux invités. Mélanie entendit les inflexions perfides de sa voix, les réponses timides des créatures humaines et non humaines...

Elle abaissa la corde jusqu'au sol. Elle posa les pieds sur le tube poisseux et essaya de sortir les mains par le haut, mais la langue ne voulut pas claquer, et s'étira comme du caoutchouc.

Mélanie s'assit sur le tabouret du piano.

La pièce commençait à se remplir de créatures à la Bosch, des hommes à tête de poisson, un chiot avec un visage de petit garçon, des crapauds géants et bondissants, recouverts de poils hirsutes, des simiens à l'allure de cochons et même des êtres qui ressemblaient plus à des plantes qu'à des animaux. Mélanie n'aurait su dire si certains d'entre eux étaient au départ des humains qui avaient choisi des membres d'animaux, ou bien si les animaux avaient choisi des parties de corps humain. Et puis quelle importance, après tout ? Les rares humains qui avaient décidé de le rester gardaient sur eux les stigmates de leur mort : un trou béant dans la poitrine, des pustules purulentes de vérole, de la gangrène, des membres puants... Est-ce que c'étaient comme des médailles de guerre ? Est-ce qu'ils les comparaient entre eux, comme des anciens combattants ?

Fumiko rapporta encore des seaux à champagne remplis de bouteilles. Les bouchons sautèrent et les invités, éclaboussés, poussèrent des cris aigus. Après avoir empilé les verres vides, elle retourna à la cuisine chercher les hors-d'œuvre. Elle revint chargée des plateaux d'argent recouverts de cellophane. Mélanie voyait des choses *gigoter* sous la couche de plastique, comme des petites pattes poilues, des tentacules et des queues. Lorsque Fumiko retira le film transparent, les canapés bondirent du plateau et s'éparpillèrent dans toutes les directions ; les convives poussèrent des hurlements de joie et se mirent à poursuivre leurs morceaux de choix. Au milieu de ce chaos, Mélanie se pencha et réussit à attraper le bras de sa mère, au moment où elle passait à sa hauteur.

« Il faut que ce soit ce soir, annonça la jeune fille avec urgence. Tout va bien se passer, Maman. On va sortir de là. On sera bien, c'est possible, tu verras. Je le crois. » La voix de Mélanie se coinça dans sa gorge. « Et je t'aime. »

Fumiko se tenait là, le visage totalement vide. Lorsque Mélanie relâcha son bras, elle s'éloigna sans un mot. L'adolescente battit des paupières, vite et fort. Peut-être sa mère l'avait-elle entendue. Quelque part au fond d'elle. Elle inspira et expira lentement.

Et c'est alors qu'elle se rendit compte que la foule s'était amassée autour d'elle.

Tout en aspirant des bouts de queues qui gigotaient et pendaient entre leurs dents, les créatures de Bosch la dévisageaient comme si elle était un véritable monstre, une erreur de la Nature. Ils se donnaient de petits coups de coude en chuchotant, gloussaient et la raillaient, la reniflaient de leurs museaux de boucs et de leurs branchies à plumes.

Quelqu'un caressa son bras nu. Le contact était humide, visqueux, comme des coprins chevelus pourris. Mélanie repoussa vivement la bête du plat de la main. La foule des spectateurs laissa échapper un soupir outré, puis ricana nerveusement.

Quelqu'un lui tira les cheveux. Des griffes se plantèrent dans son mollet. Mélanie secoua la jambe pour se dégager. Le groupe se rapprocha, les yeux brillants, dans une puanteur de chair en décomposition, douceâtre et pestilentielle.

L'adrénaline gicla dans tout le corps de Mélanie et son cœur se mit à battre à tout rompre. Dans ses oreilles résonna une sonnerie stridente.

C'était venu si vite...

Elle découvrit les dents. Elle ne mourrait pas sans lutter jusqu'au bout.

Avec son visage comme un cœur de pâquerette, l'enfant-étoile de mer se fraya un chemin jusqu'à l'avant du groupe. Ses petits yeux étaient agrandis par l'inquiétude et sa bouche tordue tremblait.

« Monsieur Gluant ! hurla-t-elle d'une voix mal assurée. Ils sont en train de la toucher, et vous ne leur en avez même pas donné la permission ! »

Puis elle adressa un clin d'œil à Mélanie.

La compréhension succéda à la peur.

Son bourreau était le seul à pouvoir la protéger. Mélanie se mordit la lèvre. Tout ça était mal. Elle planta son regard dans celui de l'enfant-étoile de mer. *Merci*, pensa-t-elle avec force.

Les membres en forme de branches d'étoile de la petite s'agitèrent d'émotion.

Faisant claquer sa langue au-dessus du troupeau comme un fouet, M. Gluant se fraya un chemin en les bousculant.

« Bande d'ingrats ! tempêta-t-il. Bande de GOINFRES GROSSIERS ! »

Les créatures reculèrent comme des chiens battus.

« D-Désolé, bégaya un squelette ambulant. N-nous sommes d-désolés, m-monsieur ! »

Il s'inclina servilement, et M. Gluant l'écarta d'un coup de pied. Les os s'effondrèrent au sol. La créature visqueuse les éparpilla dans toutes les directions, et un petit garçon-chien vint en voler un avant de s'enfuir.

« A-*llôôôôô*, bande d'ingrats ! Erreurs de la Nature ! Imbéciles ! Chaque chose en son temps ! Tout le monde aura sa part du gâteau ! D'accord ? Tout le monde aura du gâteau au cochon ! Mais pas avant que je le dise. Et c'est MOI qui aurai LE PREMIER MORCEAU ! »

En vociférant, M. Gluant postillonnait des morceaux blanchâtres. Ses yeux étaient des globes d'albâtre au centre desquels ressortait une pointe microscopique.

Il est fou, se dit Mélanie. *Complètement fou.* Et tout ce qu'il disait – c'étaient là les mots d'un enfant pervers, d'un monstre tourmenté.

Que lui était-il arrivé, qui l'avait rendu ainsi ? Que s'était-il passé quand lui aussi s'était fait happer pour revivre l'instant où il avait été brisé ? Mélanie frissonna d'empathie et de dégoût. Pour qu'il soit devenu aussi tordu et monstrueux... le mal qu'on lui avait infligé devait être inimaginable. Mélanie fut submergée par une vague de révulsion et de pitié.

M. Gluant aperçut les sentiments que reflétait le visage de l'adolescente.

La fureur convulsa ses traits mous. Dans d'atroces contorsions et des sifflements stridents, il fit descendre sa mâchoire jusqu'au sol et sa gueule béante était plus large que son corps, comme une murène.

Mélanie contempla l'intérieur de sa bouche. La puanteur humide et âcre de vinaigre, les relents étouffants et viciés lui brûlèrent les yeux. La muqueuse dans sa gorge était blanche et scintillante comme des larves, et des filets de glu coulaient d'en haut comme de la mozzarella fondue...

Il déroula sa longue langue aplatie comme s'il s'agissait d'un tapis rouge. Lorsqu'elle fut complètement distendue, il en enroula l'extrémité collante autour du torse de Mélanie, avec douceur et tendresse, lui plaquant les bras contre le corps.

Il *serra* très doucement, comme s'il l'enlaçait amoureusement.

Puis il se mit à l'attirer lentement vers sa gueule ouverte.

La corde de langue avec laquelle il l'avait ligotée se fondait dans sa bouche à mesure qu'il la ravalait. Plus rien ne pouvait désormais l'empêcher d'engloutir Mélanie vivante.

Un grondement effrayant résonna dans les oreilles de la jeune fille. Elle adressa un dernier regard désespéré en direction de sa mère.

Là. Son profil. Elle regardait par la fenêtre. Distante et indéchiffrable. Cette robe avec les éclats de miroir était vraiment très belle...

Mélanie ne se laisserait pas vaincre sans lutter jusqu'au bout. Elle mettrait les jambes en travers de sa bouche, lui planterait ses ongles dans la chair, lui déchiquetterait les joues de ses dents.

Ce grondement, il n'était pas dans la tête de Mélanie – elle l'entendait partout autour d'elle, comme le roulement intense et affreux du tonnerre.

Les immenses baies vitrées explosèrent en mille morceaux qui volèrent à travers la pièce. Puis les cris et les rires hystériques. Les éclats tranchants qui venaient se planter dans la peau nue, dans la fourrure et les écailles. Le grondement qui grandissait, un ouragan sonore qui se déversait et cascadait dans la pièce. Le noir, du noir partout : les corbeaux. Des centaines et des centaines de corbeaux plongeant dans l'air, le sifflement des battements d'ailes, les missiles noirs qui piquaient, tournoyaient, déchiraient et lacéraient.

Mélanie fut éjectée par la langue de M. Gluant au moment où un oiseau de forme étrange s'attaquait aux yeux de la créature.

À quatre pattes, le cœur battant à tout rompre, Mélanie leva la tête.

Perché sur le dos du grand corbeau noir qui attaquait son bourreau, un rat minuscule, les quatre dents de devant découvertes, s'accrochait désespérément à des poignées de plumes.

Un sourire empli de joie éclata sur les lèvres de la jeune fille.

« Yah ! » triompha-t-elle, la voix rauque. Elle sauta en l'air en secouant les deux poings vers le ciel. « Yahhh ! »

Cinq oiseaux avaient atterri sur le crâne de M. Gluant et lui picoraient les yeux, lui déchiraient les oreilles et lui lacéraient les joues à coups de bec.

Les essaims volants assaillaient les convives : certains s'enfuyaient en agitant les bras en grands moulinets au-dessus de leur tête, d'autres essayaient de s'accroupir et de ramper sur la moquette. L'homme à tête d'oiseau vêtu d'un short en fausse fourrure fit claquer son bec acéré, arrachant une patte à un corbeau. L'animal poussa un cri strident avant de piquer en spirale vers le sol. L'homme à tête d'oiseau le piétina de toutes ses forces.

Les corbeaux prélevaient des os aux squelettes, un par un, jusqu'à ce qu'ils se démantibulent et s'écroulent comme un tas de branches sèches. L'enfant-étoile de mer avait protégé son visage à l'aide de ses nombreux bras et son enveloppe dure lui servait d'armure protectrice.

Fumiko s'était réfugiée sous le piano. Le visage impénétrable, elle retirait des éclats de verre de ses joues pâles ; des taches de sang noir apparurent et s'étendirent sur la peau.

Flap ! Flap ! Flap ! L'air claquait et les corbeaux plongeaient, tombaient comme si on les avait abattus d'un coup de fusil.

M. Gluant fendait l'air de sa langue comme s'il s'agissait d'un fouet, frappait plus vite que son ombre, engluait les oiseaux autour de sa tête dans un film poisseux jailli de ses paumes.

Crac ! Le plus gros corbeau tomba comme une pierre et la Rate de Jade bondit de son perchoir volant pour atterrir sur la moquette. Elle évita de justesse un homme qui basculait, attaqué par une nuée de corbeaux sur sa blessure mortelle, un trou dans le ventre. Les oiseaux lui déchiquetaient les entrailles.

Mélanie aperçut soudain un passage libre jusqu'au piano. Elle se précipita. Elle sentit un coup de poignard, rouge et chaud, dans son talon.

Du verre. Des fragments de la fenêtre brisée. Elle pendait de son cadre ouvert et un vent froid s'était levé ; et au-delà, bien, bien plus bas se déchaînaient les klaxons des voitures au loin, la plainte lancinante des sirènes, les braiments des ânes et les aboiements de rage des chiens.

Les dents serrées, Mélanie extirpa le long éclat de verre planté dans son pied. Par chance, il ne s'était pas enfoncé dans une partie plus tendre ; il l'aurait transpercée comme un clou. Son sang riche et rouge scintilla, il paraissait irradier dans ce monde en noir et blanc. Elle contempla la demi-lune de verre brisé qui entourait sa mère puis baissa les yeux sur ses propres pieds, nus. Sa mère portait des chaussures, elle pourrait traverser. Mélanie tendit lentement la main, paume vers le haut, comme pour rassurer un petit enfant apeuré.

« Viens avec moi, énonça-t-elle d'une voix douce. Il est temps de partir. »

Fumiko tourna vers sa fille des yeux ronds et vides. Sur ses joues, les taches sombres de sang ressemblaient à des traînées d'encre. Elle parcourut lentement du regard le chaos dans la pièce. Le bruissement frénétique des centaines d'ailes, les jappements et les hurlements stridents des créatures fuyant les oiseaux, les plumes en suspens dans l'air comme des cendres noires. À son tour, Fumiko tendit lentement la main vers celle de sa fille.

M. Gluant poussa un grondement de fureur. « C'est à moi ! » vociféra-t-il. Autour de lui, ça craquait, ça claquait et ça percutait, il abattait les corbeaux par trois ou par quatre, en se frayant un chemin jusqu'à eux par la force. « C'est à moi ! À moi ! À MOI !

— Il est temps de partir », ordonna Mélanie sur un ton plus ferme, en faisant de son mieux pour que sa voix ne trahisse pas le désespoir qu'elle sentait monter. Elle soutint le regard de sa mère, et parvint même à sourire. « Tout va bien se passer. »

Une lueur d'espoir sembla soudain poindre dans les yeux inexpressifs. Pour la première fois depuis qu'elle l'avait retrouvée en Entremonde, Mélanie vit réapparaître quelque chose de la mère qu'elle connaissait.

De la colle blanchâtre vint s'écraser sur le visage de Fumiko, effaçant ses traits. Sous l'impact, sa tête bascula en arrière.

Mélanie poussa un hurlement.

Instinctivement, Fumiko tenta d'arracher l'épaisse membrane gluante qui lui recouvrait la bouche et le nez.

M. Gluant enroula sa langue comme un caméléon, et Fumiko fut arrachée à son refuge sous le piano et précipitée aux pieds de la créature.

Il abaissa lentement sa mâchoire démesurée, comme un bâillement de plus en plus immense qui faisait disparaître sa tête, jusqu'à ce qu'il ne reste plus qu'une énorme gueule béante.

La clameur s'étouffa en un grondement lointain, enveloppé par le battement des ailes. Tout parut soudain se dérouler au ralenti, le grouillement noir et les créatures basculant et rampant à terre. Comme si un projecteur cassé repassait un vieux film, le monde autour de Mélanie semblait bégayer, comme une série de diapositives ; entre les mouvements saccadés, les secondes s'étaient figées.

Mélanie localisa une zone de calme.

Du regard, elle balaya le décor. Le verre brisé de la fenêtre.

Les éclats ne parviendraient pas à trancher les liens élastiques qui retenaient Fumiko. La bouteille. Non. M. Gluant se reconstituerait immédiatement. Il n'avait même pas de crâne qu'elle aurait pu fracasser.

Agitant ses bras en anguilles autour de sa tête, une femme plongea avec une lenteur atroce, s'écroula vers Mélanie.

La jeune fille fit un bond de côté pour ne pas être renversée et son pied s'accrocha à quelque chose de poisseux, sur la moquette. Elle souleva la jambe et le tas de glu s'étira comme du chewing-gum fraîchement mâché.

Comme du chewing-gum...

Soudain le monde s'accéléra, les palpitations sourdes des ailes, les cris d'horreur des convives, Fumiko inexorablement attirée vers la bouche immense du monstre.

Mélanie fit volte-face. Elle attrapa la bouteille de champagne par le goulot et la jeta par terre. Elle s'empara du seau rempli de glace et d'eau et se mit à bondir par-dessus les corps tremblants des corbeaux brisés, à slalomer entre les créatures qu'on réduisait en pièces à coups de bec. Elle planta fermement les pieds dans la trame du tapis et renversa tout le contenu du seau sur la langue étirée de M. Gluant.

Chapitre 16

Dans un magnifique craquement cristallin, la moitié de la langue distendue de M. Gluant se solidifia. Elle était encore attachée au fond de sa gorge molle, mais il ne pouvait plus en contrôler les mouvements. Le poids de Fumiko, toujours engluée au bout de la langue de caméléon, plaqua la chair inerte au sol. Couchée sur le côté, Fumiko déchira frénétiquement la membrane visqueuse qui lui recouvrait toujours le visage.

Les traits de M. Gluant revinrent en place. Ses yeux blancs roulaient de fureur, et la rage et la frustration le défiguraient monstrueusement. Incapable de maîtriser sa langue gelée, il fit glisser sa bouche vers sa chair immobile et se mit à l'entourer comme un boa constrictor ondulant de tout son corps autour de sa proie. Il avança la mâchoire vers Fumiko, qui se débattait avec de moins en moins de vigueur.

La Rate de Jade recracha les ligaments d'un œil qu'elle venait d'arracher. Il roula sur la moquette pour venir s'immobiliser contre le cadavre d'un corbeau.

« Oui ! s'écria la Rate de Jade, euphorique. De la glace ! »

Mélanie attrapa un deuxième seau, puis un troisième et les renversa sur l'extrémité de la langue de la créature, avant de remonter vers la gorge, dans une grande éclaboussure. À mesure que le froid se répandait, la chair perdait toute élasticité, les liens flexibles se rigidifièrent et se durcirent, et bientôt son visage ne fut plus qu'un masque de statue fou de rage.

Fumiko se tordit sur le côté et la langue de M. Gluant se brisa net dans un claquement sec, au tiers de sa longueur, comme une branche morte qu'on casse.

Le fragment de langue gelée se désagrégea en morceaux. On aurait dit des blocs de fromage étalés sur un tapis de plumes noires.

Le cœur de Mélanie se mit à trépider d'allégresse. Elle nettoya doucement la glu solide du visage de sa mère, et les morceaux se détachèrent comme du plâtre. Elle jeta le masque à terre. Puis, d'une caresse, l'adolescente écarta les mèches collées par la sueur.

Silence.

Fumiko se mit alors à tousser et à tousser.

Tout le monde s'était immobilisé. Les oiseaux, les invités, les bêtes et les monstres. Tous contemplaient ce tableau, paralysés par le choc.

M. Gluant était neutralisé.

Par une fille avec des seaux de glace.

Mélanie aida sa mère à s'asseoir et lui frotta doucement le dos. Lorsque Fumiko put respirer normalement, Mélanie la fit se relever. Elle avait les mains qui tremblaient.

La jeune fille ne dit pas un mot. Elle prit sa mère dans ses bras et la serra de toutes ses forces. Elle sentait contre elle battre son cœur.

Fumiko baissa lentement la tête et la posa sur l'épaule de sa fille.

La Rate de Jade poussa un cri perçant.

Mélanie sursauta. Aperçut sa minuscule amie.

Un amas de glu, qui fondait lentement, essayait de ramper jusqu'à la bouche béante. On aurait dit un gros ver blanc, obéissant à l'appel de son maître. La rate avait planté ses quatre dents de devant dans la boule qui tentait de s'enfuir et s'accrochait de toutes ses griffes aux fibres du tapis.

Tous les éclats de langue étaient en train de fondre et se tournaient vers le segment encore gelé, dans la bouche de M. Gluant.

Ce dernier parvint à hausser ses sourcils fondus. Il les remua comme un vieil acteur en plein spectacle. « Ghhheeeeeuuuuu ! » grogna-t-il d'une voix plus grave qu'une corne de brume.

Il en fallait plus ! Le cœur de Mélanie tressauta dans sa poitrine. Il en fallait plus.

Personne ne s'interposa lorsqu'elle se précipita vers la cuisine.

Elle ouvrit le congélateur à la volée et aperçut trois gros sacs de glace. Elle s'en saisit, attrapa un seau vide au passage et bondit vers la créature en train de fondre. Elle déchira un des sacs et se saisit de plusieurs poignées de glaçons, qu'elle jeta dans le seau.

Les amas de langue fondue rampaient vers la bouche ouverte de M. Gluant comme des larves vers un fruit pourri. Mélanie les arracha du sol et les plongea tous dans le seau à glace. Instantanément durcis par le froid, ils devinrent inertes.

M. Gluant continuait à fondre, son cou recouvrait de sa mobilité et il se tourna vers elle. Sa langue se mit à gondoler, comme un gros ver grisâtre. Un sourire apparut sur son visage.

Mélanie planta les ongles dans le sac en plastique et l'éventra. Des glaçons roulèrent sur la moquette. Elle en attrapa une poignée et les fourra directement dans la gueule du monstre.

La moitié inférieure de son visage se verrouilla. Ses yeux étincelaient de haine, mais Mélanie ne se laissa pas impressionner et versa le reste du sac de glace dans sa mâchoire.

« Bien vu, soupira la Rate de Jade avec soulagement. Maintenant, trouve un couteau. »

Sous le choc, Mélanie sursauta. Puis elle continua à verser la glace tout autour de son ennemi, en cercle autour de ses pieds. Avec une grimace de dégoût, elle tira sur son col pour jeter des glaçons dans sa chemise, jusqu'à ce qu'il se retrouve totalement enrobé de glace.

« Non, répondit lentement Mélanie. On ne peut pas le tuer. »

M. Gluant était complètement solidifié. Même ses yeux ne bougeaient plus. Il ressemblait à une sculpture ratée pour une opération spéciale dans un supermarché.

« Et pourquoi donc ? » haleta la Rate de Jade. Elle était à peine plus grosse qu'une musaraigne, et ses flancs palpitaient d'épuisement. « Il t'en aurait fait autant, et même pire. Si on le laisse vivre, il reviendra te chercher. Il faut en finir maintenant. »

Mélanie versa de la glace dans les grosses bottes en caoutchouc. Puis, réprimant une nausée, elle tira la ceinture du pantalon et fit dégringoler les cubes restants. Les sacs de glace étaient vides. M. Gluant était entièrement immobile.

Et puis les glaçons fondraient.

Combien de temps faudrait-il ?

Mélanie leva les yeux.

Tout le monde la dévisageait. Les convives qui étaient restés pour combattre les corbeaux. Les oiseaux encore en vie. L'enfant-étoile de mer avait découvert son visage et la contemplait bouche bée, saisie d'émerveillement et de terreur. Couchée sur la moquette, la femme aux bras en anguilles la fixait, et la peau noire et veinée de ses membres frissonnait de confusion. L'homme à tête d'oiseau, surexcité, claquait du bec.

Dans cette atmosphère figée, Mélanie perçut le *clic clac* des os desséchés qui tentaient de se réunir.

Sa mère. Elle revenait de la cuisine. Les éclats de miroir décorant sa robe scintillaient comme une rivière, et par instants, les plus gros reflétaient le carnage qui les entourait : des corbeaux morts, désarticulés, des orbites vides, des montagnes de plumes et des flaques de sang noir.

Fumiko se mouvait comme une somnambule, brandissant un couperet à viande au-dessus de sa tête. Ses yeux sombres étaient vides, morts, et les traînées de sang sur ses joues, d'un noir d'encre.

Le cœur de Mélanie se figea d'horreur.

Qu'était devenue sa mère ?

Fumiko s'immobilisa près de M. Gluant. Sans ciller, sans un mot, elle laissa tomber le couperet de tout son poids sur la nuque découverte et gelée.

« Non ! » s'écria Mélanie en se jetant entre eux et en attrapant sa mère par les poignets.

Fumiko ne réagit pas. Comme hypnotisée, elle ne se battit pas contre sa fille, mais maintint la pression sur l'arme, comme si la lame d'acier était attirée vers le cou vulnérable de la statue par une force magnétique.

« Maman, non ! ordonna Mélanie. On ne doit pas faire ça !

— Comment l'arrêter, dans ce cas ? » demanda la Rate de Jade d'une voix sourde, à peine audible. Elle avait l'air si affaiblie, mais Mélanie n'osait pas la regarder. Sous la force implacable de sa mère, elle sentit ses bras se mettre à trembler.

« Il va fondre, et alors tout recommencera, murmura la Rate de Jade. Nous devons le couper en morceaux et les éparpiller dans tout le Royaume. Les enterrer le plus profondément possible. N'importe quoi. »

Un déclic résonna dans l'esprit de Mélanie.

« C'est exactement ça ! s'exclama la jeune fille. Peu importe qu'on le détruise. Le cycle se répétera, même si on fait cette chose atroce. Il reprendra son cycle au début, où qu'on ait enterré ses morceaux. Ce n'est pas son corps qu'il faut anéantir, c'est le cycle ! »

Le silence tomba comme une chape.

Comme une cloche grave, comme des cercles concentriques s'élargissant à la surface d'une mare. Au loin, ils entendirent monter un long miaulement funeste. Le son était étouffé et ils durent tendre l'oreille pour identifier la source du bruit.

Un chat, peut-être, dans la suite d'à côté ?

Peu à peu, le miaulement s'intensifia.

Un craquèlement résonna tout à coup, comme si un mur desséché se lézardait.

Le sol pencha, le plafond trembla, et prise d'un vertige soudain, Mélanie tituba. Humains et créatures se jetèrent à quatre pattes pour se stabiliser, dans des braillements de terreur.

Entre les mains de Fumiko, le lourd couperet glissa, lentement, sous le regard horrifié et impuissant de Mélanie. La grande lame argentée décrivit une boucle à trois cent soixante degrés et vint se planter tout droit dans le crâne de M. Gluant, à plusieurs centimètres de profondeur.

Le corps chancela, et ce fut tout. Il bascula en arrière comme une statue renversée et atterrit sur le tapis avec un bruit sourd. Solide comme la pierre, il roula légèrement de droite à gauche avant de s'immobiliser.

Tous contemplèrent sa silhouette figée, surmontée du couperet fatal.

C'était tellement atroce que c'en devenait presque comique.

Mélanie fut prise entre la nausée et l'hilarité.

Un gigantesque craquement emplit l'air, comme de l'albâtre qui explose, et tous firent un bond en arrière.

Comme si une pression immense avait enfin été libérée, la masse immobile se fissura de haut en bas, en partant de la tête. Ses vêtements s'écartèrent et révélèrent une couture blanche et exsangue qui courait verticalement sur toute la longueur de l'abdomen.

Les miaulements se firent encore plus perçants, teintés d'urgence.

Tous se penchèrent pour mieux voir...

Un *crac !* humide. M. Gluant, aussi dur qu'un noyau de pêche, éclata en deux et exposa l'intérieur mou de son corps.

Un grand vent gronda près de la tête de Mélanie, lui fouettant les cheveux et elle tituba contre sa mère. Puis le vent tomba aussi brusquement qu'il s'était levé. La puanteur perpétuelle de vinaigre avait disparu. Un bébé pleurait, avec vigueur et santé.

Sans voix, hébétés, ils ne pouvaient détacher leurs regards médusés de M. Gluant. Son corps blanc et durci s'était ouvert en deux. Il n'avait ni os ni entrailles. Il n'était qu'une masse blanche, dehors et dedans. Et en s'ouvrant, il avait libéré un bébé. Pâle, légèrement rosé et luminescent, le petit paraissait furieusement vivant. Il martelait l'air de ses talons minuscules et serrait ses tout petits poings. Et autour de lui flottait un parfum doux et humide de pain en train de lever...

Chapitre 17

La Rate de Jade se dressa sur ses pattes arrière, ses minuscules pattes avant croisées sur son poitrail. Elle s'exprima d'une petite voix, faible mais claire, avec révérence et solennité.

Un enfant est formée et part
Non née
Une fuite par-delà le gouffre
Lorsqu'elle revient
Ainsi s'achève ce qui ne devrait être
Un enfant est né
Alors que ce ne pouvait être
Dans le Royaume d'Entremonde.

La rate minuscule vacilla un court instant, puis, dans un déclic parfaitement audible, elle bascula sur la moquette, de nouveau changée en amulette.

Les cris du nouveau-né prenaient de la puissance. Les invités de M. Gluant reculèrent nerveusement en chuchotant entre eux.

Mélanie se tourna vers leurs visages humains et non humains d'un air anxieux. La prophétie s'était-elle accomplie ? Les Royaumes étaient-ils réunis ?

Sa mère et elle étaient-elles libres de rentrer à la maison ?

Le bébé continuait à rugir, et Fumiko secoua la tête. Le bruit sembla la réveiller et elle fronça les sourcils, comme si elle émergeait des profondeurs du rêve d'un autre. Elle releva la tête et aperçut sa fille.

« Mélanie ? » Sa voix était teintée d'alarme et de surprise. « Mélanie ? »

Le visage de l'adolescente s'illumina, comme une fleur se tournant vers le soleil.

Fumiko tendit une main tremblante et la posa sur la joue de sa fille.

Mélanie ferma les yeux et des larmes brûlantes vinrent se lover au creux de la paume de sa mère.

« Ce n'est pas bien, siffla une créature.

— À son retour, M. Gluant s'en prendra à nous ! grogna une autre.

— Il faut faire quelque chose ! » pressa une troisième, la voix rauque.

L'homme à tête d'oiseau fit claquer son bec de prédateur.

« Dans son cycle, il a été tué par son père alors que sa mère essayait de le mettre au monde. C'est le cycle qui a fait de lui ce qu'il est devenu. C'est ce cycle qu'il a répété et élargi. Il a été le premier à comprendre que nous pouvions changer, accroître, remodeler nos Entrevies. »

La dame-anguille approuva d'un hochement de sa tête ravissante. Ses yeux sombres scintillaient d'émotion.

« Il a été piégé à l'état de bébé, sur le point de naître et perpétuellement en train de mourir. Mais au fil des siècles, il a enrichi son savoir. Jusqu'à ce que la victime devienne bourreau ! »

Les plumes de l'homme à tête d'oiseau se dressèrent d'agitation.

« Il est notre sauveur ! Il nous a montré comment devenir puissants, bien que nous soyons sans cesse renvoyés à notre traumatisme initial ! »

La dame-anguille enroula ses longs bras visqueux autour de son buste fin et ondoyant.

« Sans M. Gluant, je serais toujours au fond de la mer, à me noyer », chuchota-t-elle.

L'homme-oiseau pencha la tête sur le côté et son œil gris étincela, impénétrable.

« On ne doit pas le laisser renaître. Pas de cette manière ! C'est contre tout ce qu'il est devenu ! Si un cycle est brisé, qui sait ce qu'il adviendra des nôtres ? »

Il s'avança vers elle et Mélanie entendit un petit crissement.

« Non ! » s'écria l'adolescente.

Elle repoussa violemment l'homme à tête d'oiseau et il recula de plusieurs pas, en titubant. Le cœur tambourinant dans sa poitrine, Mélanie s'accroupit.

Un morceau restait attaché à la cordelette rouge. Mais la moitié de l'amulette de jade avait été réduite en fragments.

La Rate de Jade – brisée.

La lèvre inférieure de Mélanie se mit à trembler. *Je vous demande pardon, Gao Zhen Xi*, pensa-t-elle. *Je vous demande pardon, madame Wei. Je te demande pardon, pardon, Rate de Jade.*

Mélanie enroula la cordelette et se la noua autour du poignet, gardant les deux extrémités au creux de sa main. Puis elle retourna auprès du bébé qui reniflait. Elle sentit que sa mère en faisant autant.

La jeune fille tendit sa main libre, paume ouverte.

« Attendez, implora-t-elle. Vous ne voyez donc pas que nous avons *besoin* de changer le cycle ? Vous êtes tous emprisonnés dans la souffrance. Mais vous n'êtes pas condamnés à vivre toujours ainsi ! »

Du coin de l'œil, elle vit que des corbeaux s'approchaient discrètement d'elle, en sautillant.

« Dis donc, *petite*, la tança la femme-anguille. C'est *notre* Entremonde. Nous ne connaissons rien d'autre. »

Elle s'inclina profondément, et ses bras sinueux gigotèrent en tous sens. Elle ouvrit la bouche et Mélanie vit apparaître une langue noire et épaisse, en anguille. Elle avait des yeux et une gueule doublée d'une rangée de petites dents acérées.

« Et nous ne voulons rien d'autre ! » vociféra la langue-anguille.

Fumiko souleva Bébé G de son enveloppe et tira vivement Mélanie par le dos de sa robe. « Cours ! » cria-t-elle au moment où les corbeaux sur la moquette s'élevaient, toutes ailes déployées, en un mur noir grondant et palpitant.

Les convives reculèrent pour se protéger du tumulte et Mélanie, serrant toujours l'amulette entre ses doigts, se précipita à la suite de sa mère, franchit la porte et déboula dans le couloir.

Les escaliers, pensa fébrilement la jeune fille. *Jusqu'au toit de l'immeuble. Vers la montagne et le pont de corbeaux.*

Les corbeaux... Des larmes de joie et de gratitude, longtemps retenues, lui montèrent aux yeux.

Elle tourna en direction du panneau indiquant la sortie de secours anti-incendie.

Fumiko l'attira vers l'ascenseur.

« Par ici ! hoqueta-t-elle. Je me rappelle ! »

Elles entendirent le tumulte des voix, des grondements et des bêlements, et le battement fou des ailes.

Après une seconde d'hésitation, Mélanie se précipita derrière sa mère en direction des portes chromées.

« Descente ! » cria Fumiko.

Mélanie tambourina sur le bouton.

« Allez ! supplia-t-elle. Allez, allez ! »

Derrière elles, les cris changèrent, se teintèrent de jubilation et de frénésie. Pour la première fois, les corbeaux se mirent à croasser. Ils croassaient encore et encore, puis l'écho de leurs cris s'éloigna, avant de disparaître.

Mélanie et sa mère entendirent la porte de M. Gluant s'ouvrir au moment même où résonnait le *ding* signalant l'arrivée de l'ascenseur.

Elles se précipitèrent dans la cabine et tout en donnant un coup de poing sur le bouton « fermeture », Mélanie fixa le couloir.

La porte de la suite était ouverte, mais quelque chose bloquait la sortie...

Quelque chose d'une forme étrange, qui retenait la foule de ses nombreux membres triangulaires.

C'était l'enfant-étoile de mer, son armure rebondie tournée vers le groupe mugissant de rage. Mélanie n'apercevait son visage de pâquerette que de profil. Elle souriait courageusement. « Dépêchez-vous ! » ordonna-t-elle tandis que les portes de l'ascenseur se refermaient lentement. Au même instant, elle se fit arracher un bras, puis un autre.

Mélanie se mit à sangloter.

Le regard sombre, Bébé G serré contre son flanc gauche, Fumiko appuya sur l'un des boutons.

Le numéro quatre s'alluma.

« Non ! s'indigna Mélanie. Qu'est-ce que tu fais ? Le quatrième étage est mauvais ! » Elle tenta d'appuyer sur le bouton d'alarme, sur n'importe quel bouton, mais sa mère lui attrapa fermement le bras.

« Ça suffit ! » ordonna-t-elle d'une voix cassante.

Mélanie se renfrogna. Elle n'avait jamais entendu sa mère lui parler sur ce ton.

Bébé G se mit à pleurnicher et Fumiko le berça pour le réconforter. « Je suis désolée, Mélanie, dit-elle d'une voix douce. Mais c'est le seul moyen de retourner dans ton Royaume. »

Mélanie s'affala contre le mur froid. Bien sûr. Ça tombait sous le sens, évidemment. Elle leva les yeux vers le plafond en essayant de calculer combien de temps il faudrait à la seconde cabine pour rejoindre la foule amassée.

« Qu'est-ce que tu vas faire du bébé ? » demanda la jeune fille, aux prises avec des sentiments confus, complexes et éprouvants.

Fumiko secoua la tête.

« Je ne sais pas. Mais on ne peut pas le laisser ici, reprendre son cycle. »

L'ascenseur parut atterrir sur un coussin d'air et le *ding* de la sonnette résonna avant qu'il se soit complètement immobilisé.

Elles étaient arrêtées au treizième étage.

Fumiko lança un regard dur à Mélanie.

« Je n'y ai pas touché ! » se défendit l'adolescente.

Par réflexe, elles se plaquèrent contre la paroi de la cabine.

Les portes coulissèrent en silence.

Un costume pâle, démodé et étriqué, camouflait tant bien que mal le T-shirt sale sorti du pantalon. La bedaine d'ivrogne de l'homme ballottait au-dessus du pli de la ceinture, et sa braguette était à moitié ouverte. Un billet de cinq dollars chiffonné débordait d'une boutonnière, comme un œillet desséché. Une femme splendide aux longs cheveux de jais était pendue à son bras, vêtue d'une robe de soirée noire qui descendait jusqu'au sol. Ses yeux semblaient avoir basculé à l'intérieur de son crâne et on ne voyait plus que le blanc, lisse et brillant comme un œuf dur épluché.

L'homme se pencha un peu trop en avant, tout en clignant l'un de ses petits yeux en pépin de pastèque.

« Nous nous sommes trompés d'étage, articula-t-il avec soin. Nous sommes invités à une fête sur la terrasse !

— Shinobu ! » s'écria Fumiko d'une voix vive et sauvage comme un faucon.

L'homme recula. Son visage pâle vira au blême. Il cligna les paupières plusieurs fois et secoua la main pour la dégager de celle de sa compagne. De ses deux paumes, il se frotta les yeux.

Fumiko fourra Bébé G dans les bras de Mélanie.

Instinctivement, la jeune fille l'enveloppa.

« Désolée », lança Fumiko d'un ton sévère. Elle posa la main sur le torse de la femme aux côtés de Shinobu et la repoussa vivement. La femme bascula en arrière et s'affala sur les fesses.

Fumiko attrapa les revers dégoûtants de la veste de Shinobu et l'attira dans la cabine. Elle frappa un grand coup sur le bouton « fermeture » et l'ascenseur se remit à descendre.

Mélanie contempla fixement sa mère et son père. Elle ne les avait jamais vus ensemble. Ils lui paraissaient tous deux des étrangers.

Ils se tournèrent vers son visage sale mais rayonnant.

« Elle est *vivante* », articula Shinobu d'une voix tremblante. Il se gifla, fort. Le claquement sec les fit tous sursauter. « Est-ce que tout ça est réellement en train d'arriver ? Je suis perdu depuis si longtemps. » Sa voix se brisa. « Fumiko... »

Fumiko enveloppa Shinobu de ses bras.

« Cela fait quatorze ans, murmura-t-elle dans la chevelure grasse de son mari. Notre fille a grandi dans la Vie, bien que nous ne portions pas la Vie nous-mêmes. » Elle secoua Shinobu, et il releva la tête.

La fierté brillait dans ses yeux.

« Nous avons réussi, murmura Fumiko. Mais ce n'est pas encore terminé. »

L'ascenseur s'affaissa puis remonta de quelques centimètres, comme amorti, avant de s'arrêter.

Ding.

Ils se trouvaient au quatrième étage.

« Ça ne va pas recommencer », supplia Shinobu à voix presque basse. Rompu d'épuisement.

« Non, chuchota Fumiko. Cette fois-ci c'est différent. »

Les portes glissèrent.

Trop tard, Mélanie se rappela le barrage de vacarme atroce. Instinctivement, elle rentra les épaules et dans ses bras, le bébé sentit son changement d'attitude et s'immobilisa.

Les portes s'ouvrirent sur l'obscurité totale. Et le silence.

Bébé G laissa échapper un petit soupir.

Shinobu déglutit si fort que tout le monde l'entendit. Il se racla la gorge.

« À qui est ce bébé ? demanda-t-il d'une voix éraillée.

— Pas à moi ! répliqua violemment Mélanie, les oreilles en feu. C'est M. Gluant. Il est né une deuxième fois ! » Au moment où elle mesurait le sens de ce qu'elle racontait, Mélanie ne put s'empêcher de ricaner nerveusement.

Les ténèbres étouffèrent le bruit.

« Chuuut », recommanda Fumiko.

La lumière à l'intérieur de la cabine aurait dû rayonner dehors et éclairer le sol du couloir, au moins à quelques pas, mais on aurait dit que toute lueur était avalée. Ils ne pouvaient distinguer aucune forme, aucune ombre. Impossible de savoir s'il existait même quoi que ce soit, au-delà de la porte ouverte.

Le cœur de Mélanie fit un bond. Qu'y avait-il, dehors ? Comment même savoir si le couloir se trouvait encore là ? Peut-être que c'était devenu une pièce gigantesque, avec des choses ignobles, des créatures et des monstres en train de les fixer, et eux, exposés comme des acteurs sur une minuscule scène illuminée. Peut-être que les bêtes ne pouvaient les attaquer tant qu'ils n'entraient pas dans l'ombre. Et alors ils se feraient tailler en pièces, déchiqueter, écarteler et dévorer...

Un roulement mécanique se fit entendre.

Ils sursautèrent tous, sur la défensive, et fixèrent les ténèbres d'un air affolé. Lorsqu'ils comprirent, ils levèrent tous les trois la tête en même temps vers le plafond. Ces cliquetis métalliques et ces vrombissements... c'était une cabine d'ascenseur en train de descendre.

La foule ignoble avait dû attendre de voir à quel étage ils s'étaient arrêtés. Et maintenant, ils arrivaient.

Mélanie resserra les doigts autour du bord brisé de l'amulette de jade. Elle baissa les yeux sur le bébé rose blotti dans ses bras. Il avait les yeux fermés et s'était fourré le majeur et l'annulaire dans la bouche.

Mélanie inspira profondément et franchit le seuil de la cabine. Fumiko attrapa un coin de la robe de sa fille et prit la main de Shinobu dans la sienne. Où que les emmènent les ténèbres, ils seraient ensemble.

Chapitre 18

Ils avancèrent à tâtons dans le noir le plus complet. Même la Vie de Mélanie n'avait pas le pouvoir d'apporter la lumière dans ce néant. Trouver un support solide pour accueillir leurs pas était déjà miraculeux ; une décharge de désespoir les traversait chaque fois que leurs pieds se soulevaient, puis le contact du sol leur arrachait un soupir de soulagement.

Mélanie regarda en arrière, une seule fois, au moment où les portes de l'ascenseur se refermaient, où le rectangle lumineux devenait de plus en plus étroit, avant de s'éteindre complètement. En se retournant, elle n'était plus certaine d'avoir repris la même direction qu'auparavant. Dans le noir absolu, il n'y avait plus de repères, ni dans l'espace, ni dans le temps. Le seul rythme incessant était celui des battements de leurs cœurs...

Mélanie trébucha, puis s'arrêta.

Dans ses bras, Bébé G était tiède. Sa chaleur vivante était comme un ancrage. Dans le poing serré de Mélanie, le contact de l'amulette de jade était réel.

Et la main de sa mère accrochée au dos de sa robe l'encadrait, au moins un peu.

« Je... je ne sais pas par où aller. »

Dans le silence assourdissant, la voix de Mélanie parut à la fois insignifiante et tonitruante.

Fumiko posa la main à plat dans son dos.

« Moi aussi, j'ai peur. Mais je pense que c'est la bonne voie, parce que ce n'est pas pareil qu'avant. Tout a changé.

— Tu peux y arriver, renchérit Shinobu, derrière elle. Si tu es parvenue si loin, si tu as réussi à modifier le cycle de M. Gluant, ça ne peut qu'être la bonne voie. »

Mélanie avala sa salive. Ils ne pouvaient pas rester ici, dans les limbes, pour toujours. Ou peut-être que si, finalement. Mais ce n'était pas ce qu'elle voulait. Après tout ce qu'ils avaient traversé ! Rester là, immobiles, après s'être arrachés à ce cycle ? Se laisser paralyser par la peur ?

Non.

Mélanie fit un pas en avant, en tout cas c'est ce qu'il lui sembla. Sa mère la suivit, toujours accrochée à sa robe. Mélanie avança encore d'un pas. Sous ses pieds, le sol était encore ferme. Un troisième pas. Puis un quatrième...

Un énorme grondement fit vibrer l'air. Un vent soudain et farouche leur souleva les cheveux. Mélanie se retrouva en train de suffoquer. Elle s'accrocha désespérément au bébé, qui faillit être arraché de ses bras par la puissance du souffle.

L'obscurité qui les avait engloutis se dissipa brusquement. Le rideau d'ébène s'ouvrit en deux lambeaux sur un ciel gris ardoise. Des corbeaux, d'innombrables rubans plongeant et ondulant dans l'air, lançant leurs croassements rauques et jubilatoires comme une traîne, avant de piquer vers l'horizon pâle et lointain.

Mélanie sentait la douceur légèrement huileuse des plumes sous ses pieds nus. La résistance molle du pont qui commençait à ondoyer et à danser. À la fois familier et effrayant. Elle se mit à courir.

Hoquetant et suffoquant, elle bondit sur le dos de laque noire des corbeaux, sur la passerelle si dense qu'elle ne voyait pas le vide sous ses pas. Mais le pont était étroit, pas plus d'un mètre de largeur. Dans le jour naissant, elle apercevait la montagne solitaire, la saillie rocheuse devant le Portail. Elle ne sentait plus la main de sa mère tirant sur sa robe.

Étaient-ils toujours derrière elle ?

Les dos des corbeaux étaient aussi glissants que des cailloux moussus au fond d'une rivière. Le vent froid lui gelait les pieds jusqu'au bout des orteils et elle se sentait faible, alourdie par le poids du bébé. L'air grondait du battement des ailes innombrables, comme un raz-de-marée furieux s'engouffrant dans un canyon escarpé.

Elle resserra son emprise autour de Bébé G à mesure qu'elle avançait sur le pont vivant et volant qui ondulait sous elle, dans ce fracas assourdissant.

Ça y est presque, se promit-elle. *On y est presque !*

« Oh ! » s'écria sa mère.

Le soulagement de l'entendre, de la savoir encore vivante submergea Mélanie une seconde, avant d'être balayé par la terreur. Sa mère avait-elle perdu pied ? Mélanie jeta un regard furtif et affolé par-dessus son épaule.

Ses deux parents suivaient, plusieurs mètres en arrière. Affaiblis, mal assurés, ils faisaient de leur mieux pour garder l'équilibre et le pont de corbeaux penchait affreusement sous leur poids.

Mais ce n'était pas cette passerelle qui tanguait qui avait arraché un cri de peur à Fumiko.

Sur une des crêtes du pont, Mélanie aperçut des formes bondissant comme des crapauds, des créatures lancées à leur poursuite. Bien plus rapides que ses parents à bout de forces, elles les avaient quasiment rejoints. Si les corbeaux se dispersaient, ses parents plongeraient dans l'abîme avec ces choses.

Un sanglot s'échappa des lèvres de Mélanie.

Elle continua à courir. Une partie sereine et lointaine de son esprit comprenait enfin pourquoi la Rate de Jade l'avait abandonnée. Tout ça lui paraissait si lointain. C'était très clair. Ses pensées s'organisaient comme les rouages d'une horloge et son corps se mit en pilotage automatique. Même si elle faisait marche arrière, elle ne pourrait porter le poids de ses parents et les empêcher de tomber.

Alors quatre personnes mourraient, au lieu de deux. Deux...

Les créatures qui les pourchassaient.

C'est Bébé G qu'elles voulaient.

Donne-leur ce qu'ils veulent. Lance-leur le bébé. Quelle importance, après tout ? Commettre un petit méfait pour sauver la vie de trois innocents ? Ils n'ont rien fait pour mériter cette vie ! Bébé G grandira, et redeviendra M. Gluant.

Mais alors, tout recommencerait, une fois de plus. Tous les Royaumes seraient de nouveau piégés dans leur cycle de souffrance.

Lance-le dans le gouffre.

Dans le vent déchaîné qui piaillait comme une pie, Mélanie luttait avec ses pensées contradictoires et ses sentiments opposés.

Elle courut. Sans s'arrêter.

La montagne, qui lui avait paru si lointaine, se dressa brusquement devant elle, soudaine et inexplicable. Comme dans un rêve, où on pouvait voyager dans le temps et réduire les distances. C'était tellement simple, elle n'avait eu qu'à se fier à la passerelle solide et tiède, sous ses pieds. Elle avait atteint le rebord de la falaise, elle était en sécurité. Avec Bébé G toujours entre les bras. Le soulagement lui emplit le cœur et elle crut bien qu'il allait exploser.

Elle nicha le bébé dans le creux de son bras. Il était silencieux depuis tellement longtemps. Était-il seulement encore vivant ? Peut-être avait-il été trop bousculé, et ça l'avait tué.

Bébé G leva vers elle un regard empli de la certitude de l'innocence. Ses grands yeux sombres étaient d'une beauté à pleurer.

Le contact de la roche solide fit remonter par contrecoup la panique viscérale de la chute. Mélanie recula contre la paroi minérale, sur le tapis de petits ossements desséchés et cassants. Sous ses pas, ils se réduisirent en poussière.

La peur et l'effroi firent grandir en elle une chimère, dont les griffes se plantaient à l'intérieur de sa gorge, comme si la créature tentait de venir au monde.

Les cheveux claquant au vent, dans le tourbillon tumultueux de ces milliers et ces milliers d'ailes, Mélanie serra Bébé G entre ses bras, les pieds fermement ancrés dans le sol, le regard déterminé.

Par-dessus le gouffre, elle chercha ses parents du regard.

Sous leur poids, le pont pliait. Au moment où les habitants de l'Entremonde se précipitaient sur eux, Fumiko et Shinobu se tendirent de toutes leurs forces vers la saillie rocheuse au-dessus d'eux. Incapables de tenir debout, ils se retrouvèrent à quatre pattes, s'agrippant aux échines des corbeaux courageux, comme s'ils essayaient désespérément d'escalader une montagne en plein éboulement. Ils empoignaient un par un les corbeaux battant des ailes et leurs pieds pédalaient au-dessus d'un flot mouvant qui se dérobait sans cesse.

Leur souffle court et précipité. Leurs gorges en feu.

Les oiseaux les portaient, sans une plainte, et chacun à son tour, emprisonné entre deux mains, piétiné dans cette course éperdue, plongeait dans l'abîme comme une pierre.

Fumiko et Shinobu haletaient de panique. Les corbeaux ne pouvaient pas les mener plus haut. Ils se retrouvaient piégés, tentant de grimper, mais ne réussissant qu'à blesser les oiseaux sans gagner de distance.

L'homme à tête d'oiseau les avait presque rejoints. Juste derrière venait la femme aux bras d'anguilles. Dans un rictus lubrique, elle fit jaillir sa langue-anguille. Le chien à tête de petit garçon, gros comme un loup, trottinait sur ses talons, un singe à tête de vieillard accroché à la fourrure de son dos. Les squelettes ambulants cliquetaient non loin.

Le pont de corbeaux allait s'effondrer d'un instant à l'autre.

Mélanie lâcha les fragments de la Rate de Jade sur le ventre du bébé et frappa violemment la paroi de pierre du plat de la main. « Gardienne ! tonna-t-elle. Gardienne ! Viens tout de suite ! Sors de ton rôle ! Toi seule peux faire la différence, si tu choisis d'agir, au lieu de t'en tenir à ton devoir, supplia-t-elle d'une voix enrouée. Change le cycle ! » Elle frappa la pierre si fort que les petits osselets de sa main furent sur le point de se briser. « Aide-nous ! Choisis ! »

La voix de Mélanie l'abandonna. Elle fermait les yeux de toutes ses forces, entre rage et désespoir. Si près du but ! Ce n'était pas juste ! Ce n'était pas bien ! Elle cogna et tambourina jusqu'à s'écorcher les mains, jusqu'à ne plus les sentir, aussi ne remarqua-t-elle pas que la paroi de roc bougeait.

Dans un grand grondement, la Gardienne géante s'extirpa de sa prison minérale, et la montagne tout entière trembla, des rochers chutèrent et rebondirent lourdement au-dessus de la tête de Mélanie. La saillie vacilla et la jeune fille chancela, peinant à reprendre son équilibre, même en s'accroupissant pour protéger le visage du bébé.

Dans le grincement furieux des tonnes et des tonnes de pierre qui se mouvaient, la géante fit pivoter sa silhouette raide vers le bord de la falaise et se mit à balancer les bras comme un lourd pendule. Son énorme main de pierre bondit au-dessus du gouffre et rattrapa Fumiko et Shinobu dans leur chute perpétuelle.

La géante les déposa doucement sur le rebord et ils se plaquèrent contre la surface dure, presque prostrés, comme s'ils sentaient toujours la gravité les tirer vers le bas.

Les corbeaux poussèrent des cris de délivrance, de deuil et d'exultation. Ils rompirent leur formation, et les habitants de l'Entremonde, suspendus dans l'air pendant un instant d'éternité, poussèrent un même hurlement.

Ils dégringolèrent, et dans leur chute, leurs corps se firent de plus en plus petits.

La gorge sèche, Mélanie les regarda disparaître. Son cœur battait à tout rompre. Ses parents s'accrochaient toujours au rebord de pierre comme à un radeau ballotté par la tempête.

La Gardienne ne regardait pas le gouffre. De ses yeux de pierre implacables, de la même couleur que son corps, elle contemplait l'horizon où rayonnait une lueur grise.

Mais la Gardienne avait fait un choix, elle avait agi...

« Merci. » La voix de Mélanie râpait comme si elle avait du sable dans la gorge. « Du fond du cœur, merci. »

La géante baissa les yeux, faisant grincer son cou. Elle fixa Mélanie. Son expression demeurait indéchiffrable.

Mélanie déglutit. Pourquoi la dévisageait-elle ainsi, sans ciller ? L'embarras lui fit monter le rouge aux oreilles. *Espèce d'idiote, pourquoi la pierre aurait-elle besoin de cligner les yeux ?* se raisonna-t-elle.

La géante opina lentement de la tête.

Bébé G toujours dans ses bras, Mélanie s'accroupit à côté de ses parents, blottis l'un contre l'autre.

« Chuuut, les rassura-t-elle. Tout va bien. On a réussi. Tout va bien se passer. »

Une lueur douce et chaude monta à l'intérieur d'elle et des larmes bouillantes dévalèrent ses joues sales. Dieu sait comment, ils y étaient arrivés !

« Vous voyez ? On est sur la falaise. On n'a plus qu'à traverser le Portail, et on sera à la maison ! Ensemble ! »

C'est Fumiko qui releva les yeux la première. Secouée de frissons, elle se força à fixer le gouffre assez longtemps pour croire que les créatures de l'Entremonde avaient réellement disparu et que les derniers vestiges de la passerelle de corbeaux n'étaient que des taches noires éparpillées dans le ciel gris pâle.

Son visage s'illumina de soulagement, puis, enfin, d'un sourire calme comme un clair de lune. Elle tira Shinobu par le bras pour le faire se redresser. Ensemble, ils s'inclinèrent avec une profonde reconnaissance pour la Gardienne, qui les avait sauvés d'une chute éternelle.

« Allez ! s'exclama Mélanie. Rentrons à la maison ! »

Elle baissa les yeux vers Bébé G. Épuisé, il s'était endormi, serrant dans son petit poing la cordelette rouge de l'amulette de jade brisée. Elle ne vit pas ses parents échanger un regard. Elle ne vit pas Shinobu caresser les cheveux de Fumiko. Pour la réconforter.

Ils se levèrent et attirèrent Mélanie à eux. Elle se retrouva le dos appuyé contre leurs poitrines et sentit le battement sourd et fort de leurs deux cœurs. Fumiko et Shinobu posèrent chacun une main sur l'épaule de leur fille et tournèrent la tête vers les yeux implacables de la Gardienne.

« Mélanie et l'enfant demandent à passer dans le Royaume de la Chair, énonça Fumiko d'une voix claire qui ne vacillait pas.

— Qu'est-ce que..., fit Mélanie, interloquée.

— Vous devez payer le tribut, gronda la Gardienne.

— Quoi ? » explosa la jeune fille. Ses yeux passèrent de la Gardienne à sa mère, comme une flèche dardée vers une cible. « Qu'est-ce que tu veux dire ? C'est pour toi que je suis venue, pour te chercher ! Tu ne peux pas m'abandonner ! » La peur, la colère se mirent à gesticuler dans sa poitrine. Elle lança un regard noir à la géante. « Tu nous as aidés ! Tu ne peux pas simplement ouvrir le Portail ? Ne nous fais pas repayer le tribut ! »

Elle avait le souffle court, et la peur croissait en elle comme une bête monstrueuse.

« Respire lentement, recommanda Shinobu avec gentillesse.

— La ferme ! explosa Mélanie. La ferme ! Tu n'as jamais été là pour moi, jusqu'ici ! Pourquoi je commencerais à t'écouter maintenant ? Tu n'es pas mon père ! Tu ne l'as jamais été ! »

Un sourire tremblant apparut sur les lèvres de Shinobu.

« Tu as raison, acquiesça-t-il doucement. Je n'étais pas là. Je te demande pardon. Tu m'as manqué et je ne t'ai pas vue devenir la jeune femme remarquable que tu es aujourd'hui. » Il secoua la tête avec regret. « Je te suis tellement reconnaissant d'avoir traversé le gouffre pour venir aider ta mère. Et de m'avoir donné l'occasion de te voir, même si ce doit être la seule et unique fois. »

Le calme de sa voix fit instantanément taire toute la fureur de Mélanie, qui disparut aussi brutalement qu'elle était venue.

La terreur qui la suivit était pire encore.

Elle porta ses mains douloureuses à ses yeux. « Maman ! implora-t-elle. Maman ! »

Les yeux de Fumiko s'emplirent de larmes. Son eye-liner criard et de mauvaise qualité avait coulé sur ses joues. Mais elle avait la voix limpide, et forte.

« Ton père et moi, nous ne pouvons pas retourner dans le Royaume de la Chair. Nous ne sommes pas faits de Chair. Nous ne l'avons jamais été. Nous ne pouvons vivre là-bas, avec nos Entrevies. Je pense que je n'ai pu pénétrer dans ton Royaume que parce que je te portais : je portais la Vie. Et je n'ai pu vivre cette espèce d'Entrevie que parce que j'étais près de toi, ces quatorze années. Mais déjà je m'éteignais. J'aurais complètement disparu si j'étais restée plus longtemps. »

Mélanie essuya ses larmes du revers de la main, d'un geste vif et rageur.

« Dans ce cas, c'est moi qui vais rester ! » Devant l'énormité de ce qu'elle disait, elle avala sa salive. « Je peux m'y habituer... » La fin de la phrase resta en suspens.

Son père et sa mère secouèrent tous deux la tête.

« C'est impossible, objecta Fumiko. Tu as la Vie en toi, tout comme cet enfant. C'est une condition qui ne se discute pas. En brisant volontairement le cycle, tu perturberais gravement l'ordre naturel. Et il n'en ressortira rien de bon. Regarde ce qu'a engendré la division des Royaumes. Des créatures comme M. Gluant. Des mondes en train de pourrir, de se détériorer, la violence et la monstruosité. Et nous ne savons même pas si les Esprits existent encore. Ils sont coupés de nous depuis tant de millénaires. Mélanie, tu dois rentrer dans le Royaume de la Chair. Pour le bien de toutes choses.

— Je m'en fiche, du bien de toutes choses ! explosa la jeune fille. Et le bien de Mélanie, alors ? Et les Royaumes sont déjà fichus ! Pourquoi je devrais me préoccuper que mes actions aggravent encore les choses ? Et puis, ça ne peut pas empirer beaucoup ! Et tout le monde s'en fiche ! Tout ce qu'on fait, c'est vivre nos petites vies stupides et pitoyables, et ensuite on meurt. » Elle se mit à sangloter. « On meurt, c'est tout, et moi je mourrai seule. Sans personne. »

Mélanie s'effondra en larmes. Elle pleura pour tout ce qu'elle n'avait jamais été, tout ce qu'elle avait espéré et qui ne se produirait jamais. Elle pleura l'enfant qu'elle ne pouvait plus être.

Fumiko, Shinobu et la géante assistèrent en silence à l'explosion de son chagrin.

Les sanglots de Mélanie finirent par se calmer, entrecoupés de sursauts hoquetants, puis se turent.

Elle se sentait vide. Elle avait pleuré tout son saoul. Elle se sentait propre, même si la peau desséchée de son visage tirait, à cause du sel des larmes.

La jeune fille ouvrit les paupières et vit Bébé G qui la contemplait de ses grands yeux sombres, à la fois sages et tristes, en serrant toujours les vestiges de la Rate de Jade dans son poing minuscule.

Il doit avoir froid, pensa Mélanie. *Je devrais le couvrir avec quelque chose. J'espère qu'il ne va pas me faire pipi dessus...* Elle en sourit presque.

Elle sentit la main de sa mère se poser sur sa joue avec une tendresse douloureuse.

« Tu es la meilleure chose qui me soit arrivée de toute mon existence ! lui promit Fumiko avec détermination. Ne l'oublie jamais. N'en doute jamais. »

Mélanie hocha lentement la tête.

« Il est temps », annonça Fumiko. Sa voix était ferme, mais Mélanie sentait ses doigts trembler contre sa joue.

La jeune fille fit volte-face. Elle flanqua Bébé G dans les bras de Shinobu et se jeta contre sa maman adorée, l'entourant de ses bras. Elle la serra très fort, malgré les éclats de miroir sur sa robe.

« Je t'aime, chuchota Mélanie avec force.

— Mélanie. » La voix de sa mère chancela. Mais elle inspira à fond, et lorsqu'elle reprit la parole, ce fut sur le ton de la certitude. « Je t'aimerai pour l'éternité, à travers le temps et les Royaumes. Mon amour sera près de toi, où que tu iras. Tu n'es pas seule. Je t'en fais la promesse ! »

Mélanie resta sans voix. Elle n'osait prononcer la moindre parole, tant l'émotion était forte. Son père lui rendit Bébé G. Il leva les deux mains vers le visage de sa fille, puis s'arrêta au dernier moment.

« Je peux ? » demanda-t-il humblement.

Mélanie fit une nouvelle fois oui de la tête et son père plaça les mains sur ses deux joues, puis l'embrassa tendrement sur ses cheveux sales et collants de sueur.

Elle se sentit toute remplie d'amour.

« Le tribut doit être payé, ou bien le Portail ne s'ouvrira pas », psalmodia la géante, un profond regret dans la voix.

Mélanie se mordit la lèvre. Elle n'était pas sûre de pouvoir y arriver. La simple idée la remplissait d'effroi. C'était tellement stupide. Elle venait de traverser un gouffre mortel sur un pont de corbeaux en plein vol. Mais c'était sous le coup de la panique et du désespoir. Alors que s'amputer de son propre doigt, froidement, dans un acte réfléchi...

D'un geste vif, Fumiko tira sur ses longs gants. Avec une telle rapidité que Mélanie n'eut pas même le temps de prononcer les mots pour l'arrêter.

Le craquement humide résonna, violent et effroyable, et Shinobu tourna la tête sur le côté.

Du sang noir tacha les dents de Fumiko. Elle recracha son second auriculaire sur la saillie rocheuse.

« Acceptes-tu ce tribut ? demanda-t-elle, la voix tremblante.

— Maman », chuchota Mélanie.

La géante recula, et dans un grondement de meule de pierre gigantesque, une fissure en forme de croissant s'ouvrit dans le flanc de la montagne, puis grandit jusqu'à former un cercle.

Chapitre 19

Lorsque le cœur de Mélanie s'apaisa, il forma un petit nœud sombre. Une graine dense, en hibernation. Elle décida qu'il en serait ainsi. C'était beaucoup mieux pour elle. Elle ne prononça plus un mot. Elle baissa la tête et s'engouffra dans le trou de la paroi, Bébé G blotti dans ses bras. Elle sentait sa chaleur contre elle.

Sa jambe arrière, puis son pied franchirent le Portail et elle laissa l'Entremonde derrière elle.

Elle perçut un son qui n'en était pas un, un mouvement qui ne pouvait être senti, comme des vagues silencieuses se répandant en cercles concentriques, de plus en plus larges. Comme si la plus grosse, la plus large et la plus massive des cloches s'était mise à sonner dans le ciel nocturne, avec un son si grave, si profond qu'une oreille humaine ne pouvait le discerner. Tous les Royaumes se mirent à résonner avec une telle puissance que Mélanie craignit d'en être atomisée.

« Oh ! » Mélanie entendit ses parents pousser un soupir de surprise, très loin.

Il se passait quelque chose ! La Gardienne s'en était-elle prise à eux ?

Le cœur de Mélanie s'emplit soudain de peur. Elle ne s'était pas demandé comment ses parents retraverseraient, comment ils retourneraient de l'autre côté du gouffre...

Elle ne voulait pas regarder, être le témoin de la souffrance ultime de ses propres parents. Mais elle ne put s'en empêcher.

Ils se tenaient tous les deux de l'autre côté du Portail, contemplant leurs bras, les yeux écarquillés.

Non pas de peur, mais d'émerveillement...

Leurs corps en noir et blanc, leur chair de l'Entremonde commençaient à irradier de l'intérieur. Des ondes lumineuses parurent craqueler la peau et s'immiscer dans les fissures, en rouge sombre pour sa mère et en mauve lavande pour son père. Terrifiée, Mélanie chercha sur leurs visages les signes de la douleur. Mais elle ne lut que le ravissement et un profond contentement. Comme s'ils se trouvaient dans un bain chaud et réconfortant, après en avoir manqué toute leur vie.

« Ohhh », soupirèrent-ils. Ils se tournèrent vers leur fille, et leur expression reflétait une profonde gratitude, et comme de la crainte teintée de respect.

« C'est achevé », soupira Fumiko. Des larmes de lumière coulèrent comme des rubis de ses yeux, sombres et riches comme des braises rougeoyantes. « Ma fille chérie. Tu as réussi. »

Fumiko et Shinobu fermèrent les yeux et la matière qui constituait leur corps se dispersa en milliers de paillettes de lumière rouge et mauve.

Mélanie poussa un cri de surprise.

Les boules de lumière dessinèrent une forme humaine pendant quelques secondes avant de s'envoler comme des pétales tombant d'un cerisier en fleur. Mais au lieu de descendre, la lumière vibra et s'envola vers le ciel.

Le temps avait ralenti. Peut-être même s'était-il arrêté. Mais brusquement, le Portail se referma dans un grondement de pierre qui roule.

Les larmes dévalèrent les joues de Mélanie. Elle tendit la main, implorante.

Le croissant de l'ouverture rétrécissait.

Soudain, plusieurs boules de la lumière rouge de sa mère se détachèrent de la masse étincelante qui continuait à monter. Elles décrivirent une spirale et se mêlèrent en une boule plus grosse et plus puissante, un hinotama, cette créature lumineuse qui détruisait tout sur son passage. Elle piqua au dernier moment et s'engouffra dans le minuscule interstice, juste avant qu'il se referme. Il y eut un grondement d'outre-tombe, et ainsi fut condamnée l'entrée de l'Entremonde.

La lumière rouge bondit et fila dans l'air soudain devenu gris. Elle virevolta en cercles fous autour de Mélanie, puis plongea droit entre ses bras.

Elle sembla éclabousser Bébé G.

La lueur disparut.

Mélanie se tenait là, abasourdie.

Pourquoi cette partie de sa maman n'était-elle pas venue en elle ? Pourquoi avait-elle choisi le bébé ?

C'est achevé. C'est ce qu'avait dit sa mère.

Mélanie avait l'impression d'avoir mille ans.

Tout autour d'elle était gris, de la brume, ou peut-être était-ce du brouillard. Elle ne savait pas quel était ce lieu, mais ce n'était plus l'Entremonde. Ça n'en aurait pas couvert le dixième. Elle était tellement lasse. De tout. Elle avait un bébé dans les bras, et il commençait à peser. Ç'aurait été tellement agréable de le poser simplement par terre.

Sans savoir comment, elle continua à avancer dans l'épaisse brume grise.

Elle déboucha sur un sentier étroit et indistinct. Elle suivit la piste incertaine qui apparaissait et disparaissait. Ses pas ne produisaient aucun son. Elle ne savait pas très bien pourquoi elle continuait sur cette voie, mais elle ne voyait pas vraiment quoi faire d'autre. Une fois, elle releva les yeux, mais tout était étouffé sous l'épaisse chape de brume, qui n'était ni humide ni froide. Elle avançait les yeux baissés. Elle se sentait légèrement mal à l'aise.

Elle avait oublié quelque chose, mais elle était incapable de se rappeler quoi. Elle ressentait une douleur diffuse dans la poitrine. En baissant les yeux, elle constata qu'elle portait un nouveau-né endormi, qui tenait ses petits poings serrés contre son ventre. *Comme c'est étrange*, se dit-elle. *Je porte un bébé*.

Elle continua à marcher. Sur le chemin de tous les néants et de tous les nulle part.

Elle ne se rappelait rien.

Elle marchait aussi bien depuis des heures. Depuis des décennies. Il n'y avait plus que cette sensation de gêne dans sa poitrine. Mais il en aurait fallu plus pour l'arrêter. Elle mit un pied devant l'autre, encore et encore.

Quelque chose vibra.

Comme des vagues circulaires qui allaient en s'élargissant, cette onde imperceptible vint caresser l'enveloppe de la jeune fille et sa conscience enregistra un changement. Laborieusement, elle ralentit les mouvements mécaniques de ses jambes et s'immobilisa. Le sentier paraissait la tirer par l'esprit, comme une envie irrépressible et lancinante de poursuivre. Elle posa ses paumes contre sa poitrine oppressée et appuya fort. Il suffisait qu'elle continue à avancer, comme l'y pressait le sentier...

Et c'est alors qu'une nouvelle onde traversa le brouillard.

Quelqu'un qui appelait.

Elle se retourna, lourdement, comme si elle était engloutie très profond sous l'eau, et la douleur la transperça jusqu'aux entrailles.

Mélanie !

Cette voix. Si familière. Si lointaine. Elle n'aurait su dire où elle l'avait entendue.

Dans le vaste magma incolore de la brume, Mélanie crut voir une minuscule étincelle rouge sombre. Elle n'avait pas l'air de se rapprocher. Elle allait et venait précipitamment, comme si elle luttait contre un fort courant.

Reviens.

La voix était à peine audible, comme si elle provenait d'un vieux poste à galène.

Les pensées anesthésiées de Mélanie se dégelèrent progressivement. La curiosité s'immisça dans sa conscience et elle commença à se poser des questions. Y avait-il quelqu'un là-bas, avec une bougie à la main ?

Une deuxième flamme scintilla près de la première. En forme de globe, bleu lavande. Puis une troisième. Et une quatrième.

Mélanie ! Mélanie !

Les voix étaient plusieurs, maintenant, et elles firent monter les larmes aux yeux de Mélanie. Luttant avec le peu de forces qui lui restait, elle fit un pas chancelant en direction des lumières. La douleur la traversa de nouveau à l'instant où elle repoussa l'appel du sentier, mais au moins la souffrance réveillait-elle sa mémoire.

L'Entremonde.

Ses parents, perdus. Transformés en lumière. Disparus. Mélanie, partie seule. Avec Bébé G...

« Je ne veux pas me rappeler », murmura-t-elle.

Anesthésiée. Après avoir perdu tout ce qu'elle avait connu – ce qu'elle avait de plus précieux... Toute cette lutte et tous ces déchirements, tout ça pour rien. Du moins rien pour elle...

Et où se trouvait-elle, à présent ? Était-elle vivante, ou morte ? Ou bien encore autre chose ? Où ce chemin menait-il ?

Elle n'avait qu'une envie, s'allonger et dormir, le plus longtemps possible. Elle en avait assez de fuir le danger. Elle en avait assez d'avoir le cœur déchiré. Elle était fatiguée, trop fatiguée.

Le brouillard l'encouragea en tourbillonnant autour de ses chevilles. Il remonta le long de ses cuisses, et s'insinua dans ses dernières réserves de volonté.

Reviens ! crièrent de nouveau les voix, faibles et lointaines. *Nous ne pouvons t'atteindre seuls ! Tu dois nous rejoindre à mi-chemin !*

Mélanie avait tellement envie de fermer les yeux.

Pourquoi prendre la peine de rentrer dans son monde, après tout ce qui s'était passé ? Elle n'avait plus rien vers quoi retourner.

Et s'il y avait tout de même quelque chose ? suggéra une toute petite voix dans son esprit. *Quelque chose de possible ?*

Mélanie vacilla devant ce choix qui s'offrait à elle.

Abandonne-toi, fredonna le brouillard. Il lui caressait les genoux, s'enroulait doucement autour de son torse et son contact si délicat anesthésiait les sens, l'enveloppait d'une ouate merveilleuse. *Oublie tout*, lui chantonnait le brouillard pour l'amadouer, *et tu trouveras enfin la paix*.

La paix, pensa rêveusement Mélanie. *La paix, que ce serait bien.*

Comme s'il sentait qu'elle était en train de capituler, le brouillard bondit et gonfla avec ce qui ressemblait à de l'allégresse, s'accrocha à ses membres, se drapa autour d'elle. Rampa vers son visage.

Mélanie ! appelèrent les voix, tremblant d'urgence. Elles lui paraissaient si loin, beaucoup plus loin qu'auparavant. Elle ouvrit les yeux. Les lueurs minuscules semblaient des bougies fragiles brillant dans une nuit d'orage. *Oublie*, lui susurrait le brouillard, en tendant vers son visage ses vrilles délicates. *La paix, pour l'éternité.*

Entre ses bras, elle sentit un frisson. Le bébé la fixait de ses grands yeux sombres. Il agita une nouvelle fois les pieds.

La mort signifiait la fin de la vie, dans le monde où elle était née. Ce monde dans lequel elle avait si désespérément tenté de retourner, avec ses parents.

L'Entremonde n'avait offert la paix à aucun de ceux qu'elle y avait croisés. Et Dieu seul savait ce que les Esprits faisaient, dans leur Royaume à eux.

Avoir perdu tout ce qu'elle avait connu et si profondément aimé... Y avait-il encore de la vie, après ça ?

Une minuscule étincelle s'alluma en elle.

Oui, disait l'étincelle. *Oui.*

Mélanie tenta de soulever un pied, de faire un pas en avant, en direction des voix qui l'appelaient. Elles lui étaient familières. Elle voulait savoir à qui elles appartenaient.

Le brouillard se tordit dans tous les sens, essayant de la retenir dans un sifflement rageur. Mélanie se débattit farouchement, frappa les épais tentacules qui s'accrochaient à ses bras et à ses jambes. Elle les traversa de force, comme si elle déracinait des pieds de vigne. Le poids, le sort d'engourdissement que le brouillard faisait peser sur elle lui arrachaient des grognements, mais elle réussit à faire un pas de plus, à se rapprocher des voix qui criaient son nom.

Le brouillard se concentra sur son cou et pesa de toute sa force. Il s'y arrima et se mit à serrer, l'attirant dans le nid de désespoir et d'épuisement qu'il avait tissé pour elle.

Mélanie plongea à l'intérieur d'elle-même pour y puiser ses forces les plus intimes. Dans ce petit endroit minuscule où elle était totalement elle-même, il n'y avait de la place pour rien d'autre. Dans ce petit endroit où elle était aussi résistante que le carbone et plus brillante que le diamant.

Le brouillard poussa des cris aigus et des mugissements, essaya de se déverser dans ses narines, dans ses oreilles et dans sa bouche. Mélanie refusa. Elle s'accrocha à elle-même et elle y crut. L'espoir enfla dans sa poitrine et se libéra, jaillissant de son corps en rayons de lumière éclatants.

Le brouillard battit en retraite, et dans son sillage, Mélanie découvrit qu'elle se tenait sur un sol mou et sableux. Le contact était un peu spongieux, et le parfum de tourbe et d'humus imprégnait puissamment l'air de sa couleur brune. Mélanie y voyait clair, pourtant il lui était impossible de distinguer la moindre source de lumière. C'était comme si elle se trouvait au cœur même de la lumière.

Quatre globes de feu, de la taille de deux mains en coupe, se mirent à zigzaguer et à tournoyer autour d'elle. Rouge ambré, lavande pâle, vert profond et rose coquillage, quatre honitamas chauds comme le souffle vivant, et frais comme la brise du soir. Ils dansèrent autour de la tête de Mélanie, plongeant pour déposer une pluie de baisers sur son visage offert, et elle se sentit baignée d'un doux bonheur.

Chapitre 20

Mélanie, dit l'une des voix, émerveillée. Fière. *Tu as réussi.*

Mélanie cligna vivement les paupières pour refouler les larmes qui fusaient. « Maman ? C'est toi ? »

Oui, répondit l'Esprit.

Et Mélanie se rendit compte qu'elle n'*entendait* pas exactement les mots. Elle les ressentait, et c'est le souvenir de la voix qui suivait.

Les Royaumes sont de nouveau réunis. Le sort est brisé ! babilla une voix enfantine, surexcitée. Elle aussi parut familière à Mélanie.

La jeune fille écarquilla les yeux, ravie.

« C'est toi ? L'enfant-étoile de mer ? »

La lumière rose se mit à décrire des cercles frénétiques, dessinant des huit, dans une danse euphorique. *Oui ! Oui ! Oui ! Je suis libre !*

Oh, Mélanie, murmura la voix de Shinobu. *Tu nous as tous sauvés.*

Nous qui étions emprisonnés depuis si longtemps en Entremonde, nous sommes devenus des Esprits.

Le globe vert sombre tremblota devant le visage de Mélanie.

« Gao Zhen Xi, soupira Mélanie. Vous aussi. »

Oui, acquiesça la voix familière avec chaleur. *Je te remercie de tout mon Esprit. Tu es une merveille.*

« Je ne sais pas, objecta Mélanie d'une petite voix. Qu'est-ce qui va m'arriver ? Est-ce que je suis morte ? »

Non, répondit l'Esprit de Fumiko avec fermeté. *Tu n'as pas vécu tout ton chemin de Vie.*

« Je ne peux pas rester avec vous ? » murmura la jeune fille.

Oh, Mélanie, soupira l'Esprit de Fumiko. *Je sais que c'est difficile à vivre. Si seulement je pouvais retourner avec toi dans le Royaume de la Chair. Mais si je le faisais, cela détruirait tout ce que tu as accompli pour réunir les Royaumes divisés. L'équilibre entre les Royaumes est rétabli. Mais cet équilibre a été atteint par une grande perte, pour toi. Crois bien qu'une Vie t'attend toujours dans le Royaume de la Chair, et avec cette Vie, tout ce qui est encore possible et qui reste à advenir. Je sais que tu retrouveras la joie. Tu as apporté la joie à tellement de gens. Le Royaume de l'Esprit est rempli de la lumière de ceux qui sont restés emprisonnés trop longtemps en Entremonde. La joie te reviendra.*

« Tu peux me le promettre ? »

Les quatre hinotamas reculèrent simultanément. Ils flottèrent devant elle, et leur lumière varia de manière infime. Des flammes vert foncé, des étincelles rose coquillage, des filaments couleur lilas au cœur d'un feu lavande, et enfin le rouge profond et chaud de l'Esprit de sa mère.

Dans la Vie, on n'a jamais de garanties, annonça sévèrement l'Esprit de Gao Zhen Xi. Puis sa « voix » s'adoucit. *Mais pour ceux qui luttent, qui rêvent et qui croient, qui vivent en gardant un cœur ouvert et osent aimer, il est presque certain que la joie reviendra.*

« C'est beaucoup demander, de vivre comme ça. Je ne sais pas si je pourrai encore. Je ne sais pas si je le veux. » Un frisson remonta le long de la colonne vertébrale de Mélanie. Elle sentait le poids du brouillard l'oppresser, ce brouillard qui attendait qu'elle désespère.

C'est à toi de choisir ce que tu feras de ta Vie. Si tu es lasse, repose-toi. Cache-toi, lorsque la prudence te l'ordonnera. Mais essaie de vivre pleinement. Vis comme tu es appelée à vivre ! L'Esprit de sa mère était euphorique. *Ma fille chérie ! Sois fière de ce que tu as accompli ! Sache que les actions d'une seule peuvent tout changer !*

Un frisson de vent. Comme des feuilles bruissant dans l'air. Le parfum de la végétation qui poussait. Les hinomatas montèrent en flottant, comme des flocons de cendre au-dessus d'un feu. Mélanie n'aurait su dire s'ils s'envolaient haut dans les cieux ou s'ils rétrécissaient. Bébé G leva sa main potelée, comme pour attraper les belles lumières qui irradiaient. Soudain, elles bondirent dans le ciel comme des étoiles filantes, dessinant un arc de cercle.

Puis elles disparurent.

Le bruissement s'intensifia, devint presque un grondement doux.

Les feuilles. De petites feuilles argentées miroitaient sur des branches graciles. La brise soudaine mêlait des parfums sucrés avec une pointe d'amertume, comme celui de la sève au printemps.

Mélanie se trouvait au milieu d'un bouquet de jeunes trembles, dans une vallée virginale. Çà et là poussaient de petits taillis feuillus, et des étoiles étincelantes, réunies en constellations étranges, illuminaient le ciel nocturne. Une lueur semblait grandir, mais Mélanie ne voyait pas d'où elle provenait. Le temps paraissait balancer entre le crépuscule et l'aube. L'air sentait le vert.

Elle inspira profondément et goûta l'air délicieux.

Elle se sentit le cœur plus léger.

Dans ses bras, Bébé G se mit à gigoter. Lorsqu'un souffle frais lui caressa la peau, il frissonna.

Mélanie fronça les sourcils. Elle regarda autour d'elle, mais ne vit rien qui pourrait lui être utile. Elle déposa le bébé sur l'herbe tendre et déchira d'un geste vif un mètre de tissu, en bas de sa robe. Elle l'utilisa pour emmailloter l'enfant tant bien que mal.

Bébé G gazouilla de contentement.

Où donc se trouvait-elle, à présent ?

Certainement pas en Entremonde. Mais elle ne reconnaissait pas non plus les odeurs de son Royaume à elle.

Par où fallait-il aller, pour trouver le chemin du retour ?

Il lui sembla qu'une des directions brillait plus que les autres. Elle se tourna vers la lumière, mais son pied cogna contre un objet dur et elle faillit tomber. Elle sautilla en titubant, veillant à ne pas chuter sur le bébé, puis finit par reprendre son équilibre.

« Aïe ! » lâcha-t-elle en décalé. Elle frotta son cou-de-pied endolori contre son mollet.

Qu'est-ce que c'était que ça ?

Ça n'avait pas la même consistance que le sol naturel de cette clairière rayonnante.

Et, elle en était certaine à présent, il faisait plus clair, car elle voyait plus de détails. Elle aperçut quelque chose, qui affleurait dans l'herbe.

On aurait dit une poignée en métal.

Pensive, Mélanie pencha la tête sur le côté. Du talon, elle tapota le sol tout autour.

Un son creux lui répondit.

Elle s'agenouilla près de la poignée métallique et passa les doigts sur la surface plane. C'était une trappe, de forme carrée, en bois. Elle tira sur la poignée.

Elle était coincée.

Mélanie déposa une nouvelle fois Bébé G sur le sol et attrapa l'anneau à deux mains. Elle tira et souleva de toutes ses forces, à s'en faire éclater les tempes, jusqu'à ce que la trappe se dessoude. Elle relâcha son emprise et respira profondément, plusieurs fois. Puis elle se remit à tirer, fermement mais avec précaution.

Le panneau s'ouvrit subitement et lui tomba des mains. Au même instant, une énorme bête puante poussa un grondement effrayant en dessous d'elle et d'épais nuages noirs remontèrent en tourbillonnant par le trou béant.

« Ah ! » s'écria Mélanie en refermant la porte d'un coup de pied.

Elle resta ainsi, le cœur battant à tout rompre, jusqu'au moment où l'odeur du terrible nuage s'infiltra dans sa conscience.

Des gaz. D'échappement. Provenant d'un véhicule.

Était-ce possible ?

Mélanie s'accroupit une nouvelle fois près de la trappe, la souleva doucement et la maintint entrouverte.

Directement en dessous d'eux, à cinq mètres environ, elle aperçut une langue de béton, sur laquelle étaient peintes des bandes blanches discontinues. Une lueur orange crasseuse perçait à travers une pellicule de fumée noire.

Le toit d'une petite berline fila sous elle, suivie d'un pick-up sombre.

Mélanie écarquilla les yeux, hébétée.

Elle se trouvait *au-dessus* du Tunnel Cassiar.

Mais pas dans la rue Adanac, par où elles étaient passées, Mme Wei et elle, si longtemps auparavant. Cet endroit était différent. Un endroit nouveau, qui grandissait à vue d'œil...

Elle jeta un dernier regard à la perfection de cette clairière, aux antipodes du vacarme et de la pollution en contrebas. Puis elle porta de nouveau son attention sur la trappe, cherchant le moyen de retourner dans le désordre et le bruit de son monde.

Juste en dessous du panneau de bois, une petite échelle métallique était accrochée au mur. Mélanie ne put apercevoir qu'un panneau, en bas de l'échelle : « Sortie de secours secondaire ». Dans un grand soupir, la jeune fille reprit Bébé G dans ses bras et le serra maladroitement contre sa poitrine. Elle inspira une ultime bouffée de l'air parfait et parfumé de sa clairière bénie.

Un jour, peut-être, elle serait capable d'en retrouver le chemin.

Mélanie passa le pied par l'ouverture et le posa sur un anneau de fer. Sur sa peau nue, le contact en était répugnant, collant comme la suie à cause des gaz d'échappement et des particules d'huile. Elle enroula les orteils autour du métal et enfonça son bras libre dans un autre anneau, de sorte de se retenir par le creux du coude. Elle s'accrocha fort pour stabiliser la répartition du poids, puis descendit son pied de quelques centimètres. Bébé G calé au creux de son autre bras, elle se balançait presque dans le vide.

Imagine un peu, pensa Mélanie. *Avoir réussi à traverser l'Entremonde et à en revenir, tout ça pour tomber d'une échelle dans le Tunnel Cassiar...* La situation aurait été hilarante, si elle n'avait pas été aussi précaire.

Il passait parfois un véhicule, de loin en loin, qui filait sous elle comme une balle. Personne ne semblait remarquer la jeune femme en train d'escalader le mur intérieur du tunnel. Mélanie priait pour que n'apparaisse pas un semi-remorque. Avec l'appel d'air, elle serait sans doute aspirée vers une mort certaine.

Haletante, le coude transpercé d'une douleur lancinante, Mélanie descendait maladroitement. Dans ses bras, Bébé G resta complètement immobile tout le long.

Lorsqu'elle sentit enfin sous son pied le sol ferme en béton, elle faillit en pleurer de joie.

Un conducteur l'aperçut. Le fracas de son klaxon explosa dans le tunnel, amplifié dans l'espace confiné.

Mélanie sentit son cœur se coincer dans sa gorge.

La traîne de gaz noir déclencha une crise de toux.

Bébé G toussait lui aussi. Il fallait se dépêcher de sortir de cet air empoisonné.

Mélanie suivit la piste de l'éclairage orange criard jusqu'à la sortie et déboucha sur la bretelle.

Il faisait nuit.

Elle n'avait aucune idée du jour ou de la date.

Après tout, le temps avait pu filer plus vite, ici. Comment le savoir ?

La jeune fille avait les yeux secs, et sa gorge lui faisait mal. Elle commençait à avoir froid aux pieds. Oui, c'était l'automne, quand elle avait quitté le Royaume. Elle s'en souvenait. Elle était venue ici avec Mme Wei. Des milliers d'années plus tôt.

Mme Wei...

Une sensation de chaleur gonfla dans la poitrine de Mélanie.

Elle irait à la boutique. Elle frapperait à la porte. Sa vieille amie la ferait entrer.

Mélanie se mit à remonter le long de la route, titubante. Elle ne se rendait pas compte qu'elle était au bord de l'évanouissement. Que chaque pas la rapprochait de l'instant où elle allait s'écrouler.

Une voiture blanche les dépassa et le conducteur pila. Le crissement strident des freins déchira l'air. Le véhicule tangua légèrement en glissant sur un carré de gravier, pour se garer sur l'étroit triangle qui séparait la voie de la rampe d'accès.

Une portière claqua. Des pas lourds résonnèrent.

Les flics, se dit Mélanie avec tristesse. Oh, et puis tant pis. Ils n'avaient qu'à les emmener, elle et Bébé G, auprès des services sociaux. Elle était orpheline, maintenant. Ils l'étaient tous les deux. Ça n'avait plus d'importance.

Une main rude l'empoigna par la taille. Il n'en fallut pas plus pour que Mélanie bascule. Un bras la retint dans sa chute en avant et lui prit le bébé des bras.

Mélanie n'avait pas mesuré combien ce bébé était lourd, jusqu'au moment où on le lui retira.

Elle leva un regard embrumé vers son ravisseur.

Le visage soucieux de Mme Wei apparut, et elle fixa Mélanie de ses yeux intenses, brillants d'inquiétude. Lorsque la vieille femme constata que la vie coulait toujours dans les veines de Mélanie, son expression s'adoucit.

« Mélanie est rentrée à la maison, s'émerveilla Mme Wei. Mme Wei le savait ! Mme Wei a appelé un taxi et est venue dès qu'elle a su ! Viens ! Viens ! »

Tout en soutenant la jeune fille, elle l'emmena jusqu'au taxi et l'aida à monter dans la voiture.

Il faisait chaud. Ça sentait le désodorisant de synthèse.

L'épuisement frappa soudain Mélanie comme un marteau-piqueur et elle s'affala sur la banquette.

« Écoutez, ma petite dame, s'excita le chauffeur de taxi. Je ne peux pas vous emmener plus loin, alors payez-moi ma course ! Me faire arrêter dans un endroit pareil ! Et vous n'aviez pas parlé d'un bébé ! Je n'ai pas de siège pour bébé, vous pigez ? Je pourrais perdre ma licence !

— Silence ! tonna Mme Wei. Cette jeune fille a sauvé la vie de chauffeur de taxi et la vie de Mme Wei et la vie de tous dans les Trois Royaumes ! Alors taisez-vous avec vos licences, imbécile ! Conduisez Mme Wei à la maison, immédiatement ! »

Le chauffeur rentra la tête dans les épaules d'un air penaud. Il leur jeta un regard dans le rétroviseur.

« Bande de fous ! marmonna-t-il. Vous avez intérêt à me payer ! » ajouta-t-il, indigné.

Tandis que la voiture redémarrait, Mme Wei se tourna vers Mélanie. « Que Mélanie ferme ses yeux. Repose-toi pour l'instant. »

La chaleur pénétra dans les membres endoloris de la jeune fille. Ses muscles tendus se relâchèrent et elle se sentit comme dans une mare d'eau tiède.

C'était si bon. De se laisser aller.

Elle...

Chapitre 21

Mélanie ne sut pas ce qui l'avait réveillée : le bruit ou le riche parfum de quelque mets délicieux.

Tchac, tchac, tchac, tchac, tchac. Encore ce bruit.

Quelque chose bouillait. Elle entendait le *gloup gloup* d'une sauce savoureuse en train de frémir.

Le babil et les gloussements d'un bébé heureux.

Mélanie n'avait aucune idée de l'endroit où elle se trouvait.

Elle se sentait la tête vide et engourdie en même temps. Une lueur jaune scintillait à travers une fenêtre. Elle était allongée sur un lit, sous un lourd édredon, dans une robe blanche crasseuse et déchirée, les pieds répugnants.

Elle avait complètement ruiné les draps frais et immaculés ! Ce brusque sursaut d'inquiétude fut aussitôt amorti par la fatigue. Elle gisait sur ce matelas comme une méduse sur le sable. Eh bien, au moins tout était terminé.

Tout était terminé…

Sa mère l'avait dit. *C'est achevé.*

Mélanie fixa le plafond.

Bien sûr.

Elle avait réussi à rentrer, et Dieu savait comment, Mme Wei avait su où et quand venir la chercher.

Cette fois-ci, elle entendit frapper à la porte.

« Entrez », souffla Mélanie.

Mme Wei pénétra dans la pièce à reculons. Elle portait un plateau à quatre pieds. Des tas de petits bols et de petites assiettes tintèrent, et des arômes plus alléchants les uns que les autres emplirent la pièce.

L'estomac de Mélanie gargouilla bruyamment. Elle se redressa dans le lit et la douleur déchirante qui lui vrilla tout le corps lui fit pousser un glapissement.

« Un bain chaud ferait du bien. » Mme Wei plissa les yeux. « Lequel en premier ? Le bain ou à manger ?

– À manger ! s'écria Mélanie, affamée. S'il vous plaît », ajouta-t-elle.

Elle se redressa lentement contre l'oreiller et aplatit l'édredon autour de ses jambes.

Mme Wei déposa le plateau sur le lit, et les yeux de Mélanie bondirent littéralement de leurs orbites en voyant les merveilles étalées devant elle.

La vieille femme désigna les plats, l'un après l'autre.

« Bouillie de riz, annonça-t-elle d'un air sévère. Bon pour convalescence. Facile à digérer et réchauffe l'esprit. Bouillon de poulet. Feuilles de moutarde. Tofu à l'œuf. Sole à la vapeur. Seulement un petit peu ! Feuilles de chrysanthème. Thé au jasmin. Et... » Sa voix s'adoucit. « Un petit peu de gâteau. » Elle sourit et ses yeux disparurent dans des plis de joie. « Mange ! » Elle fronça les sourcils, reprenant son air sévère. « Pas trop vite ! »

Mélanie acquiesça de la tête. Elle prit le bol de bouillie de riz et la cuillère en porcelaine. Sur le dessus étaient émiettés des oignons verts sautés. La jeune fille porta une cuillerée de soupe à sa bouche et les parfums doux et délicieux, subtils mais riches, l'émerveillèrent. C'était salé, avec une pointe de gingembre, et ce riz cuit lentement pour être à la fois tendre et granuleux. Son estomac se tordit de douleur et elle engouffra une autre bouchée. Puis une troisième. Et une quatrième.

Elle abandonna la bouillie et prit les baguettes. Le choix était tellement difficile ! Avec tant de petites assiettes débordant de nourriture...

« Un tout petit peu, pour commencer, recommanda Mme Wei. L'estomac est surpris, si on mange trop vite, après rien du tout. Après ce petit repas, Mélanie pourra avoir un dîner correct, plus tard. »

Mélanie mâchait les tiges relevées, à la saveur légèrement douce-amère, des feuilles de moutarde. Il y avait tant de couches de goûts et d'odeurs... en fermant les yeux, elle imaginait qu'ils dessinaient des sculptures sur son palais.

Mélanie cessa de mastiquer. « Quelle heure est-il ? demanda-t-elle.

— Onze heures du matin, répondit Mme Wei d'une voix douce. Mais du deuxième jour. Mélanie a dormi toute la nuit, et tout le jour suivant son arrivée. Aujourd'hui, c'est le troisième jour depuis le retour de Mélanie.

— Oh. » Mélanie déglutit. « Ouah.

— Tellement fatiguée », soupira la vieille femme.

Mélanie grignota un peu de tofu aux œufs. Légèrement confuse, elle balaya la pièce du regard. Elle ne pouvait s'empêcher de ressentir qu'il manquait quelque chose...

« Le bébé ! s'exclama-t-elle.

— Chut, chut, la rassura son amie. Le bébé va bien. Mme Wei est allée faire des courses au marché, et il ne s'en porte pas plus mal. Il a dormi autant que Mélanie ! Heureusement pour Mme Wei, qui est trop vieille pour se lever à n'importe quelle heure pour nourrir nouveau-né.

— Je suis désolée », s'excusa Mélanie. Elle baissa les yeux vers le plateau. « Vous n'avez pas à en prendre soin, ce n'est pas votre bébé... » Elle fronça les sourcils. « Mais ce n'est pas le mien non plus.

— C'est ainsi. » Mme Wei hocha la tête d'un air pensif. « Eh bien ! mange d'abord. Mélanie a beaucoup à raconter. Mais Mme Wei n'est pas pressée. Mange. Prends un bain. Ensuite Mélanie racontera son histoire, dans le fauteuil confortable près de la fenêtre. Au soleil. »

Le menton de Mélanie se mit soudain à trembler. « Oui », acquiesça-t-elle d'une voix mal assurée. Puis elle sourit. « C'est une bonne idée. »

Elle prit une petite bouchée de poisson à la vapeur. Elle n'avait jamais mangé un poisson pareil, de toute sa vie. « Madame Wei, dit-elle d'une voix solennelle, c'est le meilleur repas que j'aie mangé. Merci beaucoup.

— Ahhh ! s'exclama la petite femme en agitant les mains pour masquer son embarras. Ce n'est rien ! Quand Mélanie ira mieux, Mme Wei fera un gros homard ! »

Le soleil de cet après-midi d'automne enveloppait Mélanie dans un cocon confortable de chaleur. Les jambes drapées dans une couverture, des pantoufles douces aux pieds, elle avait pris place dans l'un des deux bons fauteuils près de la fenêtre ouest. L'angle de la lumière projetait de longues ombres dans le salon-bureau de Mme Wei. Les particules de poussière en suspens dans les bandes de lumière scintillaient comme des pépites d'or. Au loin, Mélanie apercevait l'anse et les grues orange vif des docks, comme un troupeau de girafes mécaniques.

À la fenêtre, la jeune fille contemplait le décor, fascinée. Les couleurs de son Royaume étaient tellement extraordinaires. Elle n'en revenait pas, de tout ce camaïeu de vert, rien que dans un buisson de laurier. Elle avait oublié le relief, la profondeur des teintes vibrantes de la vie.

Les avait-elle jamais remarquées ?

Les nuances de la mousse, riches et luxuriantes, sur les troncs d'arbres qui longeaient la résidence. Les gros pigments bruts de l'écorce, éclairés par le bleu-gris du lichen. Des oiseaux invisibles gazouillaient dans un entrelacs de ronces, dans un terrain vague de l'autre côté de la rue. En face de l'immeuble social situé à quelques mètres de chez Mme Wei, un camélia déployait ses fleurs rose tyrien, et l'éclat de leur cœur jaune était un miracle. Hypnotisée, Mélanie fixait les voitures qui filaient sous la fenêtre en faisant gicler les flaques d'eau avec leurs pneus. Ces véhicules lui paraissaient incroyables et merveilleux, avec leurs couleurs si vives qu'elles en étaient presque ridicules, le rouge éclatant, le jaune citron, le vert turquoise et le bleu cobalt. Toutes ces couleurs sifflaient dans son cerveau comme si elles étaient des sons, et la symphonie qu'elles composaient était flamboyante.

Mélanie inspira profondément.

C'était tellement bon, d'être immobile.

Que la vie était belle...

Un bruit entre le marmonnement et le gazouillis la tira de sa rêverie. Puis une série de soupirs saccadés. Un grand hurlement nasillard vint déchirer l'après-midi immobile.

Nom d'un corbeau ! pensa Mélanie, les yeux exorbités devant le volume sonore des cris du bébé.

Avant même d'avoir pu se lever, elle entendit résonner des pas, *tac tac tac*, qui montaient dans l'escalier en bois, et Mme Wei entra dans la pièce comme une bombe.

« Yaaaaah ! s'exclama-t-elle. Est-ce qu'il n'est pas bruyant, bébé ? Mme Wei n'a jamais eu d'enfant et a presque dû rompre avec Nora Stein pour cette raison, qu'elle soit bénie par les Esprits aujourd'hui et toujours. Et maintenant bébé arrive dans la maison de Mme Wei avec la vieillesse ! L'Esprit de Nora Stein doit bien rire ! La vie est mystérieuse, n'est-ce pas ? »

Elle courut réchauffer un biberon de lait dans la cuisine. Au retour, elle attrapa au passage une couche en tissu et des lingettes.

Le bébé se trouvait dans un couffin, sous l'oranger du salon. Il hurlait à pleins poumons. Comme un bébé normal...

Mélanie contempla Mme Wei pendant qu'elle changeait la couche d'une main experte, puis l'emmenait dans la cuisine pour lui donner son lait chaud.

« Comment savez-vous prendre soin d'un bébé ? s'étonna Mélanie. Alors que Nora Stein et vous n'en avez jamais eu ? »

Mme Wei s'assit dans le deuxième fauteuil, l'enfant en larmes dans les bras. Elle glissa la tétine du biberon dans la bouche hurlante du petit.

« Ahhhh », soupirèrent-elles toutes deux quand le silence retomba enfin.

Mélanie contempla le bébé. Il avait des larmes encore accrochées aux cils et ses paupières commençaient à s'alourdir de satisfaction, tandis qu'il tétait avidement le contenu du biberon.

Il est incroyablement mignon, pensa Mélanie.

« Mme Wei a aidé sa mère à élever ses frères et sœurs, expliqua-t-elle à voix presque basse. Mme Wei était la plus âgée et elle avait huit frères et sœurs.

— Huit ! s'exclama Mélanie.

— Oui. Huit frères et sœurs forts, intelligents et bornés. Quand Mme Wei a eu seize ans, elle avait eu son lot de bébés, même s'ils étaient très mignons. »

La vieille femme baissa les yeux sur le petit somnolent.

« Et celui-ci, comment il s'appelle ?

— Depuis le début, j'y pense comme "Bébé G", avoua Mélanie. Avant, il était M. Gluant, une créature atroce qui torturait mes parents ! Mais il est né une seconde fois. Je ne pense pas qu'il soit le même, maintenant...

— Hohhh. » Mme Wei acquiesça d'un mouvement de la tête.

Elles écoutèrent les bruits de succion affamés. Dans le soleil de l'après-midi, chaud et réconfortant.

« Madame Wei ? finit par demander Mélanie.

— Hmmm ?

— Vous pensez que ça va aller, maintenant, pour Bébé G ? »

Son amie leva les yeux, le front légèrement plissé.

« Ce que je veux dire, c'est... »

La voix de Mélanie se brisa. Elle se racla la gorge et déglutit avec difficulté. « Et s'il redevient M. Gluant ? Mais ici. Dans notre Royaume », chuchota-t-elle avec inquiétude.

Mme Wei le dévisagea pendant plusieurs secondes, puis son regard se porta de nouveau sur l'enfant.

Bébé G avait les yeux clos. Il s'appliquait à liquider le fond du biberon, et son front se plissait sous l'effet de la concentration. Ses joues avaient rosi et il serrait ses petits poings potelés.

Il sentait le lait et le talc pour bébé.

Un sifflement résonna. Bébé G avait vidé le biberon et tétait de l'air. Mme Wei lui retira la tétine de la bouche et le releva contre son épaule. Elle se mit à lui tapoter gentiment le dos.

« Sois sans crainte, la rassura-t-elle d'une voix douce. Bébé G n'est plus enfermé en Entremonde. Il est au commencement d'autre chose. Dans un nouveau cycle. Il ne peut devenir l'Homme-Glu que Mélanie a connu. Ce cycle-là est brisé. »

Bébé G laissa échapper un long rot sonore. Puis il péta.

Mélanie ne put s'empêcher de pouffer.

Elles restèrent ainsi pendant plusieurs minutes, assises dans le silence que ne venait rompre que le doux tapotement de la main de la vieille femme dans le dos du bébé.

Une pensée traversa l'esprit de Mélanie.

« Comment vous avez su qu'il fallait venir me chercher ? Pile au bon moment ? »

Mme Wei écarquilla les yeux de manière théâtrale.

« Cette nuit-là ! Tous les nouveau-nés. Tous jusqu'au dernier, dans le monde entier. Ils se sont tous mis à crier au même instant ! Mme Wei les entendait dans le quartier, leurs cris emplissaient la ville tout entière. Quelques minutes, cela a duré. Puis plus rien ! Et alors il est apparu sur la table de Mme Wei ! »

Mélanie cligna les yeux, confuse.

« Qu'est-ce qui est apparu sur la table ? »

Est-ce qu'elle parlait d'un des bébés qui s'étaient mis à hurler ?

Le petit toujours dans les bras, Mme Wei fit un signe du menton.

« Vas-y ! Si Mélanie a assez de force, qu'elle aille voir sur la table. »

Au moment où elle se levait, Mélanie ne put réprimer un grognement de douleur. Chacun des muscles de son corps n'était qu'un élancement déchirant. Elle s'avança jusqu'à la table en titubant maladroitement.

Un rayon de lumière dorée illuminait la belle grande table en bois de cerisier sombre. Mme Wei avait retiré toutes les affaires qui l'encombraient.

Il ne restait qu'un seul livre, au milieu.

Il avait l'air ancien, avec sa couverture noircie et craquelée par le temps. Il ne portait ni titre ni inscription d'aucune sorte, rien d'autre qu'un emblème rond, en relief. On aurait dit un symbole yin-yang, mais au lieu de deux dessins encastrés, Mélanie en vit trois. Le noir, le blanc et le gris s'entrelaçaient en spirale pour former un cercle parfait…

Mélanie contempla l'objet, hébétée.

« C'est bien *Le Livre des Royaumes* ? » demanda-t-elle d'une voix enrouée.

Mme Wei hocha lentement la tête, d'un air solennel.

« À l'intérieur, l'écriture est la même que sur le petit morceau de papier dans mes archives, murmura-t-elle. Ce livre est apparu. Il y a eu un son, comme une énorme cloche, mais ce son était silencieux. Les ondes ont dû traverser tout l'univers. »

À son tour, Mélanie approuva de la tête. Elle l'avait senti. Juste après que la voix de sa mère avait dit : *C'est achevé…*

« Mme Wei a lu le livre. Il racontait comment les trois Royaumes enchevêtrés s'étaient divisés et qu'alors les fléaux avaient suivi. Il parlait de la prophétie d'un enfant, né portant la Vie dans un Royaume sans Vie. Et d'une courageuse jeune fille qui avait pénétré en Entremonde pour braver un mal redoutable. Il disait comment elle avait mis fin à ce mal, sans faire de mal elle-même… et qu'en agissant ainsi, elle avait réuni les Royaumes divisés et leur avait rendu leur équilibre. »

Ses yeux étincelaient de respect et d'admiration.

Mélanie sentit le sang lui monter aux oreilles. C'est d'elle que parlait Mme Wei ! C'est son histoire que racontait le livre. Le cœur de Mélanie fit un bond.

Une seconde... Ce livre se trouvait dans les Archives des Livres inachevés... le dernier tiers ne contenait que des pages blanches.

« Vous avez lu le livre en entier ? s'étonna Mélanie d'une voix éraillée. Du début jusqu'à la fin ? »

La petite femme hocha la tête avec gravité. « Mme Wei a tant appris. Vers la fin, le livre expliquait pourquoi tous les nouveau-nés de la terre s'étaient mis à pleurer. C'étaient tous les Esprits qui restaient et qui retournaient enfin à la Chair, comme ils auraient dû le faire il y a bien longtemps. Ceux de l'Entremonde sont enfin devenus Esprits. Et nous, dans ce Royaume, nous ne sommes plus emprisonnés dans les limites de la Chair. Mélanie, il y a encore tant à comprendre. Mme Wei lira ce livre durant toute sa vie pour imaginer les rouages qui relient les Royaumes entre eux ! »

Mélanie caressa pensivement la couverture du livre. Une drôle de petite décharge électrique lui chatouilla le bout des doigts. Ce n'était pas désagréable.

Elle ne l'ouvrit pas. Elle n'était pas vraiment prête à lire sa propre histoire, comme si c'était celle de quelqu'un d'autre. Toute cette expérience était encore trop vivace.

Elle devait encore prendre le temps de ressentir tout ce qui lui était arrivé.

Perdue dans ses pensées, Mélanie retourna s'asseoir et enroula la couverture autour de ses jambes. Elle regarda de nouveau par la fenêtre. Ce livre, apparu dans ce Royaume, et complet... il n'était plus inachevé. Tous ces bébés qui avaient crié en même temps... Mme Wei avait dit que c'était comme une énorme cloche silencieuse, qui avait sonné et dont les ondes avaient traversé l'univers entier. Ce devait être au même instant que ses parents s'étaient transformés en lumière. L'éclat rouge sombre de sa mère, et le bleu lavande pâle de son père, qui s'envolaient vers le ciel...

Mélanie se plaqua la main sur la bouche.

« Je suis tellement désolée ! laissa-t-elle échapper, déchirée par la culpabilité, en mesurant ce qu'elle avait fait. J'ai dû la laisser tomber ! Et la Rate de Jade m'a tellement aidée. Je ne serais pas là, sans elle. Elle était la rate de compagnie de votre ancêtre, dont le nom était Gao Zhen Xi... »

Ses yeux s'emplirent de larmes.

« Non, non ! répliqua la voix alarmée de Mme Wei. Mélanie ne doit pas s'excuser ! »

La vieille femme alla recoucher le bébé dans son couffin. Puis elle se tourna vers une boîte en bois ouvragée, posée dans sa bibliothèque. Elle en retira un objet, enveloppé dans du tissu, qu'elle déballa précautionneusement. Puis elle revint auprès du fauteuil de Mélanie et tendit son poing serré.

Les doigts tremblants, la jeune fille ouvrit sa paume.

Contre sa peau, l'amulette de jade était légèrement tiède.

Le morceau manquant, cassé dans la suite de M. Gluant, s'était miraculeusement ressoudé. La rate était intacte, jusque dans ses moindres détails.

La pierre avait tourné au rouge profond.

Mélanie contempla indéfiniment l'objet, tandis qu'elle ressassait frénétiquement ces derniers instants. *C'est achevé*, avait dit la voix de sa mère. Puis une petite partie de sa lumière était entrée dans Bébé G, et non en Mélanie.

Cette partie de l'Esprit de sa mère... elle n'était pas allée dans le bébé. Elle avait rejoint l'amulette de jade, s'était mêlée à la pierre, pour pouvoir rentrer dans le Royaume de la Chair !

Sa mère avait tenu sa promesse.

Mélanie serra l'amulette contre son cœur. Au bout de plusieurs minutes, elle posa la main sur ses genoux, la paume ouverte abritant toujours le pendentif. Des rayons de soleil traversèrent la pierre, illuminant le museau et les oreilles de l'animal, et le bout de sa queue.

Le cœur sombre se mit à irradier. Sa couleur était si intense, si semblable à une braise rougeoyante que Mélanie dut résister au réflexe de la lâcher.

L'amulette de jade miroita, comme si les atomes se libéraient de leurs entraves. La matière frissonna et un rayon éblouissant s'en échappa, l'espace d'une seconde. Lorsque la lumière aveuglante diminua, une rate rouge sombre au museau moustachu apparut en chair et en os, assise complètement immobile dans la main de Mélanie.

« Oh ! » s'exclama la jeune fille. Mme Wei la contemplait, bouche bée.

La rate ouvrit les yeux et s'étira, découvrant ses longues incisives. Elle s'assit sur son arrière-train et se frotta les moustaches avant de se passer vivement les pattes derrière les oreilles.

Le cœur de Mélanie bondit dans sa poitrine. Elle avala sa salive.

« Tu sais parler ? » chuchota-t-elle, abasourdie.

« Il faut du temps, marmonna une voix bizarre au niveau du sol. Tu n'as pas idée de ce que c'est, de revenir comme ça pour la première fois. »

Sous le choc, Mélanie poussa un petit cri de surprise. La voix provenait du sol, derrière elle.

« En voilà des manières ! s'indigna Mme Wei. Excuse-toi d'avoir fait sursauter Mélanie ! Pourquoi la mère de Mme Wei ne lui a-t-elle pas donné un chien ? »

Mélanie jeta un regard prudent par-dessus le dossier de son fauteuil rembourré. Dans un coin d'ombre, enroulé autour d'un conduit de chauffage, un gros chat blanc était vautré par terre. Il l'ignora complètement et lécha consciencieusement les coussinets roses de sa patte avant.

« Il parle ? Comme la Rate de Jade ? C'est vraiment une amulette, lui aussi ?

— Comment peut-on dire que quelqu'un est "vraiment" une chose ou une autre ? se moqua le chat entre ses orteils. Une table est-elle "vraiment" plus un meuble que du bois ?

— Silence, Chat ! ordonna sa maîtresse. Si tu n'as rien d'utile à dire, retourne à la pierre, réel ou pas ! »

Le chat renifla et leva la patte arrière toute droite, pour se lécher le derrière.

Mélanie gloussa. Ce devait être une sorte d'insulte, en langage chat. Elle se tourna vers la rate rouge sombre.

« Tu es toujours la Rate de Jade ? » demanda-t-elle, incertaine.

La rate leva son petit museau bavard et huma l'air de la pièce.

« Je suis Jade Rouge, à présent », corrigea-t-elle, la voix un peu plus grinçante que quand elle était verte.

— Jade Blanc, ça sonne mieux, marmonna une voix en provenance du sol.

— Chut ! tonna Mme Wei avec impatience. Certaines pièces de jade devraient être conservées dans une boîte... et ne pas en sortir ! » Elle se tourna vers Mélanie. « Ignore-le. C'est un vieux chat aigri. Il ne vaut pas son poids en nourriture pour chat.

— Qu'ils ont la mémoire courte..., soupira le Chat Blanc. Tu serais peut-être en prison, à l'heure qu'il est, si je ne t'avais pas sauvée de ce policier. Oh, très bien. Du moment que je sais en mon âme et conscience tout ce que j'ai fait pour toi, ça me suffit. Je n'ai pas besoin de reconnaissance. Ne t'inquiète pas pour moi. Il me suffit de savoir que j'ai fait tout mon possible pour toi et que ça t'a aidée, et que c'est tout ce que...

— D'accord, d'accord ! capitula-t-elle. Mme Wei est reconnaissante. D'accord ? Chat Blanc a sauvé Mme Wei ! »

Le chat ne réagit pas par des mots, mais après un moment de silence, un ronronnement puissant monta dans la pièce.

Sauf que le ronronnement était encore pire, pensa Mélanie. Lorsqu'elle vit le mélange de frustration, de gratitude et d'affection qui se lisait sur le visage de son amie, elle ne put réprimer un grand sourire complice. La vieille femme secoua la tête, puis se laissa aller à glousser.

Mélanie sentit une petite main s'accrocher à l'extrémité de son pouce. Les pattes minuscules de Jade Rouge lui piquèrent doucement la peau. La rate la fixait d'un regard vif, comme sur le qui-vive, sa longue queue délicatement enroulée autour du poignet de la jeune fille.

Mélanie vit l'endroit où manquait un doigt, celui où elle s'était arraché l'auriculaire. Pour payer le tribut. Le cœur de Mélanie se serra douloureusement. Elle leva doucement Jade Rouge et caressa le flanc de l'animal avec sa joue. La fourrure rêche lui chatouilla la peau.

« Oh, Mélanie, chuchota la rate. Je me souviens. »

Épilogue

Les réverbères de la rue diffusaient leurs cônes de lumière orange dans la nuit brumeuse. La plupart des habitations, des immeubles d'appartements, de vieux duplex, étaient plongés dans l'obscurité et l'immobilité sereine d'un profond sommeil. Flottant dans ses rêves et ses cauchemars, la ville respirait doucement. Au loin, une sirène éclata, témoignant par sa plainte tonitruante des problèmes de quelqu'un d'autre. Dans une niche, un chien gronda.

Les fenêtres du Marché Arc-en-ciel et de l'appartement à l'étage étaient éteintes. Un vent froid soufflait du nord. L'imminence de la neige donnait à l'air nocturne une douce saveur métallique.

Soudain, les hurlements nasillards d'un bébé vinrent déchirer la nuit.

Plusieurs secondes s'écoulèrent, et le nouveau-né continua à pleurer. Un pâle rectangle de lumière s'alluma au premier étage de l'épicerie. Les cris du bébé s'intensifièrent, puis un second rectangle lumineux, juste à côté de la première fenêtre, apparut à son tour. La lueur défiait courageusement le froid et l'obscurité, dans la façade endormie. Le bébé pleura encore quelques minutes, puis le bruit s'éteignit peu à peu.

Les lumières restèrent allumées, mais le silence revint.

Au-dessus de l'appartement, sur le toit tapissé de gravier, quatre créatures étaient assises. Les silhouettes d'un gros chat gras, d'une rate et de deux corbeaux se détachaient sur le disque irrégulier d'une lune presque pleine.

Le chat poussa un soupir théâtral et battit de la queue en signe d'agacement.

« Je persiste à dire qu'il faudrait qu'elles se débarrassent de ce bébé », renifla-t-il.

La rate fit voler sa longue queue, qui vint fouetter le derrière rebondi du chat. Ce dernier poussa un miaulement indigné. Les deux corbeaux battirent des ailes, et l'un d'eux laissa échapper un croassement rauque.

Sur le cou du chat, la fourrure se hérissa de manière menaçante pendant plusieurs secondes, puis il la laissa retomber.

« Fais attention aux mots que tu emploies, ordonna la rate avec sévérité. Le sort d'un bébé peut tout changer. Et tu le sais très bien ! »

Le gros chat bâilla.

Les deux corbeaux ouvrirent grand leur bec et il s'en échappa un drôle de pop !.

« Alors pour résumer, la fille sauve les Royaumes, perd ses parents et se retrouve à vivre

chez une vieille femme, avec qui elle élève un bébé, commenta le chat d'un air sournois. Les vies des humains sont tellement terre à terre, c'est pitoyable. Il faut bien l'avouer. Ils n'ont rien de spectaculaire. Comme ça doit être horrible, d'être un humain. »

La rate ouvrit grand la bouche et lui offrit un large rictus qui découvrit ses longues incisives.

« À ta place, je n'en serais pas si certain. Parfois les fins ne sont que des commencements. »

Les deux corbeaux penchèrent la tête et observèrent la rate d'un seul œil.

La rate leur adressa un clin d'œil, puis traversa le toit en galopant, avant de s'engouffrer sous l'avant-toit. Le cliquetis de ses petites griffes sur les plaques de tôle fit miauler le chat.

« Qu'est-ce que tu veux dire par là ? » cria-t-il, indigné, dans le dos de la rate – un peu tard.

Mais la rate était déjà à l'intérieur, dans la chaleur de l'appartement du premier étage.

Le chat se redressa sur son arrière-train, la fourrure de sa queue ébouriffée.

« Je déteste quand elle fait ça », grommela-t-il pour lui-même.

Affectant l'indifférence, il se dirigea d'une démarche désinvolte vers l'escalier de secours, pour la rejoindre.

Seuls restaient les deux corbeaux qui chuchotaient.

Des nuages sombres défilèrent devant la lune, la masquant par intermittence. L'humidité en suspens dans l'air se solidifiait en minuscules cristaux de glace craquants.

Aux fenêtres de l'appartement du premier étage, le givre commençait à dessiner ses fougères et ses spirales immaculées sur les vitres. La lumière s'éteignit. Dans le silence, dans l'obscurité, le gel s'épanouit, et devint une forêt.

Remerciements

Un livre, lorsqu'il s'achève enfin, n'est pas le fruit des efforts d'une seule et unique personne, mais le point d'orgue de toutes les énergies créatrices et des interactions avec la famille et la communauté, le lieu et le temps. Ce livre n'aurait jamais vu le jour sans le soutien, l'amitié et l'amour d'une foule de gens.

Avant toute chose, merci à Sae et Koji. Vous êtes la meilleure chose qui me soit arrivée, de toute mon existence.

Kyoko Goto, merci de tout cœur de m'avoir dit que le puits ne s'assécherait pas... Tu as raison. Le puits n'était pas vide. Tes paroles m'ont sauvée du désespoir.

Pendant l'écriture et la réécriture de ce roman, mon oba-chan et mon père sont passés dans le Royaume de l'Esprit. Merci pour tout ce que vous avez partagé avec moi. Et pour tout ce que j'apprends encore. Vous me manquez...

Je tiens à exprimer ma profonde gratitude à Nozomi Goto et à Chris Goto-Jones pour leur généreuse hospitalité, et pour avoir créé chez eux un espace où je pouvais écrire – je n'aurais pas pu achever la première version du texte sans ce refuge temporel. Susanda Yee, merci pour nos longues conversations et le soin que nous prenons l'une de l'autre, qui nous portent à travers tant de royaumes ; c'est une très grande chance de t'avoir dans ma vie. Vive les tortues ! (Rien ne sert de courir...) Rita Wong, merci pour ton soutien de longue date et ton cœur aimant. Ton combat acharné et généreux pour la justice sociale continue de m'inspirer. Eva Tai, pour avoir saisi l'essence de l'instant et n'avoir pas eu peur de le dire, tes paroles sont toujours un défi et un réconfort, et m'intriguent aujourd'hui encore. Taimai Kobayashi, merci pour tes retours si généreux en urgence, et pour ta foi dans mon travail. Chris Goto-Jones, pour avoir apporté ta finesse critique sur l'intrigue, *in extremis* – tu as rendu l'impossible possible. David Bateman, pour l'expérience des collaborations créatives, les cocktails et la faculté de profiter de la poésie de l'instant. Larissa Lai, pour ton soutien, ton humour décalé et ton esprit si affûté. Naomi Goto, pour avoir toujours cru, silencieusement, à mon écriture et Ayumi Goto, pour avoir su me convaincre de me lancer dans cette retraite d'écriture de plus d'un mois, chose que je n'avais jamais faite auparavant, et pour avoir tout réglé à la maison pendant ce temps. Ashok Mathur, pour le calme de ton foyer quand j'avais besoin de faire une pause. Et Sae Goto, pour ton aide et tes critiques lors des dernières corrections à voix haute, la nuit qui a précédé la remise du texte.

Un gigantesque *Ra ! Ra ! Ra !* à la Troupe des Remonteurs de Moral, qui m'ont aidée à venir à bout du premier jet, il y a si longtemps ! Nalo Hopkinson, Pam Mordecai, Jennifer Stevenson, Larissa Lei, Martin Mordecai, merci à tous de m'avoir encouragée. Dans l'attente de vous retrouver pour plein de nouvelles aventures !

Je dois tant à tellement de gens, aux différents stades de ce long processus d'écriture. Ma reconnaissance va à Tamotsu Tongu, Kyo Maclear, Baco Ohama, Aruna Srivastava, Roy Miki, Cecilia Martell. Et un merci tout particulier à Roseanne Johnson, pour ses précieux conseils : je promets de ne pas jouer les Woody Allen avec toi !

Je dois beaucoup à la bourse d'écriture 2007 de la Bibliothèque de Vancouver, aux Amis de la Bibliothèque et au Conseil des Arts du Canada.

Un merci spécial à Jillian Tamaki pour ses illustrations extraordinaires et sa couverture splendide.

Toute ma gratitude également à Barbara Berson, qui a été la première à voir ce que ce livre pourrait devenir et à Leona Trainer, pour lui avoir trouvé une maison. Jennifer Glossop, au royaume des éditeurs, vous êtes une super-héroïne ! Votre œil perspicace et vos commentaires attentionnés sont grandement appréciés. Je suis heureuse d'avoir pu travailler avec vous ! Merci à toute l'équipe de Penguin Canada pour son enthousiasme (et sa patience !), et tout particulièrement à Jennifer Notman, Marcia Gallego et Tracy Bordian.

Merci aux corbeaux qui se réunissent dans le crépuscule de Vancouver pour rentrer dans l'obscurité du Mont Burnaby. Merci à l'éclat de la mousse et du lichen humides. Merci aux rayons de lumière ocre et dorée plongeant dans la fraîcheur verte d'un lac. Merci aux bancs de poissons étincelants. Merci aux douces baies de la ronce admirable. Merci aux feuilles mortes pour leur riche parfum brun. Merci aux limaces et aux cloportes sous les feuilles. Merci à mes amies les plantes, qui me tiennent compagnie lorsque j'écris. Ma gratitude est immense de pouvoir partager ce cycle avec vous.